흑사자의 총애
"아…… 아아……."
온몸이 쾌락의 달콤한 이슬에 잠겨 드는 느낌이었다.
입속에 든 얼음은 어느새 다 녹아 없어져
텅 비어 벌어진 입술에서는 타액이 섞인 물이 흘러넘쳤다.

흑사자의 총애

Mirei Tsubaki

흑사자의 총애

목 차

화보 · 본문 일러스트 Ciel
옮긴이 김진아

흑사자의 총애

제1장

무대에서는 남자 유랑극단원이 입에서 불을 뿜고 있었다. 입 밖으로 활활 치솟으며 쏟아지는 화염. 마치 용과 같은 불길에 연회석이 놀라 수군거렸다.

"불을 뿜고 싶은 건 나란 말이다."

나직한 중얼거림에 뒤에서 대기하고 있던 자이드가 "헤이달 님." 하고 조용히 달랬다.

"궁전 호텔을 통째로 태워버리겠어. 하는 김에 바보들이 날뛰는 이 나라까지도."

빠른 아라비아어로 쏟아내는 욕설이라 헤이달 곁에 붙어 있던 여자들은 무슨 말을 하는지 알아듣지 못하는 모양이다. 덥지도 않은데 깃털 부채를 좌우에서 하도 부쳐대는 바람에 짜증이 날 지경이었다.

"헤이달 님, 진정하십시오. 지금은 접대 자리가 아닙니까. 이무란 인사들 귀에까지 들릴 겁니다."

"상관없다. 난 빨리 돌아가고 싶을 뿐이니까."

헤이달은 사타르 수장국(首長國)의 외무장관이다.

이무란은 사타르의 자금 원조를 원하고 있어서 헤이달은 이무란국을 시찰하기 위해 4주 동안 이 나라에 체류하게 되었다.

오늘 밤은 체류한 지 사흘째. 헤이달을 대접하는 연회도 벌써 세 번째다. 처음에는 화려한 궁전 호텔 내부 장식에 감탄하고 차례로 차려지는 이국적인 요리를 즐겼지만, 이 도를 넘은 환대가 사흘이나 계속되니 이제 질리다 못해 분노까지 치솟을 지경이었다.

대체 이무란의 정계 간부들은 타국으로부터 경제적 지원까지 받으면 안 되는 자국의 현재 상황을 어떻게 받아들이고 있는 것인지. 혹시 시찰로 온 외무장관을 극진히 대접할수록 더 두둑한 자금을 지원받을 수 있을 줄 아는 걸까.

"설마 나를 그렇게 우습게 여기고 있는 건 아니겠지."

팔짱을 끼며 천장에 매달린 샹들리에를 노려보며 자이드에게 물었다.

검고 짧은 머리에 구릿빛 피부, 듬직한 어깨만 보아도 여자와 연회 따위를 가지고 간단히 환심을 살 수 있는 인물로는 보이지 않을 터이다. 32세라는 나이도 한 나라의 외무장관을 맡기에는 너무 어리지도 않을 것이다. 길이가 긴 아랍 민족의상 '칸두라'와 베일을 두르면, 그 흰색 옷차림 덕분에 날카로운 눈빛이 더욱 도드라진다. 그의 출신인 '사막의 흑사자'라는 부족의 이름은 그대로 헤이달의 별명이기도 하다.

"그럼 어떻게 할까요. 헤이달 님이 아니라 아사드 님이 이 외교 회담을 맡으셨다면 이무란 국의 대응도 또 달랐을지도 모르지요."

아사드는 헤이달의 아버지로 사타르 수장국의 수장이다. 아랍 제국 중에서 하나의 소국에 불과했던 사타르를 타국에 원조까지 할 수 있을 정도로 부유한 나라로 발전시킨 것은 바로 아사드의 수완 덕분이었다. 그래서 자이드의 말에 헤이달도 할 말이 없었지만, 곧 이어지는 말은 그냥 흘려들을 수 없었다.

"그리고 이무란 국의 대신들이 이런 화려한 연회를 열어주시는 이유는 그분들이 보기에 헤이달 님의 외교적 능력보다도 평소의 문제 있는 행실에 더 강한 인상을 받았기 때문이겠지요. 그러니 나쁜 짓은 할 수 없다고 하는 겁니다. 남들이 얕볼 수 있기 때문입니다."

"자이드, 자네는 무슨 뜻으로 그런 말을 하는 거지?"

그것이야말로 자신을 깔보고 있다는 증거 아닌가. 양쪽 눈썹을 치켜세우며 이제야 뒤를 돌아보니, 자이드는 어울리지도 않는 콧수염을 슬쩍 매만졌다.

"가슴에 손을 얹고 알라신께 여쭤보면 바로 알 수 있는 일이 아닌가 합니다."

자이드는 같은 부족 출신으로 헤이달의 사촌 동생이다. 아직 스무 살이어서 평소에는 헤이달의 주변 시중만 들게 한다. 그러나 이번 시찰국인 이무란의 공용어인 힌디어를 무척 잘 구사하기 때문에 이번에 측근 중 한 사람으로 데리고 왔다. 헤이달에게 이 정도로 편하게 의견을 피력할 수 있는 이는 자이드 뿐이다.

"알라신 같은 소리 하네. 나는 신 따위 믿지 않는다."

헤이달은 견과류를 한 움큼 집어 입에 넣으며 난폭하게 씹어댔다.

자이드의 은근한 지적대로 헤이달은 독실한 이슬람교도가 아니다. 오히려 이슬람교도가 아니라고 하는 편이 더 맞을지도 모른다. 그래도 돼지고기까지 먹지는 않지만, 술도 마시고 담배도 피우며 여자까지 안는다. 알라신께 기도를 드리는 건 마음이 내킬 때와 속이 안 좋을 때뿐이다. 제멋대로 구는 아랍 왕자라며 사진과 함께 영국 신문을 장식한 적도 있었다.

그러나 머리까지 어리석지는 않았다.

이무란은 인도와 가까운 소국으로 토지는 평탄하고 사막은 없다. 동양 국가와 중동 국가에게 식민 지배를 당한 역사가 있어서 각국의 문화나 풍습이 혼재된 독특한 이무란 문화를 이룩하고 있다. 곳곳에 식민지 시대에 세워진 궁전이 있고, 독립 국가를 형성하고 있는 지금도 도시 자체는 참 아름답다. 아버지인 아사드가 이무란에 손을 뻗으려고 하는 것도 풍부한 문화와 이 도시의 아름다움을 지키고 싶어서였다.

하지만 너무 가난했다.

석유라는 천연자원을 보유한 사타르와는 달리 이무란은 관광 수입밖에 없다. 아름다운 도시를 유지하기 위해 국민에게 부과한 세금은 사타르의 세 배나 된다. 그럼에도 주변 나라에서 이곳으로 이주하는 사람들이 많다. 혼돈 위에 성립된 국가여서 종교에 매우 관용적이기 때문이다. 결과적으로 사람만 늘어나서 이무란은 그야말로 인구로 폭발하기 일보 직전이었다.

4주간의 체재 일정을 끝낼 즈음에는 이무란의 어떤 부분을 어떤 식으로 원조할 것인지 외무장관으로서 결론을 내야 한다.

이곳은 전혀 국가로서 기능하지 못하고 있다. 그게 헤이달이 이무란을 보고 갖게 된 첫인상이었다.

이무란이 가난한 건 정계 간부들에게 위기의식이 없어서 그런 것이 아닐까. 지나치게 호사스러운 연회를 사흘이나 여는 꼴을 보니 자꾸만 그런 의심만 들었다.

"헤이달 외무장관님."

붙임성 있는 미소를 노골적으로 지으며 다가오는 남자를 보고 헤이달은 그럼 그렇지, 하고 내심 질색을 했다.

살이 쪄서 두툼하게 배가 나온 초로의 남자였다. 직위는 사제 대신이었던가. 곁에 젊은 여인을 데리고 있었다.

대신은 대충 인사를 마치고 잔뜩 고양된 표정으로 "실은……."이라고 말을 꺼냈다.

"이쪽은 제 셋째 딸인 아닐라라고 합니다. 헤이달 님께 꼭 사타르 국의 이야기를 듣고 싶다고 하여 이렇게 데리고 왔습니다."

아버지의 말이 끝나기 무섭게 "아닐라라고 합니다. 뵙게 되어 영광입니다."라며 여자가 미소를 지었다.

그러고 보니 이 대신은 첫날에는 첫째 딸을, 어제는 둘째 딸을 데리고 왔다. 딸들이 모두 아버지를 닮아 둥그스름한 코를 갖고 있던 게 기억난다.

그럼 어떻게 내쫓아볼까. 포도송이를 향해 손을 뻗으며 생각에 잠겨 있는데, 이번에는 다른 대신이 찾아왔다.

역시나 딸을 데리고 있다. 이쪽은 한 번에 셋이나 데리고 왔다.

"헤이달 외무장관님, 오늘 밤 연회는 마음에 드시는지요. 실은 제 딸아이들이 꼭 헤이달 님을 만나 뵙고 싶다고 해서 실례인 줄 알면서도 이렇게 데리고 왔습니다. 이쪽이 아만다, 이쪽은 사티라, 이 아이는 엠마입니다."

사실 체류 첫째 날 밤부터 이런 일이 연이어 일어나는 중이다.

현재 헤이달이 아내를 한 명도 맞이하지 않아서 그렇기도 하지만, 차기 수장의 계승권을 가진 부족의 족장 ── 시크라는 것과도 큰 관련이 있으리라. 이무란 국의 정계 간부들은 정치적인 이야기는 제쳐놓고 자기들의 딸을 헤이달에게 갖다 바칠 속셈밖에 없는 것이다.

헤이달도 여자를 싫어하는 건 아니었고, 매일 여자를 갈아치워도 개의치 않는 성격이긴 했다.

그러나 타국의 정계 간부의 딸들에게 손을 댈 정도로 어리석지는 않았다.

"나는 여자들의 이름을 잘 기억하지 못해서 말이지. 미안하네."

담배를 피우면서 무난하게 받아넘겼지만, 대신들은 그 정도로 물러서지 않았다.

서로 경쟁이라도 하는 것처럼 다시 딸들의 이름을 연발하며 "이슬람교에서는 아내를 넷까지 두는 게 가능하다고 들었습니다만." 하고 직접적인 언급까지 서슴지 않았다.

누가 원하지도 않는 아내 따위를 맞이할 줄 알고.

싫증을 내며 무대에 눈길을 주니 의상을 맞춰 입은 무희들이 춤을 추는 모습이 눈에 들어왔다.

어느새 불을 뿜는 거한의 묘기는 끝난 모양이다. 악단이 연주하는 선율도 귀에 기분 좋게 들려왔고, 꽃에 몰려드는 나비처럼 움직이는 무희들의 춤도 나쁘지 않았다. 살짝 몸을 내밀었을 때, 무희들이 무대 가장자리에서 확 흩어지면서 또 한 사람의 무희가 무대 중앙으로 나왔다.

아까까지 무리 지어 춤을 추고 있던 무희들보다 의상도, 두른 장식품도 화려했다. 하나로 땋아 묶은 검은 머리에 반짝이며 흔들리는 머리 장식. 진한 아이라인이 그려진 도도한 눈동자도 요염하기 그지없었다. 의상은 인도풍으로도 페르시아풍으로도 보이는 얇은 무지갯빛 천이어서 그 너머로 흰 피부가 훤히 비쳐 보였다.

헤이달은 본격적으로 구경할 셈으로 담배의 불을 껐다.

아름다운 여자였다. 눈길만 빼앗긴 게 아니라 침을 꼴깍 삼키다가 신음까지 흘려버렸다.

"아아, 저건 신의 아이입니다."

헤이달이 뭘 뚫어지게 보고 있는지 알아차린 모양이다. 지금 헤이달 곁에서 아직도 자리를 지키고 있던 사제 대신이 말했다.

"신의 아이라고?"

"네, 신께 맡겨진 무희라서 신의 아이라고 부르지요. 이무란에 예전부터 전해져오는 서정시에 맞추어 춤을 춥니다. 지금 저 장면은 왕에게 시집을 가는 것이 결정된 꽃의 신이 이무란의 대지에 마지막 꽃을 피우는 장면입니다. 이무란에서 여신을 연기하며 춤을 출 수 있는 건 오직 신의 아이뿐이지요."

"그렇군. 아까 무리를 지어 춤추던 자들과는 격이 다르다는 거군."

어쩐지 유난히 아름답다 싶었다. 이 무대에서 춤을 춘다는 건 이 연회가 사타르 국의 외무장관을 환대하기 위함이라는 걸 뻔히 알 텐데도, 신의 아이는 가녀리고 낭창한 몸으로 열심히 꽃의 신을 표현할 뿐 헤이달에게 조금도 눈길을 주지 않았다.

"참으로 아름답군."

한숨과 함께 결국 감탄사까지 흘러나왔다. 바로 뒤에 서 있던 자이드도 "그러네요."라고 맞장구를 쳤다.

어떤 춤 동작을 해도 흔들림이 없는 건 몸의 중심축이 단단히 고정되어 있어서이다. 신의 아이가 높게 뛰어오른 후에 착지해도 무대 바닥은 울림 하나 나지 않았다. 숨 쉴 틈도 없이 펄쩍 뛰어올랐다가 몸으로 우아하게 곡선을 그렸다. 흰 손바닥이 위를 향할 때마다 꽃잎이 켜켜이 포개진 꽃송이가 활짝 피어 흩어지는 느낌마저 들었다.

“허나…….”

대신이 말하기 꺼려진다는 듯, 하지만 슬쩍 입매를 일그러뜨리며 말했다.

“신의 아이는 남자입니다.”

나, 남자라고 ── ?

그렇게 되묻고 싶은 심정을 꾹 참고 “호오.”라고 반응만 했다. 그 대신 자이드가 “남자요? 남자란 말입니까?” 하고 화들짝 놀라 외쳤다.

“네, 신의 아이는 모두 소년 무희를 지칭합니다. 그렇다고 해서 소년 무희가 모두 신의 아이라는 건 아닙니다. 신의 아이라는 건 아주 일부이고, 외모와 춤이 뛰어난 자만 해당하지요.”

옛날 이무란에서는 여성이 불특정 다수에게 얼굴이나 피부를 드러내는 걸 강하게 금지했다고 한다. 분명 중동 국가의 식민 지배의 영향 때문일 것이다. 그러던 중 여자처럼 아름다운 소년이 여장을 하고서 제사 때 춤을 추는 풍습이 생겼다고 한다.

“여자 무희가 주류가 된 지금도 제사를 위한 무대는 신의 아이만 오를 수 있습니다. 서정시에 등장하는 여신을 연기할 수 있는 것도 신의 아이뿐이고요. 이건 그야말로 전통이자 이무란의 문화입니다.”

설마 여장한 남자 무희일 줄은 상상도 못 했다. 그러고 보니 가슴도, 엉덩이도 굴곡이 없었다.

그렇다고 해서 그에 대한 평가가 바뀌지는 않았다.

"신의 아이라. 나쁘지 않은 문화로군. 저 무희는 상당한 미모의 소유자겠어. 아름답군."

기뻐하며 칭찬한 직후, 방금 대신으로부터 딸을 소개받았다는 사실을 깨달았다. 지금까지 아버지 곁에 서 있던 딸들은 잔뜩 언짢은 표정으로 있다가 몸을 홱 하고 돌리더니 어디론가 가버렸다.

"앗, 얘야, 아닐라……."

대신은 딸을 쫓아 발길을 돌렸다가 금방 다시 되돌아왔다.

그리고 무슨 영문인지 주변을 둘러본 후, 헤이달의 귀에 대고 귓속말을 했다.

"허나 헤이달 외무장관님, 신의 아이는 고급 창부라는 소문도 있습니다."

창부.

헤이달은 저도 모르게 대신을 쳐다보았다.

"물론 신의 아이가 모두 그렇다는 건 아닙니다. 다만 저 신의 아이는……."

대신은 중간에 말을 흐렸지만 입가에 떠오른 비웃음을 보니 그가 무슨 뜻을 내비쳤는지는 명확했다. 자신의 딸보다도 무희의 용모를 더 칭찬하는 바람에 그도 심기가 불편했겠지만, 그건 헤이달도 마찬가지였다. 마음에 든 것에 대한 험담을 듣게 되어 헤이달의 얼굴은 자신도 깨달을 수 있을 정도로 흉악하게 변했다.

설마 타국의 외무장관을 대접하는 자리에 창부를 부르는 나라였을 줄이야.

그렇게 비아냥거려도 좋았을 텐데도 헤이달이 선택한 것은 전혀 다른 방식의 보복이었다.

“그래. 그럼 내가 저 무희를 사도 된다는 것이로군?”

“……네……?”

눈을 휘둥그렇게 뜬 대신이 할 말을 잃은 사이, 헤이달은 한 번 더 밀어붙였다.

“저 무희는 이 사흘 동안 만난 여자들보다 훨씬 아름답다. 아니, 내 32년 인생에서 만났던 그 어떤 여자보다도 아름다워. 좀 더 가까이에서 그를 보고 싶군. 오늘 내 거처로 오도록 준비하게.”

네 딸보다 마음이 더 끌린다. 그런 속뜻을 깊게 내비치면서 말했다.

“그, 그럴 수가. 제가 어떻게 감히 그런…….”

“나에게 저자에 대해 창부라고 설명한 건 대신 자네가 아닌가. 사실은 저 아이의 몸값도 잘 아는 거 아닌가? 오늘 밤, 내가 저자를 사겠다. 돈은 자네가 부르는 값을 내지.”

차마 말을 잇지 못하는 대신은 내버려 둔 채, 헤이달은 다시 뒤편을 향해 고개를 돌렸다.

“자이드, 저택에 손님을 맞을 것이다. 너는 먼저 돌아가 손님을 맞이할 준비를 해. 실례가 되지 않도록 말이야.”

대신과는 작은 목소리로 대화를 나누고 있었기 때문에 자이드는 무슨 일인지 상황을 파악하지 못한 모양이었다. “네? 오늘 밤이요?”라고 깜짝 놀라다가 “그러한 일정이 있으셨는지요?”라고 의아해하며 헤이달의 얼굴을 살폈다.

“지금 정해진 일이다. 바로 준비를 하도록.”

강한 어조로 재촉을 하자 자이드는 “알겠습니다.” 하고 고개를 숙여 보인 후, 홀을 총총히 빠져나갔다.

대신은 아연해진 표정으로 자이드의 뒤만 바라보다가 이렇게 넋을 놓고 있어도 어쩔 수 없다고 생각한 모양이다. “그럼 찾아뵙게 준비하겠습니다…….” 라고 힘 빠진 목소리로 대답하며 머리를 숙였다. 인사를 한 건지, 풀이 죽어 고개를 떨군 건지 알 수가 없었다. 홀을 나가는 그의 무거운 발걸음을 보고 헤이달은 코웃음을 쳤다.

분명 내일 이후부터 그 누구도 자기 딸을 헤이달에게 선보일 생각은 하지 않을 것이다. 외무장관이라는 지위를 고려했을 때, 타국의 대신에게 너무 대담한 짓을 한 게 아닐까 싶었지만, 실제로도 저 무희는 참으로 아름다웠다.

돈을 줘서 손에 넣을 수 있는 것이라면 당장 그렇게 하겠다는 결심이 바로 들 정도로.

헤이달은 천천히 담배를 물고 무대로 시선을 주었다. 다음 공연인 가극이 시작된 후로도 뇌리에 되살아나는 건 그 무희의 낭창한 몸매뿐이었다.

*　　*　　*

헤이달이 머무르고 있는 곳은 이무란 정부가 소유한 저택으로, 시내에 위치하고 있었다.

식민지 시대에 어느 나라의 관료가 지은 별택을 개축한 곳으로 차분한 분위기의 영국풍 건축물이다. 정면에는 분수를 둘러싸는 형태로 널찍한 정원까지 펼쳐져 있었다.

"손님은 이미 도착했나?"

현관에서 마중을 나온 사용인 중 한 명에게 물으니 "응접실에서 기다리고 계십니다."라는 대답이 되돌아왔다.

응접실은 저택의 중앙, 긴 복도를 지난 끝에 나온다. 안내할 요량이었는지 응접실로 향하려던 사용인을 제지하고 헤이달은 홀로 걸음을 옮겼다.

은근히 기대하면서 문을 여니 검은 옷을 입은 이가 눈에 들어왔다.

환대를 위한 요리가 차려진 테이블 쪽에 그 무희가 있었다.

후드가 달린 검은 가운을 입고 눈부터 그 아래로는 검은 천으로 가린 차림새였다. 유일하게 드러낸 것이라고는 진하게 화장한 눈가뿐이어서 그야말로 경계심을 가득 품은 듯 보였다. 요리에 손을 댄 흔적은 전혀 없이 무희는 돌처럼 딱딱하게 굳은 채 정면의 허공만 바라보고 있었다.

"헤이달 님, 이게 대체 어떻게 된 일입니까?"

무희의 뒤에 서 있던 자이드는 잔뜩 불만스러운 표정이었다.

"왜 연회 자리에서 춤을 추고 있던 신의 아이를 저택으로 부르신 겁니까? 이 자가 남자라는 건 헤이달 님도 들어 알고 계시지 않습니까?"

시끄럽게 잔소리를 하면서도 헤이달이 무희를 이곳으로 부른 이유는 흑심 때문이라는 걸 다 알아차린 모양이다. 응접실에 다른 측근이나 사용인은 보이지 않았고, 오직 헤이달과 자이드, 그리고 미동도 하지 않고 있는 무희뿐이었다.

"글쎄, 이게 어떻게 된 일인지."

닭 요리에 곁들여져 있는 작은 토마토를 집어먹으면서 헤이달이 시치미를 떼자 자이드는 더욱 눈꼬리를 치켜세웠다.

"헤이달 님은 나중에 사타르의 수장이 되실 분입니다. 부탁이니 좀 더 신중하게 행동해주십시오. 생명에 위협을 받으신 적도 몇 번이나 되지 않습니까?"

"목숨이 간당간당한 것쯤이야 아버님의 후계자라면 당연한 일이다. 무섭다고 웅크려 들기만 하면 뭘 할 수 있겠어? 아버님은 수장 자리에 오르신 지금도 계속 위협을 받고 계시잖아."

"제가 드리고 싶은 말은 그런 것이 아닙니다."

자이드는 나이도 젊은데 참으로 성실했다. 알았다는 뜻으로 손을 휘휘 내저은 후, 헤이달은 다시 무희를 바라보았다.

사람의 형상을 한 검은 덩어리. 난공불락의 요새와도 같았다. 검은색은 그 어떤 색으로도 물들지 않는다. 검은 옷으로 칭칭 휘감고 이곳에 온 것도 그런 이유인 게 아닌가 짐작을 하니 더욱 마음이 끌렸다. 헤이달이 태어나 자란 부족도 절대로 질 수 없는 싸움을 앞두고 있을 때는 지금도 검은색 칸두라와 베일을 몸에 두른다.

"후드를 벗어라. 그리고 입가를 가린 천도. 네가 연회석에서 춤을 추던 신의 아이가 맞는지 알 수가 없으니까."

힌디어로 말하자 무희의 눈동자가 처음으로 흔들렸다. 그 눈동자로 헤이달을 올려다보긴 했지만 두 손은 여전히 테이블 아래에서 꽉 쥔 채였다. 아무리 기다려도 손을 들어 옷을 걷어낼 기색이 없어서 헤이달은 "빨리 해라." 하고 낮은 목소리로 재촉했다.

무희가 마침내 머뭇거리면서 손을 들어 올렸다.

우선 입가를 덮은 천이, 그리고 곧 후드가 벗겨졌다. 땋은 머리칼과 화려한 머리 장식, 도도하면서도 의젓한 외모도 변함이 없었다. 춤을 출 때 입었던 의상 그대로 이곳에 왔는지 가운 아래로 무지갯빛 천이 슬쩍 엿보였다.

역시 아름답군.

다시 허공을 바라보는 그 옆얼굴을 바라보면서 그렇게 생각했다.

"이름이 무엇이지?"

헤이달은 힌디어로 다시 물었다.

그러나 무희는 대답하지 않았다. 아까는 말이 통했으니, 이번에도 당연히 말뜻을 못 알아들었을 리는 없다.

"이름은?"

이번에는 영어로 물었다.

잠시 기다려도 아무 대답이 없어서 중국어, 아라비아어로도 물어봤다.

마치 귀도, 입도 막혀버렸다는 것처럼 무희는 침묵만을 지켰다.

얼굴을 드러낸 것만으로도 충분하다는 뜻일지도 모른다. 의미심장한 미소를 짓는 헤이달과는 반대로 자이드가 더 초조해했다.

"이봐, 어서 대답해. 이분이 누구이신 줄 알아? 사타르 수장국의 외무장관인 헤이달 님이시라고."

"그만해라."

어쨌든 간에 이렇게까지 고집이 센 것도 나쁘지 않다.

내가 오늘 밤 너를 샀다. 그걸 확실히 알려주기 위해 헤이달은 한 마디, 한 마디 또박또박 힌디어로 말했다.

"자이드, 이 무희에게 욕실을 쓰게 해주어라. 깨끗하게 몸을 씻겨 내 방으로 데리고 오도록."

역시 힌디어는 통하는 모양이다. 순간적으로 검은 눈동자에 슬픔이 깃들었다. 그러나 곧 잔잔해지면서 아무 감정도 엿보이지 않는 그저 촉촉한 구슬로 변했다.

무엇인가와 비슷한 기분이 들었지만 그게 뭔지 도무지 생각나지 않았다.

"따라 와."

자이드의 재촉을 받아 무희가 자리에서 일어났다. 자신의 운명을 이해했는지 저항하려 하지 않았다.

헤이달은 그 모습을 보고 가까스로 떠올렸다. 그는 가젤과 닮아 있다.

가젤은 한때 사바나나 사막 지대에 살았던 초식 동물이다. 무자비한 포획과 육식 동물의 먹잇감이 되는 일이 많아서 지금은 거의 멸종하기 일보 직전이다. 무희의 작은 얼굴도, 가녀린 팔다리도, 그리고 검은 눈동자도 가젤과 똑 닮았다.

'그렇다면……, 오늘 밤 나는 가젤을 잡아먹는 사자란 말인가.'

떠나가는 무희를 보며 코웃음을 친 헤이달은 뼈가 붙은 닭고기를 물어뜯었다.

*　　*　　*

헤이달이 사용하고 있는 방은 다른 방보다 훨씬 넓다. 원래는 이 저택의 주인이 쓰던 방이었을 것이다. 캐노피가 붙은 거대한 침대가 자리해도 공간이 남을 정도이고, 전용 욕실까지 딸려 있었다.

헤이달이 샤워를 마치고 정원을 바라볼 수 있는 등나무 소파에 앉아 담배를 피우고 있자니, 누군가가 문을 두드리는 소리가 들렸다.

"헤이달 님, 데리고 왔습니다."

자이드의 목소리였다. 들어오라고 하니 잠시 후 문이 열렸다. 뒤에 검은 옷이 보였다.

"목욕 가운을 입고 싶지 않다고 합니다."

자이드는 무희에게 "들어와라." 하고 힌디어로 말했지만, 무희는 좀처럼 움직이려 하지 않았다. "얼른 들어오지 못해?" 하고 씩씩거리며 무희의 팔을 붙잡아 거칠게 헤이달의 방 안으로 밀어 넣고, 무희가 비틀거리는 틈에 가차 없이 문을 닫아버렸다.

"하여간 난폭한 녀석이라니까."

그런 불평을 하다가 헤이달은 자신이 지금부터 자이드보다 더 난폭한 짓을 하려 한다는 사실을 떠올렸다. 옅은 웃음을 지으며 홀로 남겨진 무희에게 다가갔다.

눈을 크게 뜨며 뒷걸음질 치는 무희에게 두세 걸음 가까이 다가가다 갑자기 눈살을 찌푸렸다.

아까처럼 여전히 검은색 가운이었다. 얼굴의 반을 덮은 천까지 모두.

그러나 뭔가가 달랐다.

벽까지 그를 내몰고 나서야 겨우 깨달았다. 검은 눈동자 주변을 장식하고 있던 아이라인이 없다.

자존심 세고, 도도하다는 인상을 품게 된 건 무희 특유의 진한 화장 때문이었던 모양이다. 아까 응접실에서 말을 듣지 않은 것도 공포와 긴장으로 몸이 굳어져서 그런 걸지도 모른다. 목욕을 마치고 화장을 지운 무희의 눈매는 아주 앳됐다.

"이름은?"

턱을 붙들고 다시 물었다.

"……사니야라고 합니다……."

처음으로 가녀린 목소리가 들려왔다. 방울이 울리는 듯한 목소리였다. 살짝 떨리고 있다.

신의 아이, 사니야. 아름다운 어감이라고 느꼈지만 굳이 말로 표현하지는 않았다. 그 대신에 "가운을 벗어라." 하고 짧게 명령만 내렸다.

순간 검은 눈동자에 두려움이 스치고 지나갔다. 사니야는 살짝 고개를 돌리고 두 손을 가슴 한가운데에서 꽉 쥐었다.

"싫으면 됐다. 내가 벗겨 주지."

다른 한 손을 뻗으니 이번에는 억지로 옷이 벗겨지는 게 싫은 모양이다. 사니야는 강하게 고개를 젓더니 자기 손으로 직접 가운을 벗어 무지갯빛이 감도는 그 의상만 걸친 몸을 드러냈다.

각오를 보이기라도 하는 것처럼 꽉 감은 눈. 그와 반대로 헤이달은 눈을 휘둥그렇게 떴다.

"넌 나이가 몇이지?"

"……스물입니다……."

"스무 살이라고?"

도저히 믿을 수가 없어서 재차 물었다. "네……." 하고 고개를 끄덕이며 대답하는 목소리는 역시 작았다.

아무리 봐도 스무 살로는 보이지 않았다. 그래 봤자 열여섯이나 열일곱 정도. 연회석에서 춤을 추던 그와는 인상이 크게 달랐다. 아니. 얼굴 형태는 그리 변함이 없었다. 활처럼 휜 눈썹, 작지만 예쁘장한 코, 헤이달과는 전혀 달리 비단결처럼 고운 흰 피부.

그러나 연지를 지운 입술은 바스러질 것처럼 옅은 색이었다. 부드러워 보이는 검은 머리칼은 어깨를 조금 넘는 언저리에 흐트러져 있었다. 춤을 출 때는 향유를 발라 머리를 묶었나 보다. 굉장히 윤기가 자르르 흐르는 것처럼 보였지만, 깨끗이 씻긴 지금은 마치 망아지의 부드러운 털 같았다.

아름답다기보다는 사랑스러웠다.

이게 신의 아이의 본래 모습이라는 생각에 침이 꼴깍 넘어갔다.

"이리 와라."

어깨를 붙잡고 침대로 끌고 갔다. 거칠게 다룰 마음은 없었지만 손에 쏙 들어오는 작은 체구가 직접 느껴지자 도저히 참을 수가 없어 사니야를 그대로 시트 위로 내던졌다.

역시 겉보기와 마찬가지로 가녀린 몸이었다. 침대 스프링의 반동에 맞추어 몸이 펄쩍 튀어 올랐다.

헤이달은 흔들리는 몸을 가누려고 하는 사니야를 덮치며 단단한 몸뚱이로 내리눌렀다.

"이, 이러지 마세요……."

"왜지? 나는 너를 샀다. 그걸 알고서 여기에 온 것 아닌가?"

정확한 지적에 사니야도 자신의 처지를 알아차린 모양이다. 무희는 파르르 떨리는 입술을 꽉 깨물면서 헤이달의 가슴팍을 밀어내려고 했던 팔에서 힘을 뺐다. 그러나 말귀를 잘 알아들은 것도 잠시, 헤이달이 옷을 벗기려고 하자 다시 버둥거리기 시작했다.

그러나 무희가 아무리 날뛰어도 별 대단한 힘은 없었다. 알몸으로 만드는 데 그리 오랜 시간은 걸리지 않았다.

"너무 성가시게 하지 마라. 처음도 아닐 텐데."

"……읏……."

사니야는 터지는 오열을 억누르고 자신의 나체를 껴안듯이 가리며 헤이달에게서 등을 돌렸다.

하얗고 매끈한 등. 그렇게 멋대로 상상했지만, 의외로 눈앞에 나타난 등에는 복숭앗빛 주근깨 같은 것이 점점이 돋아나 있었다.

"뭐지, 이건?"

헤이달은 그렇게 물으면서 손가락으로 쓸어보았다.

미세한 요철이 있다. 주근깨가 아니라 상처인 듯했다. 하나같이 손톱만 한 크기였다. 마치 꽃잎처럼 흰 등을 이리저리 장식하는, 새로 돋아난 피부.

"학대를 좋아하는 남자가 너를 샀던 것이냐. 불쌍하게도."

어깨뼈 위에 있던 상처 한 곳에 입술을 대자, 사니야는 낮게 울먹이는 비명을 질렀다. 그 팔은 여전히 자신의 몸을 끌어안고, 지키지도 못할 것을 지키려고 애를 썼다.

다음에는 목덜미 바로 아래에 있던 것에 입을 맞추었다.

"흣……."

사니야가 어깨를 움츠린 순간, 향기로운 머리칼이 내려와 헤이달의 코끝을 간질였다.

"마냥 어리게만 보여도 감도는 나쁘지 않은 모양이구나. 고급 창부라고 하더니 역시."

헤이달은 그대로 뒤에서 사니야를 끌어안고 목덜미에 얼굴을 묻었다.

아직도 겁을 잔뜩 먹고 있을 줄 알았지만, 사니야는 꿋꿋하게 뒤를 돌아 어깨너머로 헤이달에게 따졌다.

"저는 신의 아이입니다. 평생 춤을 추고 살아갈 자입니다. 창부가 아니에요."

노려보아도 전혀 위협적이지 않은 커다란 눈망울이었다. 그뿐만 아니라 눈물까지 맺혀 있어서 헤이달은 껄껄 웃음을 터뜨리고 말았다.

"그럼 왜 이 저택으로 왔지? 나는 너를 강제로 데리고 온 게 아니야. 너한테 돈 이야기를 한 자가 있지 않나? 너는 돈을 받고 여기에 왔지. 그걸 바로 창부라고 하는 거다."

"그, 그건……. 전 돈이 필요한 이유가 있어서……."

"호오."

대충 맞장구를 친 헤이달은 가슴의 돌기를 꼬집었다.

"아앗."

흰 들판에 핀 꽃과 같았다. 마치 꺾어달라는 듯이 보이는 그것을 엄지손가락으로 꾹꾹 눌렀다. 진짜 꽃과 다른 점이라면 아무리 만져도 꽃잎이 지지 않는다는 점이었다. 아니, 그렇기는커녕 오히려 유혹이라도 하는 것처럼 붉게 물들며 단단해졌다.

헤이달은 사니야의 뒤에서 나와 이번에는 오른쪽 꽃봉오리를 빨았다.

"야하군. 네 여기가 나보고 빨아달라고 하고 있어."

"그렇, 지는……."

혀와 치아 끝으로 작은 꽃봉오리를 희롱하면서 단단히 닫혀 있던 허벅지 사이에도 손을 넣었다. 다리를 오므리려고 하는 힘이 한층 강해졌지만 억지로 비틀어 열고는 그사이에 감춰져 있던 것을 억지로 끌어냈다.

아무리 아름다운 얼굴을 하고 있어도 역시 남자였다. 여자에게는 존재하지 않는 기다란 성기.

그러나 평범한 남자들과는 그 모양새가 달랐다. 정리가 잘 된 피부와 마찬가지로 사니야의 그것은 뽀얗기만 했다. 더욱 놀라운 점은 성기를 감추는 수풀이 없다는 점이었다.

의아함보다 먼저 욕망부터 느낀 헤이달은 참지 못하고 다리 안쪽을 향해 손을 비집어 넣었다.

역시 수풀 같은 건 찾을 수 없이 그저 매끈한 회음부만이 만져졌다.

"놀랍군. 신의 아이는 감춰진 장소까지 아름답구나."

과실 같은 하얀 심지에 매끄러운 다리 사이. 헤이달은 양쪽 모두를 맛보고 싶어서 우선 오른손으로는 심지를 잡고 허벅지 아래로 숨어든 왼손으로는 회음부를 만지작거렸다.

"하아, 아……."

아직 살점에 불과한 줄기를 쥐고 위아래로 쓸었다. 사니야는 저항하지 않는 대신 입술을 꽉 깨물고 버텼지만 주머니 부분까지 주무르자 이내 곧 "……아앗." 하고 가녀린 신음을 흘리며 몸을 뒤로 젖혔다.

붉게 물든 뺨이나 눈꼬리에 맺힌 눈물까지 즐기면서 손을 움직이자, 부드럽기만 했던 심지가 서서히 단단해지기 시작했다. 익기 전에는 보이지 않았던 복숭앗빛이 귀두를 살며시 물들이고 있었다.

"예쁜 색이군."

목덜미를 혀로 쓸면서 그것의 옴폭 들어간 부분을 비틀자 사니야가 또다시 작게 신음하며 몸을 뒤로 젖혔다.

그와 동시에 선단의 구멍에서 투명한 꿀이 한 방울 흘러나왔다. 줄기를 문지를 때마다 꿀이 떨어지는 간격은 점점 빨라지면서 헤이달의 손가락 사이를 적셨다.

"별로 싫지는 않은 모양이구나. 조금은 순순히 기뻐하는 게 어떠냐. 네가 행동을 바꾼다면 나도 너에게 후한 손님이 되어주마. 춤출 때의 의상이든 머리 장식이든 갖고 싶다고 하면 뭐든 손에 넣을 수 있게 해주마."

이무란에서 머무르는 동안에 이 신의 아이를 애인으로 삼아 즐기는 것도 나쁘지 않을 것 같다. 포개지는 갈색 피부와 흰 피부를 상상하며 더욱 쾌락으로 이끌 요량으로 과실 같은 심지를 희롱하고 있을 때였다.

"그런 건 필요 없습니다."

갑자기 사니야가 몸을 돌려 날카롭게 말했다.

"저는…… 저는 형의 병원비를 벌기 위해서 이곳에 온 겁니다. 의상이나 머리 장식 같은 걸 원하는 창부와 똑같이 취급하지 마세요."

헤이달의 손이 멈췄다.

"네 형이 아픈가 보지?"

"병이 아니에요. 형은 다리를 다쳐서 거동을 못 합니다……."

벌써 몇 년째 병원에 다니고는 있지만 지금도 지팡이가 없으면 걸을 수가 없다는 것. 아파서 힘들어하는 형을 도저히 볼 수 없기도 했고, 형의 눈물 어린 부탁 때문에 오늘 밤 이곳에 오기로 했다는 것. 사니야는 때때로 속눈썹을 떨면서 그런 사정을 설명했다.

"그렇군. 형을 극진히도 생각하는 동생이라."

어처구니가 없군. 헤이달은 사니야의 심지를 쥔 손에 더욱 힘을 주었다.

"아아앗. 읏."

옅은 색 입술에서 새된 비명이 솟아오르며 가녀린 몸이 활처럼 휘었다.

"그런 거짓말은 안 하는 게 좋을 거다. 그렇게 번 돈으로 목숨을 부지하려는 형이 어디 있겠나? 내가 만약 네 형이었다면 동생에게 몸을 팔게는 내버려 두지 않을 거다. 차라리 내 몸에 총을 겨누고 자살을 하고 말지."

검은 눈동자가 깜짝 놀란 듯 휘둥그레졌다. 헤이달은 그 뜻을 이해하지 못했다.

아예 알려고 하지 않았다는 게 맞을지도 모른다. 헐떡이듯 뻐끔

거리며 꿀을 떨구는 분홍빛 입구에서 흥분의 증거가 솟구치는 것을 빨리 보고 싶을 뿐이었다. 침을 꿀꺽 삼키며 헤이달은 그것을 문지르는 손의 속도를 높였다.

“안 돼. 아앗…….”

사니야는 자신의 흥분을 부정하는 것처럼 고개를 저었지만, 앳된 모양의 성기는 이제 완전히 뒤로 젖혀져 곡선을 그리며 쾌락의 이슬을 흩뿌리고 있었다. 문지르는 힘을 일부러 살짝 빼자 이슬은 헝클어진 실이 되어 줄기를 따라 흘러내렸다. 헤이달은 그걸 손가락으로 떠내어 다시 원래 자리에 되돌려 놓기라도 하는 것처럼 입구에 발랐다.

“핫, 흐윽.”

꿀에 젖은 입구도 민감해진 모양이다. 꾹 누르고 있는 엄지손가락의 표면을 새로운 꿀이 솟아 나와 밀어 올렸다.

촉촉이 젖어 이제 주체할 수 없는 선단을 희롱하면서 귀두목을 비틀자 사니야는 “아앗.” 하고 비명을 지르며 몸을 뒤로 젖혔다. 일렁이는 목의 능선에 시선을 빼앗긴 것도 잠시, 따듯한 온기를 품은 꿀이 헤이달의 손바닥을 가득 채웠다.

“내 손이 마음에 든 모양이군. 네가 기뻐한다는 증거다.”

진득한 백탁을 맛본 후, 그것을 사니야의 뺨에 발랐다.

수치심으로 고개를 숙이며 얼굴이라도 붉히면 귀여울 텐데도, 사니야는 입술만 꽉 깨물고 잔뜩 찌푸린 눈으로 헤이달을 쳐다보았다.

이런 얼굴을 하면 더욱 울리고 싶어진다. 헤이달은 칸두라를 벗기 위해 몸을 일으켰다.

“거짓말로 내 동정을 사려고 하지 마라. 돈을 받는 대가로 네 몸을 파는 시점에서 너는 이미 창부니까. 아니면 그 얘기를 하면 남자들이 모두 화대를 더욱 두둑하게 챙겨줬나 보지?”

칸두라를 바닥에 벗어 던진 후에 마주 보자, 사니야가 숨을 삼키는 소리가 들렸다.

사니야는 시선을 헤이달의 나체에 고정한 채 앉은 자세로 서서히 뒷걸음질을 쳤다.

“왜?”

그렇게 묻다가 자신의 가슴을 내려다보고 알아차렸다.

헤이달의 왼쪽 가슴에는 검은 사자의 문신이 자리하고 있다. 부족의 상징인 이빨을 드러낸 사자의 옆얼굴과 할아버지의 이름, 그리고 아버지의 이름이 새겨진 문신이다.

이슬람교에서는 문신을 금기로 여기고 있지만 헤이달이 태어나 자란 부족은 실제로 눈에 보이지 않는 신에게 큰 무게를 두지 않는다. 지켜야 할 것은 오직 부족의 계율이고, 믿어야 할 것은 이 몸에 흐르는 부족의 피다. 이 문신은 대대로 족장에게 새겨지는 것으로, 수장으로 취임한 아사드에게 족장 자리를 물려받았을 때 헤이달도 가슴에 새겼다.

“이게 무서운가?”

헤이달이 옅게 웃으며 손으로 자신의 가슴팍을 쓸었다.

“무희, 넌 알고 있나? 사타르 북부의 유목민인 ‘사막의 흑사자’를. 나는 외무장관이기 전에 그 ‘사막의 흑사자’의 시크이기도 하다.”

아름다운 용모와 우아한 의상. 춤추는 것으로 생계를 꾸리는 무희는 저 머나먼 사막 나라의 부족 이름은 들어본 적도 없을 것이다. 사니야는 새파랗게 질린 얼굴로 고개만 내저었다.

헤이달은 반쯤 유쾌함을 느끼면서 잔뜩 겁을 먹은 사니야를 끌어당겼다.

“기억해 둬. ‘사막의 흑사자’는 그 어떤 싸움에도 지지 않는다. 그래서 사타르에 계속 군림할 수 있는 거고. 내 자랑은 이 몸에 흐르는 부족의 피다. 쓸데없이 거짓으로 꾸며대면서 내 흥을 깨지 마라. 네 가느다란 목을 물어 뜯어버리는 것쯤은 나한테 별일도 아니니까.”

“그, 그러니까…… 저는 거짓말을 한 게 ──.”

“또 그런 소리를.”

헤이달은 일부러 송곳니를 드러내듯 입을 크게 벌려 목덜미를 베어 물었다.

장난으로 한 짓이었지만 사니야는 절규에 가까운 비명을 내질렀다.

“……고작 하룻밤만 가지고 놀 상대를 죽일 리 없잖아.”

아라비아어로 속삭이면서 이번에는 달래기 위해 잇자국이 난 곳을 핥아주었다. 사니야는 턱을 덜덜 떨면서 거의 울고 있었다.

육식 동물이 가젤을 덮치는 일은 순식간에 끝나지만 만약 틈이 있었다면 가젤도 이런 식으로 울며 바들바들 떨었을 지도 모른다. 너무 겁을 준 게 아닐까 생각하면서도 사니야의 검은 눈동자가 눈물로 젖어 드는 모습에 흥분을 감출 수가 없었다.

헤이달은 사니야를 쓰러뜨린 다음, 다리 사이로 몸을 비집고 들어갔다.

그렇게나 꿀을 흘리고 있었던 심지는 이제 완전히 힘을 잃고 다리 사이에 가만히 자리하고 있는 상태였다. 단순한 살점으로 모습을 바꾼 그곳에 헤이달은 자신의 흥분된 것을 문질러댔다.

"……으읏……."

아까 너무 겁을 먹어서 그런지 사니야의 것은 좀처럼 형태를 바꾸려고 하지 않았다. 그래도 몇 번이나 짓이기듯 매만지자 부드러웠던 살점에 서서히 심지가 되살아나더니 이윽고 헤이달의 것과 별 차이 없을 정도로 단단해졌다.

마음은 어떻든 간에 이것은 솔직해서 좋았다. 남자에게 희롱을 당해 기분 좋아지는 것을 아는 몸이 분명했다.

"지금까지 몇 명이나 되는 남자를 기쁘게 했지? 네 외모라면 매일 손님이 끊이지 않았을 텐데."

"저…… 저는, 오늘 밤이 처음입니다……."

"이제 아예 사기를 치는군."

헤이달은 사니야의 무릎 뒤를 잡고 들어 올려 두 언덕 사이에 숨어 있던 오므라진 구멍을 찾아냈다. "안 돼." 하고 몸을 비틀었지만, 신경 쓰지 않고 불빛 바로 아래에서 다리를 활짝 열어젖혔다.

사니야는 핥고 빨며 손가락으로 애무를 받아본 적이 없다. 그런데도 사니야의 은밀한 부분은 살짝 부어서 당장이라도 녹아내릴 것 같은 분홍빛을 드러내고 있었다.

"이게 어딜 봐서 남자를 모르는 몸이라는 거지? 사흘 아니, 이틀 전에 벌써 남자의 것을 물었던 게 분명한데."

어쨌든 간에 정욕을 불러일으키는 색이라는 건 변함없었다. 혈관까지 푸르스름하게 비치는 피부와는 달리, 살짝 가라앉은 색감이 더욱 생생함을 불러일으켰다. 헤이달은 몸을 굽혀 사니야의 뒷구멍을 마구 탐했다.

"하아…… 아……."

가느다란 허리가 움찔하며 튀어 올랐다. 추읍, 하는 소리를 내며 빨아들이자 이번에는 몸이 크게 파도쳤다.

헤이달이 혀를 쓸 때마다 꽃잎 하나 없이 주름을 만들어 오므라져 있던 음란한 꽃이 일렁이며 집요하게 헤이달을 유혹했다. 뾰족한 혀끝으로 찌르면 그곳이 꽉 조이는 것이 야릇했다. 좀 더 안을 맛보고 싶어서 얼굴의 각도를 바꾸어 혀를 뿌리 끝까지 밀어 넣었다.

"안 돼, 아……, 아앗, 아……."

사니야는 어떻게든 헤이달을 떼어놓으려고 버둥거렸지만 사방팔방으로 꿀을 흩뿌리기 시작한 과실의 심지는 좀 더 해달라고 갈구할 뿐이었다. 음란한 꽃에서부터 주머니, 그리고 심지 끝까지 몇 번이나 핥아 올리자 그 현상은 더욱 뚜렷해졌다. 완전히 색욕의 색으로 변한 심지가 부르르 떨며 대량의 꿀을 흩뿌렸다.

그 중 한 방울이 헤이달의 눈가에도 튀었다.

엄지손가락으로 쓱 훔쳐낸 물방울을 일부러 사니야가 보란 듯이 핥았다. "달콤하군." 하고 입매를 끌어올리자 처음으로 사니야의 얼굴이 새빨갛게 물들었다.

"자, 무희. 이번에는 네 차례다."

팔을 잡아 힘이 쭉 빠진 몸을 억지로 일으켰다.

"어설프게 지어낸 이야기와 거짓말로 속여 넘길 수 있는 건 여자도 남자도 안아본 경험이 없는 자뿐이지. 고급 창부라면 창부답게 그 몸을 이용해서 나를 사로잡아 봐라."

헤이달은 똑바로 누운 채 그 위에 사니야를 올라앉게 했다.

문신이 무서웠던 모양이다. 사니야는 눈을 꼭 감고 얼굴을 돌렸다.

그러나 고개를 돌린 쪽에는 흥분으로 잔뜩 부풀어 오른 것이 우뚝 서 있었다. 헤이달이 옅은 웃음을 지으며 사니야의 손을 이끌어 그 새카만 칼날에 닿게 하더니 "입에 물어라."라고 재촉했다.

"잘하면 네 뒤에도 이걸 넣어주지. 그 허리가 녹아내릴 때까지 몇 번이고 말이야."

눈을 휘둥그렇게 뜬 사니야의 낯빛이 새파랗게 질리고 말았다. 또 질리지도 않고 소리 죽여 울기 시작하기에 "빨리하지 못해?"하고 짜증 섞인 목소리로 닦달을 했다.

이제야 각오를 했는지 부드러운 두 손이 헤이달의 음경을 쥐었다.

작은 입술이 조심스럽게 벌어지며 붉은 혀가 언뜻 보이는가 싶더니, 곧바로 그것을 입안에 머금었다. "……으음……." 하는 희미한 신음이나 수풀에 닿는 달뜬 숨결에 흥분한 그것은 더욱더 단단해졌다.

목 깊은 곳에 쏟아 부어줄까, 아니면 저 얼굴에 뿌려줄까. 헤이달은 마무리에 대한 덧없는 상상을 하며 무희의 봉사를 마음껏 맛보았다.

* * *

'짜증을 내면서 창부를 안는 게 아니었어.'

헤이달이 뒷좌석에서 한숨을 푹 내쉬자 옆에 앉아 있던 이무란의 환경 대신이 놀라 어깨를 움찔했다.

그는 아마도 거의 빈민가라고 부를 수밖에 없는 풍경을 보았기 때문에 저렇게 우울해하는 거라고 지레짐작한 모양이다. 헤이달이 아무것도 묻지 않았는데 "아아, 저어, 그게." 하며 말을 우물거렸다.

"이 주변은 이민자들이 많이 사는 구역입니다. 그래서 불법으로 지은 건물들이 밀집되어 전기와 수도도 전혀 정비가 안 되어 있어서……, 물론 하루 빨리 시설을 갖출 예정입니다."

"당연하지. 그게 국가가 할 일이니까."

헤이달은 환경 대신을 흘끗 쳐다본 후, 창가에 팔을 대고 턱을 괴었다.

머릿속을 휘젓는 건 어젯밤의 일뿐이었다. 사니야는 소리를 죽인 채 헤이달의 몸 아래에 깔려 울기만 했다. 하도 울기에 "이제 그만 좀 해라." 하고 위협적으로 말했더니 얌전해지긴 했지만, 잠시 후 또 가슴을 헐떡이며 눈물을 흘렸다.

그래도 사니야를 놓아줄 마음이 없었던 건 그 몸이 매우 마음에 들었기 때문이다. 가느다란 허리, 절정에 오를 때 쏟아내는 달콤한 교성. 헤이달이 더 빠져들고 말아 하룻밤 사이에 몇 번이나 덤벼들었고——.

결국 사니야가 도망치고 말았다.

새벽녘 즈음일까. 무희의 몸을 안고 잠든 줄 알았는데, 품 안은 텅 비어 있고 정원으로 이어지는 문만 활짝 열린 채였다.

정문을 지키는 경비에게 물어보니 검은 옷을 휘감은 '여자'가 밖으로 나갔다고 했다. '여자'는 사니야라고 이름을 대며 "헤이달 님이 사셨던 자입니다."라고 고했다고 한다.

경비들은 헤이달 —— 정확히는 자이드이지만 —— 의 지시로 무희를 저택에 들였다. 화장이 완전히 지워지고 게다가 퉁퉁 부어있기까지 한 그 눈을 보고 경비들은 아아, '일'이 끝났나 보다, 하고 이해하고 문을 열어주었다고 했다.

돌려보낼 때는 탈 것과 함께 새 옷가지를 준비하고 두둑한 돈을 챙겨줄 셈이었다.

그런데 결과는 이렇게 됐을 뿐이었다.

자이드는 아침부터 "이무란의 바자르에서 귀마개를 팔까요?"라고 묻기까지 했다. 다시 말해, 어젯밤에 너무 시끄러워서 한숨도 못 잤다는 뜻인 것 같다. 자이드가 쓰고 있는 방은 헤이달의 방 바로 왼쪽편에 있는 곳으로, 아마도 벽은 얇을 것이다.

그런 쓸데없는 빈정거림은 인상을 잔뜩 구기며 무시할 수 있어도, 헤이달이 그 무희에게 겁만 주었다는 건 변함이 없었다. 대체 어떤 기분으로 잠에 빠진 헤이달을 바라보다가, 어떤 심정으로 도망을 선택했을까. 헤이달이 언제 눈을 뜰지, 들키면 무슨 벌을 받을지, 그 작은 가슴은 두려움으로 미친 듯이 떨렸을 게 분명하다.

헤이달은 바로 그런 식으로 사니야를 안았다.

—— 저는 신의 아이입니다. 창부가 아니에요.

헤이달에게 당당히 따졌던 무희는 결국 마지막에는 여자인 척하며 자신을 창부라면서 이 저택을 뒤로했던 것이다.

참으로 뒷맛이 개운치 않은 끝이었다.

헤이달은 무거운 한숨을 내쉬며 창밖으로 시선을 던졌다.

포장되어 있지 않은 길 좌우에는 당장이라도 무너질 것 같은 목조 건물이 서로 처마를 맞대고 있었다. 쓰레기더미를 뒤적이는 들개나 소, 학교에도 가지 않고 길을 어슬렁거리는 어린이들의 모습이 이곳 주민들의 생활환경을 잘 설명해주는 것만 같았다.

"여기서 내리지. 잠시 걷고 싶으니까."

"아니, 그래도……."

"이런 정부 차량으로는 너무 눈에 띄어. 도시 사정을 알려면 직접 걷는 게 제일이다."

시내에 있는 새하얀 궁전이나 색색의 돌이 박혀 있는 큰길, 아름다운 것만 팔고 있는 바자르만 봐서는 진정한 이무란의 모습은 알 수 없다. 잠시 후, 광장이 보이기 시작하자 헤이달은 거기서 차를 세우게 했다. 따라나서려 하는 환경 대신을 차 안에 대기시키고 다른 차로 뒤를 따라오던 자이드만 데리고 길을 나섰다.

"헤이달 님, 이 나라는 빈부격차가 너무 심합니다. 경제적 원조를 하려면 제대로 국민 모두에게 전달이 되는 방법을 생각해야지, 그렇지 않으면 아무 의미가 없을 것 같습니다."

자이드는 말이 많긴 하지만 영리했다. 좁은 골목길로 들어선 헤이달의 뒤에서 지금 바로 헤이달이 생각하고 있는 바를 그대로 전했다.

골목길에는 바자르가 열리는 중이었다. 그러나 판자촌 밀집 지역이어서 길목은 사람 사이를 겨우 스치고 지나가야 할 정도의 폭밖에 되지 않았다. 꽃이나 여성 옷인 사리를 파는 시내의 바자르와는 달리 이곳은 채소나 콩 같은 식료품이 주된 상품이었다. 이민자가 많이 사는 곳답게 길을 오가는 사람들의 복장은 제각각이어서 헤이달과 자이드가 입고 있는 아랍식 칸두라도 그리 눈에 띄지 않았다.

뒤에서 자이드가 "앗." 하고 소리쳤다.

"헤이달 님, 여기 귀마개가 있네요."

제사용 불꽃놀이 화약을 파는 가게 앞이었다. 헤이달이 돌아보니 자이드는 바구니에 들어 있는 귀마개 한 짝을 굳이 집어서 보여주었다.

"사도 될까요?"

"일일이 묻지 마. 알아서 해."

자이드를 내버려 둔 채 앞서 걷고 있자니 감자를 팔고 있는 가게 앞이 어쩐지 소란스러웠다.

초라한 옷을 입은 소년이 "부탁 좀 드릴게요."라고 몇 번이나 사정하고 있었다. 아무래도 자신이 수확한 감자를 사줄 가게 여주인에게 매매를 부탁하는 모양이었다. 손에 든 작은 바구니는 가게의 것과는 전혀 다르게 말라빠진 감자가 수북했다.

그러나 여주인은 매정하기만 했다.

"어제도 사줬잖니. 아무리 그래도 그런 감자로는 장사가 안 돼. 미안하지만 돌아가렴, 사니야."

곁눈질만 하며 쓱 지나가려고 하는데 그 이름이 문득 귀에 들어왔다.

소년은 저도 모르게 발길을 멈춘 헤이달이 있는 줄도 몰랐던 것 같다. 시무룩하게 발길을 돌리다가 가게 앞에 있던 헤이달과 부딪치고 말았다. 그와 동시에 소년이 가지고 있던 바구니가 흔들리면서 좁은 골목길에 감자가 우수수 떨어졌다.

"죄송합니다……."

소년은 허둥거리며 머리 숙여 사과한 후, 땅바닥을 기듯 감자를 줍기 시작했다.

그 모습을 보니 심장으로 이어지는 혈관이 세게 뒤틀리는 기분이 들었다. 이름만이 아니라 목소리도 그 무희와 똑같았다.

그러나 정작 중요한 얼굴이 잘 보이지 않았다.

헤이달은 감자를 줍는 걸 도와주는 척하며 소년의 얼굴을 보았다. 긴 머리를 정수리 부근에 동그랗게 묶은 모양새였다. 귀밑머리로 살짝 덮인 흰 쇄골. 피부 결도 비슷했다. 소년은 통행인에게 방해라고 타박을 받을 때마다 "죄송합니다." 하고 사과하면서 감자를 주우러 정신없이 돌아다녔다.

헤이달이 주운 감자를 내밀자 소년이 고개를 들었다.

마주치는 시선에 숨을 꿀꺽 삼켰다.

"너는……."

틀림없었다. 이 아이는 어제 그 무희였다.

기억 속의 얼굴과 일치하는 동시에 어제 자신이 했던 행동이 머릿속에서 선명히 되살아났다.

"오해하지 마. 이건 우연이야. 너를 쫓아온 게 아니다."

모욕을 주고 무례하게 굴었던 손님과 재회하는 일은 공포 그 자체일 것이다. 헤이달은 마치 아까 전의 그 환경 대신처럼 말을 우물거리면서 뭐라고 말하면 좋을지 머뭇거렸지만 사니야는 놀라거나 겁먹은 모습은 조금도 보이지 않았다.

"주워주셔서 감사합니다."

꽃이라도 피는 것처럼 환하게 웃으며 작은 바구니를 헤이달에게 내밀었다.

어젯밤은 한 번도 보여주지 않았던 미소 ── 살짝 송곳니가 엿보이는 입매에 반한 헤이달은 바구니 안에 감자를 넣어주는 것조차 망설이고 말았다.

"헤이달 님, 괜찮으십니까?"

뒤늦게 따라온 자이드도 감자를 주웠다. 작은 바구니를 들고 있는 사니야를 보고 "이건 네 것이니?" 하며 감자를 건네주었다. "감사합니다." 하고 미소를 짓는 사니야와 눈이 마주치자 자이드는 "앗." 하고 놀라며 헤이달 쪽을 쳐다보았다.

자이드는 "어디서 많이 본 것 같은데요……." 하고 사니야에게 들리지 않게 헤이달에게 슬쩍 물었다.

"어젯밤의 그 무희야." 하고 헤이달이 작게 답하자, 자이드는 아까보다 더 큰 목소리로 "아아!" 하고 외쳤다.

그런데 뭔가 좀 이상했다.

마치 어제의 기억은 통째로 잊은 것처럼 구는 이 행동──.

"도와주셔서 감사합니다."

헤이달은 고개를 꾸벅 숙인 후 자리를 떠나려는 사니야를 얼른 붙잡았다.

"잠깐, 너는 그 신의 아이인 사니야인가?"

사니야는 커다란 눈을 동그랗게 뜨며 "저를 알고 계세요?" 하고 반대로 되물었다.

맞아요, 저는 신의 아이 사니야예요, 라는 말과 같은 뜻의 그 대답에도 깜짝 놀랄 수밖에 없었다.

"내가…… 기억 안 나?"

어제 거칠게 널 안았던 남자의 얼굴을.

사니야는 눈을 한 번 깜박인 후, 헤이달을 올려다보았다.

사니야가 슬픔도, 비난도 깃들지 않은 눈동자로 자신을 가만히 쳐다보는 일은 어젯밤에는 단 한 번도 없었다. 검은 눈동자에는 너무나 당혹스러워하는 헤이달의 얼굴이 작게 비치고 있었다.

그 반사된 모습은 눈이 깜박거리는 순간에 사라졌다가 다시 비치고, 그러다 세 번째로 눈을 깜박인 순간에는 아예 사라지고 말았다.

사니야가 고개를 숙였기 때문이다.

"죄송합니다……. 저는 종종 기억을 못 할 때가 많거든요."

"종종 기억을 못 한다고?"

무슨 뜻인지 알 수가 없었다.

그렇게나 강렬한 밤을 잊을 수 있단 말인가. 아니면 사니야에게 있어서는 흔히 있는 하룻밤에 불과했던 것인가.

묶어 올린 머리에서 살짝 비어져 나온 머리칼을 멍하게 바라보고 있자니, 갑자기 사니야가 고개를 들었다.

"저어, 제가 무슨 실례라도 저질렀나요?"

절박함이 깃든 눈동자와 정면에서 마주쳤다.

순수하게 답을 요구하고 있는 눈동자였다. 다시는 보고 싶지 않은 손님과 재회하여 일부러 모든 일을 다 잊은 척하는 것처럼은 보이지 않았다.

무엇보다 비난받아야 할 짓을 한 건 헤이달이었으니 말이다.

"아니, 그게……."

입이 바짝바짝 말라서 제대로 말이 나오지 않았다. 얼버무리려고 헛기침을 했다.

"너는…… 아무 잘못도 하지 않았어. 그저 내가 더…… 그래. 네 춤을 보고 반해서 푹 빠졌을 뿐이지."

거짓말. 기억 속의 무희는 경멸의 눈빛으로 헤이달을 노려보고 있었다.

그러나 눈앞에 있는 사니야는 눈을 한 번 깜빡 감았다 뜨고선 활짝 웃었다. 긴장 따위는 조금도 느껴지지 않는 햇살 같은 미소였다.

"다행이네요. 기억하지 못해서 죄송합니다. 저의 춤을 봐주셨군요?"

살짝 발그레해진 그 뺨에서 눈을 떼지 못하는 바람에 헤이달은 또다시 대답이 한 템포 늦어지고 말았다.

"아아. ……궁전 호텔에서 어제 봤지. 꽃의 신이 왕에게 시집가는 것을 표현한 춤이었던 것 같던데."

"아, 그건 제가 가장 잘 추는 춤이에요."

장난스러운 짓을 하려는 어린아이처럼 사니야는 위를 살짝 올려다보며 후후후, 하고 웃었다.

왜 나이 어린 무희가 웃는 모습에 이렇게 가슴이 술렁이는지. 미친 듯이 뛰기 시작한 심장에 당황하면서도 헤이달은 마치 눈동자에 새겨 넣기라도 하듯 사니야를 바라보았다.

아무 대꾸도, 맞장구도 하지 못한 채 그저 사니야를 멍하게 바라보고만 있자니, 갑자기 그가 작은 바구니를 내밀었다.

"괜찮으시면 이거 받아주세요. 저희 밭에서 키운 거예요. 우유와 같이 푹 끓이면 맛있어요. 약간 자작하게 졸이면 더 맛이 좋을 거예요."

헤이달이 당황스러워하면서도 작은 바구니를 받아들자, 사니야는 흰 이를 살짝 드러내며 미소를 지었다. 그리고 꾸벅 고개를 숙인 후, 그대로 골목길을 총총히 뛰어가 버렸다.

자신은 혹시 어제 악몽이라도 꾼 걸까.

아니, 그럴 리가 없다.

인파 속에 뒤섞여 사라지는 뒷모습을 넋 놓고 바라보고 있자니 "저기, 거기 총각." 하고 누군가가 부르는 소리가 들렸다.

채소 가게 여주인이 손바닥으로 목덜미를 부채질하면서 헤이달을 빤히 쳐다보고 있었다.

"총각이 어디서 왔는지는 모르겠지만, 사니야와 너무 얽히지 않는 게 좋아. 저 애한테는 아주 못 돼 먹은 형이 붙어 있거든. 괜히 접근했다가 주머니만 탈탈 털릴걸."

형.

그렇다. 어제 사니야는 형이 있다고 말했다.

"부인, 저 아이의 형은 혹시 다리를 다쳤나?"

헤이달의 물음에 여주인은 목을 뒤로 젖히며 깔깔 웃었다.

"다쳤느냐고 물으면 다쳤지. 내가 보기에는 아주 멀쩡해 보이지만. 그저 죽어라 보살피는 건 사니야 뿐이야."

귀에 들리는 호쾌한 웃음소리와는 달리 심장은 찬물이라도 끼얹은 것처럼 싸늘하게 식어 들었다.

헤이달은 얼른 골목길 끝으로 시선을 옮겼다. 그러나 두 눈에 들어온 건 바자르를 위해 들어선 노점들의 지붕과 흙먼지뿐이고, 사니야의 모습은 어디에도 보이지 않았다.

*　　*　　*

헤이달은 감자를 파는 여주인에게 사니야가 살고 있다는 집의 위치를 물었다. 사니야는 바자르가 열리는 골목길에서 조금 떨어진 곳에 있는 판잣집에 살고 있다고 한다.

사니야는 무도단에 소속되어 있지 않고 지명을 받았을 때만 춤을 춘다고 한다. 여주인은 춤에는 관심도 없는지 신의 아이에 대해서는 몰랐지만, 사니야가 춤의 명수여서 가끔 커다란 호텔이나 저택에 불려가 춤을 춘다는 사실은 알고 있었다.

사니야의 관리와 보호자 역할을 맡은 게 바로 다섯 살 연상의 형, 유안. 일도 안 하면서 돈에는 깐깐한 수전노로, 여주인은 노골적으로 콧등을 찡그리며 "그건 진짜 쓰레기야." 하고 욕설을 내뱉었다. 부모님은 예전에 세상을 떠나 형제 둘이서만 살고 있다고 한다.

"헤이달 님, 정말로 그 무희의 집에 가시는 겁니까?"

재빨리 나갈 채비를 할 때, 그렇게 묻는 자이드에게 "그래. 가보려고." 하고 대답하자 그는 도저히 믿을 수 없다는 눈빛을 보였다.

"그렇게 그자에게 관여할 필요가 있습니까……? 그 소년은 그저 무희이고 창부입니다. 하룻밤 같이 어울린 것만으로도 충분하지 않습니까."

"확실하게 확인하지 않으면 기분이 찜찜해서 그래. 나를 잊었다는 걸 도무지 믿을 수가 없다고. 자네도 이상하지 않나? 그건 진짜로 하나도 모르겠다는 얼굴이었어."

사실은 그날 —— 재회한 날에 바로 찾아가고 싶었지만 헤이달은 놀이 삼아 이무란에서 지내는 게 아니다. 시찰 일정이 촘촘히 짜여 있어서 실제로 행동에 옮기게 된 날은 오늘이 되고 말았다. 사니야와 재회한 지 이미 나흘이나 지났다.

대체 가끔 기억이 안 난다는 건 무슨 소리일까. 그것도 자신을 안은 남자의 얼굴마저 싹 잊어버릴 줄이야.

그 형인 유안이라면 분명 이유를 알 것이다.

"말씀대로 이상하다면 이상하긴 하지만……."

자이드는 아직도 무슨 할 말이 남은 듯했지만 결국 더는 따지지 못하고 헤이달과 함께 차에 올랐다.

오늘은 정부에서 제공한 차량도 아니고 수행원은 자이드 뿐이다. 다른 측근들에게는 잠시 외출하고 오겠다고만 전해두었다. 도중에 시내에 있는 바자르에 들러 꽃을 샀다. 자이드가 노골적으로 의아한 표정을 짓기에 헤이달은 "감자에 대한 보답이다." 하고 설명했다.

자동차는 지기 시작하는 햇살에 휩싸인 거리를 달렸다. 서서히 차창 밖으로 보이는 풍경에서 질서정연함이 사라지면서 사니야가 사는 동네의 모습이 보이기 시작했다.

"여기서 세워라."

시찰하러 왔을 때도 차를 세웠던 장소였다. 운전기사에게 기다리라고 일러둔 뒤, 자이드와 함께 차에서 내렸다. 잠시 걷다 보니 채소 가게 여주인한테 들었던 장소가 나왔다.

이리저리 구부러진 자갈길 저편에 같은 모양새의 판잣집이 즐비하게 늘어서 있었다. 사니야의 집을 알아보는 표식은 처마 밑에 놓인 녹색 소파라고 했다. 형인 유안은 대부분의 시간을 그곳에 앉아 담배를 피우며 보낸다고 들었는데, 유안으로 보이는 사람보다 먼저 사니야부터 발견했다.

사니야는 처마 밑에 쪼그려 앉아 통 안에 담은 물에 감자를 씻고 있었다. 흥얼거리는 콧노래까지 들려왔다.

사니야도 가까이 다가오는 두 사람의 발걸음 소리를 들은 모양이다. 얼굴을 쓱 들더니 헤이달과 눈이 마주치자 "앗." 하는 소리를 내며 그 자리에서 일어섰다.

"얼마 전에 만났던…… 그분이시죠?"

안겼던 기억은 잃었어도 바자르에서 부딪쳤던 건 여전히 기억하는 모양이다. 그렇다고 고개를 끄덕이며 "이건 감자를 준 보답이다." 하고 꽃다발을 내밀었다. 사니야는 꽃다발과 헤이달의 얼굴을 교대로 보다가 환한 표정을 지었다.

"와아, 기뻐요. 깜짝 놀랐어요. 감사합니다."

이름도 모르는 꽃이었지만 사 오길 잘했다. 이렇게나 순수하게 기뻐하는 사람은 이제껏 헤이달 주변에 없었다. 왠지 모르게 훈훈한 기분을 맛보며 꽃다발에 코를 묻고 있는 사니야의 모습을 보고 있으려니 갑자기 그가 얼굴을 들었다.

"죄송해요. 사실 저 이제 기억이 났어요."

"기억이 났다고……?"

뭐가 기억났다는 것인지.

사니야의 말에 순식간에 자신의 얼굴이 굳어지는 것을 느꼈다.

"당신은 궁전 호텔에서 제 춤을 보셨다고 하셨죠? 저는 가끔 있었던 일을 기억하지 못해서 춤추는 일을 의뢰받았을 때는 공책에 그걸 적어둬요. 혹시 당신이 말씀하셨던 건 사타르 수장국의 외무장관님을 초대하여 열린 저녁 만찬이 아니었나요? 그 저녁 만찬에는 높은 정치가분들만 참석한다고 들었는데……. 혹시 당신도 정치가이신가요?"

기억이 난 것이 아니라 공책을 다시 읽고 알았다는 뜻인 모양이다. 헤이달의 정체도 잘 모르는 것 같았다. 안도의 한숨을 토해내면서 고개를 끄덕이자, 사니야는 "죄송합니다." 하고 힘차게 고개를 숙였다.

"저는 정치하시는 분들 성함이나 얼굴은 잘 몰라서요……. 춤 공부만 하는 바람에 말투도 좀 실례가 될지도 몰라요. 춤 때문에 불려갈 땐 특히 조심하고 있지만, 평소에는 별로……."

헤이달은 이제 아예 마음이 놓여서 안도의 한숨만이 아니라 눈매까지 부드럽게 풀고 말았다.

아무래도 사니야는 자기 행동이 무례하지는 않았나 하고 걱정했나 보다. "그런 건 상관없어."라고 말하려는 순간, 자이드가 재빨리 눈짓을 보냈다.

활짝 열린 앞문에서 웬 남자가 얼굴을 내밀고 있었기 때문이다.

"당신들 누구야?"

무늬가 들어간 셔츠를 입은 메마른 체격의 남자였다. 난잡한 생활을 보낸다는 분위기가 마구 자라난 턱수염으로 덮인 뺨에 감돌고 있었다. 오른손에는 막대기 같이 생긴 지팡이가 들려 있다.

"아, 형."

사니야가 밝게 불렀다.

"네가 유안인가?"

"그런데?"

"네 동생에 대해 묻고 싶은 것이 있다."

그러자 시니야가 "네에?" 하고 외치며 불안한 눈빛으로 헤이달을 쳐다보았다.

"저기요, 저에 대해서라니요? 역시 무슨 실례를 저질렀나요……?"

"아니, 그건……."

본인을 앞에 두고 뭐라고 말하면 좋을까. 헤이달이 곤혹감에 미간을 찌푸렸을 때, 유안이 바지 주머니를 뒤져 동전을 몇 개 꺼냈다.

"사니야, 미안하지만 담배 좀 사 와."

"하지만……."

머뭇거리는 사니야에게 유안은 "괜찮으니까 어서 가." 하고 잔돈을 쥐어주며 멀리 보내려고 했다. 사니야는 헤이달을 흘끔흘끔 쳐다보면서 꽃다발을 물통에 넣고 구불거리는 길을 걸어갔다.

힘없는 그 뒷모습이 석양빛에 섞여 보이지 않게 되었을 때였다.

"이거 어디서 많이 본 얼굴이군."

유안이 눈을 가늘게 뜨면서 나직하게 중얼거렸다.

"내 동생 사니야는 얼마 전에 사타르의 외무장관님을 환대하는 자리에 부름을 받았어. 나는 그저 따라가기만 해서 경위는 잘 모르지만, 놀랍게도 외무장관님이 사니야를 하룻밤 사고 싶다고 하시더군. 이무란 대신의 보좌관님이 하도 고개를 숙이길래 나도 하는 수 없이 명을 받들기로 했었지. 거참, 아름다운 동생을 둔 형이라 괴롭다니까."

유안은 거기까지 말한 후, 지팡이에 몸을 의지한 채 헤이달 쪽으로 다가왔다.

묘하게 연기를 하는 듯한 동작으로 헤이달의 얼굴을 살펴보면서 "호오……." 하고 천박해 보이는 입매를 야릇하게 일그러뜨렸다.

"이거 참 놀랍군. 당신, 그 사타르의 외무장관님과 엄청 비슷한데? 아니, 나는 무대 옆에서 슬쩍 보기만 해서 정확히 얼굴을 본 건 아니지만, 아마도 이름이 ── ."

"이봐! 무례하군."

날카롭게 외치는 자이드를 제지하며 헤이달이 말했다.

"그래. 내가 네 동생을 산 외무장관, 헤이달이다. 허나 사니야는 나와 있었던 일을 전혀 기억 못 하고 있다. 그 연유에 대해 듣고 싶다."

신분이나 방문 목적을 숨기는 건 더욱 이야기가 겉돌 뿐이다. 헤이달이 명확하게 목적 이유를 밝히자 유안은 씨익 웃으며 왼손을 내밀었다.

그렇군. 소문대로 쓰레기다. 손바닥이 똑바로 위를 향하고 있다.

그 위에 지폐 몇 장을 얹어주니 유안은 우스울 정도로 정중하게 인사를 한 후 헤이달과 자이드를 집 안으로 이끌었다.

다이닝룸이라고 불러야 좋을까. 안내를 받아 들어간 곳은 고물 같은 가재도구들이 널린 방이었다. 벽 가장자리에는 초라한 주방이 있고, 방 중앙에는 솜이 튀어나온 소파와 테이블이 하나. 해 질 녘이라는 시각임을 고려해도 집 안은 어두컴컴했다.

"자, 앉으시지요, 외무장관님."

유안이 소파를 권하기에 헤이달은 눈살을 찌푸리면서도 자리에 앉았다. 자이드는 헤이달 뒤에 대기하고, 유안은 개수대 근처에 있는 나무 의자에 살짝 걸터앉았다.

대담한 것처럼 보여도 유안 역시 일단 경계하고 있는 모양이다. 유안은 느긋한 동작으로 담배를 입에 물었지만 불을 붙이는 사이에도 헤이달과 자이드에게서 시선을 떼지 않았다.

"……그래, 사니야에 대해 묻고 싶으시다고?"

유안은 애라도 태우는 것처럼 두세 모금 담배를 빨아들인 후에 입을 열었다.

"사니야는 머리에 약간 문제가 있어."

멍청하다는 뜻인 줄 지레짐작한 헤이달이 유안을 노려봤지만 그건 아닌 듯했다. 유안은 담배를 들지 않은 다른 손으로 자신의 뒤통수를 툭 때려 보였다.

"동생은 머리 이쪽 부분을 다쳤어. 상처는 다 나았지만 가끔 기억을 못 하곤 해."

"그게 무슨 뜻이지?"

"3년, 아니 4년 전쯤이었나? 나와 사니야는 한 폭파 사건에 휘말렸어. 바로 요 앞에 있는 바자르에서."

폭파 사건.

위험한 울림에 헤이달은 저도 모르게 뒤에 서 있던 자이드의 얼굴을 쳐다보았다.

"이 지역에는 이민자들이 많이 살고 있어. 그렇다는 건 서로 믿는 신도 다르다는 거지. 소를 신의 사자라고 믿는 놈도 있고, 얼른 잡아서 고기로 해 먹어야 한다는 놈도 있어. 돼지도 그렇고. 그런 일에 분노한 이교도와 이교도가 싸우기 시작한 거야. 그것도 전쟁 같은 싸움을 말이야. 바자르 절반이 다 날아가고 말았어. 나도 오른쪽 다리를 다치고 말아서 지금은 제대로 걷지도 못하지."

헤이달은 유안의 다리를 보았다. 시선을 느꼈는지 유안은 "아야야." 하고 신음하며 오른쪽 다리의 종아리를 쓱쓱 문질렀다. 아픈 척하는 건지 알 수 없었다.

"당신도 동생을 안아봐서 알겠지만, 그 녀석 등에 상처가 있었지? 그건 유리 파편에 맞아서 생긴 거야. 쾅 하는 소리가 들린 후에 우리는 폭발에 날아갔고, 쓰러진 사니야의 위로 유리 파편이 쏟아졌어. 마치 소나기처럼 말이야. 그 후에 무너진 기둥이 바로 이 언저리를……."

유안이 또 한 번 손날로 자기 뒤통수를 툭 쳤다.

헤이달은 눈앞에 피투성이가 된 사니야의 모습이 보이는 것 같아 눈을 꽉 감았다.

꽃잎 같다며 입을 맞추었던 부드러운 피부 위에 작게 솟은 흠집들을 떠올렸다. 그 살갗 아래에는 아직도 유리 파편이 박혀 있을지도 모른다.

"그때부터였어. 사니야는 가끔 기억을 잃지. 하지만 사건에 휘말리기 전의 기억은 잃지 않았어. 예를 들어서 우리 부모님의 얼굴. 사건에 휘말려 돌아가셨지만 말이야. 그리고 이 집의 위치, 춤추는 법 같은 건 잊지 않았지. 다만 그 사건 이후에 알게 된 건 금방 잊어먹곤 해. 사니야는 이 4년 동안 잊었다가 기억하고, 또 잊었다가 기억하는 식의 삶을 살고 있어."

그래서 그랬던 것인가. 바자르에서 재회했을 때 보여준 순수한 웃음. 남자에게 팔려가 안기고 만 자신을 알고 있다면 그런 식으로는 절대로 웃을 수 없을 것이다.

"그렇군. 잘 알았다. 방해해서 미안했다."

사니야를 위해 뭔가 해줄 수 있는 일은 없을까. 머리를 이리저리 굴리며 소파에서 일어난 헤이달을 유안이 얼른 붙잡았다.

"잠깐, 잠깐. 댁한테 특별히 알려주고 싶은 게 있는데."

"뭐지?"

지팡이를 짚으며 다가온 유안에게 고개를 돌리자, 그는 헤이달에게 시선을 주다가 바로 다이닝룸을 나가려는 자이드를 쳐다보았다.

"저 형씨는 자리를 피해 주면 좋겠는데."

궁금했던 일에 대해서는 아까 그 대화로 충분히 이해했다. 이제 유안한테 볼일도 없지만 악의적으로 일그러져 있는 그 입매가 매우 신경이 쓰였다. 무슨 일이냐고 다시 한 번 묻자, 유안은 어깨만 으쓱할 뿐 말문을 열려고 하지 않았다. 측근 앞에서 말할 마음은 없는 듯했다.

"자이드, 이 자와 둘이서 대화를 하겠다. 바깥에서 기다려."

"무슨 일이길래 그러십니까?"

"아무튼 나가 있어."

자이드는 납득할 수 없다는 표정으로 헤이달을 보면서 방을 나갔다. 그 뒷모습이 보이지 않게 되자 헤이달은 다시 소파에 앉았다.

"빨리 말해라. 난 한가하지 않으니까."

위협적으로 말해도 유안은 동요하지 않았다. 애를 바짝 태우기라도 하는 것처럼 새 담배를 꺼내 물면서 이번에는 소파가 아니라 헤이달 앞에 있는 테이블에 앉았다.

"당신, 사니야한테 반했지?"

은근한 웃음을 띠고 있는 입이 내뱉은 말에 헤이달은 살짝 눈을 크게 떴다.

"내가 무희에게 반했다고? 네 동생은 미인이 맞지만 여장한 소년 무희라는 게 재미있어서 사봤을 뿐이다. 나는 외무장관이라는 직함이 어울릴 정도로 성실한 남자는 아니니까."

"오호, 그러셔? 나는 당신이 사니야한테 반한 줄 알았지. 한 나라의 외무장관님이 꽃다발까지 들고 이런 허름한 집을 찾아올 정도잖아? 그것도 측근을 한 명만 데리고 말이야. 원래라면 외무장관님이 무희와 그 형제를 불러들여야 정상 아닌가?"

속을 훤히 꿰뚫고 있다는 식의 그 말투가 매우 거슬렸다.

당황한 기색을 들키지 않도록 천천히 담배를 꺼냈다. 불을 붙인 후, 필터를 세게 깨물었다.

"내가 움직이는 편이 더 빠르니까 실행에 옮긴 것뿐이다. 하고 싶은 말이 있다면 빨리 말해."

유안은 "어이쿠, 무서워라." 하고 장난스러운 몸짓을 보이더니 바로 차분한 표정을 지었다.

"당신한테만 특별히 가르쳐줄게. 사니야가 기억을 잃는 법칙을 말이야."

"법칙?"

대체 이 자는 무슨 말을 하려는 건지.

일그러진 웃음을 지으며 말을 아끼는 얄팍한 그의 입술을 응시했다.

"사니야는 폭파 사건에 휘말린 다음부터 '소리'를 매우 두려워하게 됐어. 음악이나 사람들의 웃음소리는 괜찮아. 하지만 그 사건을 떠올리게 하는 소리는 안 돼. 그것도 전조도 없이 바로 그런 소리가 들리면 말이야. 예를 들면……."

총성, 폭약 소리, 차와 차가 충돌하는 소리. 유안은 이것저것 예를 들면서 자리에서 일어나 지팡이를 짚으며 개수대 쪽으로 갔다. 그리고 붙박이 찬장에서 유리잔 두 개를 꺼내더니 양손에 하나씩 쥐었다.

"이런 소리도 안 돼."

헤이달에게 보란 듯이 유리잔을 들더니 유안은 그 두 개를 부딪쳤다.

갑작스러운 힘을 받은 유리잔은 쨍그랑 소리를 내며 깨지더니 개수대 위로 파편을 떨구었다.

"그리고 이런 소리도."

유안이 다음에 손에 쥔 건 프라이팬과 냄비였다. 그걸 부딪쳐 탕탕 울린 다음 개수대 안에 내던졌다. 콰당탕, 하는 소리가 크게 울렸다.

"헤이달 님!"

바깥에서 기다리던 자이드의 귀에도 이 소음이 들린 모양이다. 다급한 발걸음으로 서둘러 방으로 뛰어 들어왔다.

"괜찮다. 아무 일도 아니야."

"하지만."

"괜찮으니까 밖에서 기다려라."

강한 어조로 말하자 자이드는 헤이달과 유안을 교대로 쳐다본 후 몇 번이고 뒤를 돌아보면서 방을 나갔다.

헤이달은 천천히 담배 연기를 내뿜었다.

어떻게 표현하면 좋을지 모를 불길한 형태를 한 벌레가 가슴 속에 몇 마리나 꿈틀거리는 기분이었다.

"유안, 나에게 무슨 말이 하고 싶은 거지?"

"그러니까……."

유안은 지팡이를 짚으며 헤이달 쪽으로 돌아왔다. 그리고 아까와 똑같이 테이블 위에 걸터앉아 옅은 웃음을 지었다.

"일부러 사니야의 기억을 없애는 방법이 있다는 뜻이야."

"……그렇군."

헤이달은 아무래도 좋다는 듯 코웃음을 치고는 담뱃불을 껐다.

두 손을 미리 비워두고 싶었기 때문이다. 아마도 앞으로 몇 분 지나지 않아 자신은 유안에게 달려들게 될 것이다.

"그런 일은 일어나지 않을 테지만, 이 집이 펑하고 날아가기라도 한다면 아마 사니야는 그 폭파 사건을 떠올리고는 기억상실을 겪게 될 거야. 나도 우리 둘이 살게 되면서 알게 되었어. 갑작스러운 소리, 그것도 어느 정도 큰 소음이 방아쇠가 된다고나 할까. 접시가 깨지거나 찬장에서 냄비가 떨어지는 그런 소리에도 사니야는 깜짝 놀라 1초 전의 일도 잊고 말아."

"그래서는 생활하기 힘들겠군. 불쌍하게도."

유안은 이야기의 요점을 피하려고 한 헤이달을 봐주지 않았다.

그는 얼굴을 바짝 들이대며 말했다.

"당신, 사니야를 사지 않겠어? 하룻밤이 아니라 평생 말이야."

애써 표정을 바꾸지 않았던 헤이달과는 달리 유안의 입술이 또다시 일그러진 미소를 새겼다.

"사니야를 잘만 놀라게 하면 저 녀석은 다 잊고 말아. 어떤 방식으로 안아도 기억에 남지 않지. 그러니까 당신을 원망할 일도 없을 거야. 게다가 영원히 처녀이고. 설령 사흘 내내 사니야를 안았어도 나흘째에 기억을 날려버리면 또다시 처녀로 되돌아간다고."

사니야를 처음으로 안았을 때 그의 잔뜩 겁먹은 모습이 머릿속에 떠올랐다.

남자들을 많이 상대했을 거라고 단정 지은 헤이달에게 사니야는 떨리는 목소리로 오늘 밤이 처음이라고 말했다.

그건 사니야에게 있어서 틀림없는 사실이었다.

헤이달은 눈을 꽉 감았다가 눈앞에 있는 남자를 응시했다.

"유안, 넌 일부러 사니야의 기억을 없애고 있다 이 말이군. 창부로 손님을 받은 후에 기억을 없애고, 또 손님을 받게 하는 건가?"

방금 든 확신을 들이대자 유안은 새삼스럽다는 듯 어리둥절한 표정을 지었다.

"그, 그거야 먹고 살려면……."

유안이 우물거리며 변명하기 시작했지만 헤이달도 이제 참는 데 한계였다.

"형으로서 동생한테 해줄 수 있는 게 그게 다인가. 너는 정말 쓰레기군."

"무슨……."

치밀어 오르는 분노에 몸을 맡긴 채 유안의 멱살을 잡아 밀쳐서 테이블과 함께 넘어뜨리고 그의 몸 위에 올라탔다.

유안은 숨쉬기도 버겁다는 듯 신음을 흘렸지만, 그래도 눈만은 부릅뜬 채 헤이달을 노려보았다. 힘으로 간단히 굴복하지 않는 건 형제가 똑같았다.

"어, 어쩔 수 없잖아! 사니야의 춤 가지고는 벌이가 시원찮으니까. 먹고 살려면 어쩔 수 없어. 난 이 다리로 일할 수 없단 말이야."

"그럼 내가 지금 이 자리에서 그 아무 짝에도 쓸모없는 다리를 분질러 주마. 그리고 너한테 최고급 의족을 보내주지. 다리만 제대로 움직이면 동생을 위해 일할 수 있겠지?"

헤이달은 유안의 오른쪽 다리의 무릎을 움켜잡고 힘을 세게 주어 비틀어 올렸다. "끄아아악." 하고 짐승 같은 비명이 치솟았다. 개의치 않고 힘을 더 주었을 때, 자이드가 놀라 방으로 뛰어 들어왔다.

"헤이달 님, 대체 무슨 일입니까!"

헤이달은 소리치며 말리려고 하는 자이드까지 밀쳐 버렸다. 그러나 그 찰나의 순간에 유안은 헤이달의 몸 아래에서 쏙 빠져나와 근처 물건들을 다 넘어뜨리면서 개수대 쪽으로 도망쳤다.

다리가 아파 거동이 불편하다고 보기 어려울 만큼 재빠른 줄행랑이었다.

지팡이는 테이블 아래에 굴러다니고 있었다.

"호오, 아무래도 의족은 필요 없는 듯하군. 동생에게 몸을 팔게 하는 형 따위는 살 가치가 없다. 나를 만난 것으로 운은 끝났다고 생각해라."

헤이달은 주워든 지팡이를 거꾸로 들고 개수대 아래에 주저앉은 유안에게 걸어갔다.

"이러지 마십시오!"

말리려고 하는 자이드의 손을 뿌리치며 지팡이로 유안의 목을 겨누었다.

위협으로 잔뜩 겁을 줘서 버릇을 고쳐줄 셈이었는데 유안은 오히려 이를 딱딱 부딪치면서도 "그럼 다른 놈한테 팔지 뭐!" 하고 외쳤다.

빠른 힌디어여서 하마터면 그냥 괴성으로 듣고 넘길 뻔했다.

"너, 지금 뭐라고 했지?"

"사니야를 팔아버리겠다고 했어. 그 녀석은 올해 성인이 됐어. 여장해서 춤을 출 수 있는 것도 이제 몇 달 안 남았지. 당신은 모르겠지만 생일이 지나면 돈 많은 집에 애인으로 팔려가는 신의 아이도 제법 많거든. 자기만의 무도단을 만들거나 춤 선생이 되는 신의 아이도 있지만 그런 녀석들은 얼마 되지도 않고. 나는 사니야의 장래를 생각해서 걔를 받아줄 사람을 찾는 중이라고."

"설마 너……."

스쳐 지나가는 불안을 말로 꺼내기도 전에 유안이 "그래, 맞아." 하고 말을 내뱉었다.

"사니야가 가끔 기억을 잃는다는 것도, 뭘 어떻게 해야 잊는 건지도 당신 말고 다른 남자에게 얘기할 거야. 관심 갖은 남자도 많아. 그중에 한 놈을 내일 사니야와 만나게 할 계획이니까."

"그런 건 아무래도 좋다."

그 말을 한 건 헤이달이 아니라 자이드였다.

"무희가 대체 뭐가 대수라고. 부잣집에서든 어디에서든 내키는 대로 데려가라고 해라. 헤이달 님과는 아무 상관도 없는 일이니까."

자이드는 헤이달의 손에서 지팡이를 빼앗아 유안을 향해 내던졌다. 노린 건지 우연인지 지팡이 손잡이가 유안의 이마를 때린 바람에 그는 "으윽." 하고 얼굴을 구겼다.

"돌아가시지요, 헤이달 님."

문 쪽으로 이끌려고 자이드가 헤이달의 등에 손을 얹었지만, 그는 움직일 생각을 하지 않았다.

"헤이달 님?"

진심인지 거짓말인지 알 수 없다. 그런데도 지금 유안이 한 말이 영상과 함께 뇌리를 스치자 도저히 머릿속에서 떨쳐낼 수가 없었다.

내일 밤, 그 가녀린 몸은 헤이달이 아닌 다른 남자의 손에 유린당할 것이다.

사니야는 분명 울음을 터트릴 것이다. 그래도 형을 위해서라며 꾹 참고 버틸 게 분명하다.

그리고 다음 날 아침에는 모든 것을 잊게 된다. 원하지 않는 밤을 보냈던 것도, 헤이달이 이렇게 꽃을 가지고 만나러 왔던 것도. 모든 걸 잊고 또 다른 남자 곁으로 가게 될 것이다.

도저히 용서할 수 없었다. 말로 또렷이 표현할 수 있을 만큼 용서할 수가 없다.

동생의 몸을 돈과 바꾸려는 유안도, 사니야가 다른 누군가에게 안기는 것도, 그 누군가의 얼굴도 잊고 자신을 억지로 안은 남자에게 사니야가 활짝 웃으며 답해주는 것도.

헤이달은 유안에게 다가가 바로 앞에서 무릎을 꿇었다. "흐아악!" 하고 비명을 지르며 개수대 앞에 주저앉은 유안의 목에 오른손을 대었다.

그러나 조르지는 않았다.

"사겠다."

그렇게 한 마디만 내뱉었다.

"그러나 평생 분을 사라는 건 너무 바가지지. 내가 이무란에 체재할 수 있는 건 앞으로 3주. 그 기간 동안 네 동생을 사겠다."

유안은 잠시 눈을 동그랗게 뜬 채로 헤이달을 바라보았다. 그러다가 "3주는 너무 짧은데." 하고 뻔뻔한 소리를 하기에 오른손에 힘을 꽉 주었다.

"아아아아알았어. 3주간도 괜찮아. 팔게! 그, 그 대신 그 녀석이 아주 마음에 들면 아예 평생 사는 걸로 해줘."

"고려해보지."

거래가 성립되었다.

몸을 일으킨 헤이달을 이번에는 자이드가 눈을 동그랗게 뜨고 쳐다보았다.

"아니, 산다니 그게 무슨 뜻입니까? 그 무희를 곁에 두실 셈입니까?"

"이무란에 머무르는 동안만이다. 이런 형 곁에 어떻게 놔두겠나? 단, 창부로 다룰 마음은 없으니 사니야한테는 적당한 일을 시킬 거야. 너는 시중을 드는 사용인 감독자로서 곁에서 사니야를 지켜보도록."

"그, 그럴 수가."

자이드는 눈을 부릅뜨고 짜증을 억누르는 듯한 표정으로 헤이달에게 몸을 돌렸다.

"이번 체제 중에 저를 측근으로 두시겠다고 하지 않으셨습니까? 사용인 감독자라니 말씀이 다르지 않습니까. 그리고 제가 모시고 싶은 건 헤이달 님이지 그 무희가 아닙니다."

"누가 모시라고 했나. 조금만 더 신경을 쓰라는 뜻이야. 시찰이나 회담에 무희를 데리고 갈 수는 없으니까."

"하지만."

"더는 말하지 마라. 내가 내린 결정이다."

자이드가 고개를 푹 숙이며 "알겠습니다." 하고 대답을 했을 때 문 쪽에서 소리가 났다.

사니야가 돌아온 모양이다. "형?" 하고 부르는 소리. 발소리가 점점 가까워졌다. 유안은 얼른 일어나 어질러진 방을 정리하기 시작했다. "아, 다리가……." 하고 자이드가 작게 중얼거렸다.

그럼 이제 본인에게는 어떻게 설명을 하면 좋을지.

헤이달은 자신이 넘어뜨린 테이블을 일으켜 세우고 다시 한 번 소파에 걸터앉았다.

제2장

참 별일도 다 있다. 사니야는 거울 앞에 서서 저도 모르게 흐뭇한 미소를 지었다.

커다란 거울에는 새하얗고 긴 아랍 의상을 입은 자신의 모습이 비치고 있었다. 기다란 머리칼은 방해가 되기에 뒤로 한데 묶었다.

“준비는 마치셨습니까?”

문 바깥에서 들려온 여자의 목소리에 “아, 네.” 하고 대답하며 사니야는 다시 한 번 거울에 비친 자신을 살펴보았다.

응, 나쁘지 않아. 입술 끝을 당겨 씩 웃으며 자신에게 배정된 방을 나왔다.

이곳은 시내에 있는 정부 소유의 저택이다. 영국풍으로 지어진 아름답고 호화스러운 저택으로 깜짝 놀랄 정도로 넓은 정원까지 있다. 마치 낙원 같은 이 저택에 체류하고 있는 사람은 바로 사타르 수장국의 외무장관 헤이달. 동네에 열린 바자르에서 사니야가 부딪쳤던 이다.

사니야는 오늘부터 이 저택에서 지내며 다른 사용인들과 함께 헤이달의 시중을 들게 되었다. 일이 어떻게 된 건지 잘 모르겠지만 그렇게 됐다.

갑자기 형과 사는 판잣집으로 헤이달이 찾아온 건 어제 저녁 무렵의 일이었다. 헤이달은 사니야와 형의 빈곤한 생활에 깜짝 놀라 사니야를 사용인으로 고용하겠다고 제안을 한 듯 했다.

한 듯 했다, 라고 생각하는 이유는 사니야가 자신의 귀로 직접 그런 대화를 들은 것은 아니기 때문이다. 형이 담배를 사 오라고 해서 집 밖으로 나갔다가 돌아왔을 때는 그렇게 결론이 난 상태였다. 무희가 일국의 외무장관의 사용인으로 선택받은 것도 놀랄 만한 일인데, 헤이달이 제시한 금액은 이무란에 사는 이민자들에게 있어서는 매우 파격적인 금액인 데다가 집에서만 생활하는 형에게도 적절한 수당이 붙는다고 들었다.

"사니야, 이렇게 영광스러운 일은 좀처럼 없다. 외무장관님을 잘 모시도록 해."

형은 활짝 웃으면서 등을 두드려주었고, 결국 사니야는 오늘 아침 일찍 헤이달이 보낸 차에 올라탔다. 약간의 짐과 형이 건네준 부적만을 들고.

"이쪽으로 오십시오."

여자의 안내를 받아 들어간 곳은 응접실이었다. 아침 회의 중이었는지 아랍 전통복을 두른 남자들이 긴 테이블에 둘러앉아 있었다. 그중에서 콧수염이 난 젊은 남자가 다가오더니 사니야를 헤이달 곁으로 이끌었다.

잔뜩 긴장한 얼굴로 기다리고 있자, 곧 헤이달이 돌아보았다.

"다소 컸던 모양이구나. 다른 옷은 이것보다 조금 작은 것으로 준비하게 하마."

사니야가 입고 있는 칸두라를 말하는 것이다. 사실 소맷자락이 조금 길긴 했다. 괜찮다고 대답하려고 했지만, 눈앞에 낯선 남자들이 줄줄이 늘어서 있는 광경에 말하는 게 저어되었다. 사니야가 우물거리고 있는 사이에 헤이달은 시선을 다시 정면으로 돌려 사니야가 알아듣지 못하는 말 ── 아마도 아라비아어 ── 로 대화하기 시작했다.

아아, 정말로 높으신 분이구나…….

사니야는 뺨이 발그레하게 달아오르는 걸 느끼며 남자들이 진지한 표정으로 헤이달의 이야기를 듣는 모습을 바라보았다.

헤이달은 사타르 수장국의 외무장관일 뿐만 아니라 사타르를 통치하는 부족의 시크라고 들었다.

평소라면 감히 말조차 나눌 수 없는 구름 위의 존재이다.

외모도 조금 무섭다. 눈매는 매서워서 마치 사자 같다. 피부색도 갈색에 가까워서 사니야와는 전혀 달랐다. 그리고 듬직한 체구에 잘 어울리는 커다란 손. 왼손 검지에 끼고 있는 검은 돌이 박힌 반지가 굵직한 손가락을 더욱 위엄 있게 했다.

바자르에서 말이라도 나누지 않았더라면 외모만이 아니라 내면까지도 무서운 사람이라고 단정 지었을지도 모른다. 그렇지만 헤이달은 사니야가 골목길에 쏟아버린 감자를 당연한 것처럼 주워주었다. 그리고 며칠 뒤에는 꽃다발까지 들고 찾아오기까지 했다.

무대를 끝낸 직후라면 모를까, 굳이 집까지 찾아와 꽃다발을 주는 사람은 좀처럼 없다. 그렇게 무서워 보이는 외모인데도 대체 어떤 얼굴을 하고 부겐빌레아 꽃다발을 샀던 걸까. 상상해보니 어쩐지 재미있어서 헤이달의 무서운 외모에서 풍기는 위압감이 조금 옅어진 것 같았다.

── 외무장관님은 아마 너한테 반했을 거야.

초라한 부엌을 장식하는 부겐빌레아 꽃을 보며 유안이 했던 말을 떠올렸다. 유안은 묘하게 자신 있는 표정으로 "내 감은 잘 맞거든." 하고 떠들기까지 했다.

── 설마. 내가 드린 감자에 대한 보답이라고 하셨는데?

사니야는 그렇게 대꾸했지만, 꽃다발로 모습을 바꿀 정도로 대단한 감자가 아니었다는 것도 사실이었다.

대체 궁전 호텔의 연회 자리에서 무슨 일이 있었던 걸까. 혹시 연회가 끝난 후에 대화라도 나눌 기회가 있었던 걸까.

헤이달의 시중 담당으로서 사니야를 곁에 두고 싶어 하도록 만든 무언가.

집까지 찾아와서 꽃다발을 주게끔 결심하게 만든 무언가.

기억을 제대로 하지 못하는 자신이 답답해서 머리를 이리저리 굴릴 때마다 ── 외무장관님은 아마 너한테 반했을 거야 ── 라는 유안의 말이 머릿속을 맴도는 바람에 자꾸만 얼굴이 뜨거워졌다.

'신의 아이는 남자라는 걸 모르시는 걸까. 하긴 그건 아닌 것 같다. 남자용 옷을 준비해주셨으니까. 아아, 그럼 대체 왜…….'

날카로운 옆얼굴을 흘끗흘끗 훔쳐보며 그런 생각을 하고 있자니, 또다시 헤이달이 뒤를 돌아보았다.

"사니야, 여기에 있는 자들은 모두 내 측근들이다. 너에 대해서는 이무란의 문화를 배우기 위해 이 지역에서 고용한 시중 담당이라고 소개했지."

"아……, 감사합니다. 잘 부탁드립니다."

사니야는 허둥거리며 먼저 헤이달에게, 그리고 테이블을 둘러싼 남자들에게 머리를 숙였다.

남자들이 사니야에게 눈인사를 건네고 다들 자리를 떠나자, 헤이달과 사니야, 그리고 아까 전 콧수염이 난 남자만이 남게 되었다.

"이쪽은 자이드라고 한다. 나이는 어리지만 내가 제일 신뢰하는 남자지."

"처음 뵙겠습니다. 사니야라고 합니다. 잘 부탁드립니다."

"처음은 무슨. 어제 만났잖아."

퉁명스러운 그 대꾸에 사니야는 정신이 번쩍 들었다. 멍하게 잡생각만 하는 바람에 알아차리지 못했지만, 그러고 보니 이 사람은 어제 헤이달이 집에 찾아왔을 때 함께 왔던 측근이었다.

"자이드는 힌디어를 잘 구사할 줄 알지. 내 측근 중에는 아라비아어와 영어만 쓸 줄 아는 자들이 많으니까 무슨 곤란한 일이 있으면 자이드에게 말하도록 해라. 물론 나한테 해도 괜찮고. 네 기억이 가끔 끊기는 것에 대해서도 자이드에게는 말해두었다. 한동안 자이드가 곁에 있을 테니 그의 말을 잘 듣도록 해라."

"네."

소리 내어 대답하며 고개를 끄덕이자 헤이달은 눈매를 살짝 누그러뜨렸다.

많은 측근을 앞에 두었을 때와는 표정이 전혀 달랐다. 기분 탓일까, 하고 느끼면서도 유안이 한 말이 떠올라서 뺨이 뜨겁게 달아올랐다.

* * *

사니야에게 할당된 일은 우선 아침 일찍 일어나 헤이달의 방에 물을 가져다주는 것이었다.

말은 그렇지만 주전자와 잔은 자이드가 옮긴다. 사니야는 헤이달을 깨우고 잔에 물을 담을 뿐이다. 그리고 헤이달이 이곳저곳 벗어 던진 옷을 세탁함에 넣는다. 세탁함에 넣은 빨래는 세탁소에 보내진다고 하는데, 그건 사니야의 일은 아니었다.

헤이달이 측근들과 저택을 나서면 헤이달의 방과 자신의 방을 청소한다. 아무리 반짝반짝 닦는다고 하더라도 오전 중에는 다 끝난다. 오후는 거의 자유시간이다. 헤이달의 옷이 세탁소에서 돌아오면 그걸 옷장에 잘 정리하는 일이 전부다.

그리고 밤에 저택에 돌아온 헤이달을 다른 사용인들과 함께 현관 앞에서 맞이한다. 식사 시중은 다른 사용인이 맡기 때문에 사니야의 할 일은 여기까지다.

"어, 그게 전부인가요?"

자이드에게 재차 확인해도 "그래, 맞다." 하는 퉁명스러운 대답만 돌아왔다. 믿을 수 없어서 다음 날에도 같은 걸 물으니 "헤이달 님이 그렇게 하라고 하셨다."라는 호통만 날아왔다.

살짝 맥이 빠졌지만 사니야는 춤을 추는 것 말고 일다운 일을 해본 적이 없다. 무거운 짐을 나르거나 만들어본 적도 없는 아라비아 요리를 만드는 것보다 자신의 능력에 맞게 조금씩 일하는 편이 차라리 낫다.

"무리는 하지 마라."

헤이달은 마주칠 때마다 그렇게 격려를 해주고 다른 사용인들도 힌디어밖에 할 줄 모르는 사니야를 은근 챙겨주곤 했다. 헤이달의 측근은 시내 바자르에서만 파는 예쁜 과자를 "이건 비밀이다?"하고 몰래 건네준 적도 있었다.

어떻게 이런 좋은 직장이 다 있지? 처음 사흘은 그렇게 느꼈지만 일에 익숙해질수록 점점 자신이 놀기만 하는 것 같아서 좀처럼 진정이 되지 않았다.

아무래도 헤이달은 사니야의 기억상실을 걱정하는 듯했다.

물론 사니야는 커다란 소리 —— 예를 들어 창문이 깨지는 소리에도 기억을 잃고 만다. 주전자마저 옮길 수 없는 것도 바로 그게 이유인 모양이었다.

아무리 그렇지만 이 정도의 일은 일이라고 할 수 없고, 받은 급여와도 수지가 맞지 않는다.

'헤이달 님께 제대로 한 번 말씀을 드리는 게 좋을 것 같아…….'

나흘째 되는 날 심야에 사니야는 혼자 고개를 끄덕이며 자기 방을 나섰다.

내일 헤이달은 쉬는 날이라고 들었다. 휴일 전날의 밤이라면 잠시나마 시간을 얻을 수 있을지도 모른다.

복도를 나아가다 보니 자이드가 헤이달의 방으로 들어가는 모습이 보였다.

자이드도 헤이달에게 무슨 용건이 있나 보다. 방해가 되지 않으려고 발길을 돌렸을 때 갑자기 "사니야." 라고 부르는 소리가 들렸다. 주변을 둘러보아도 아무도 없었다. 아무래도 헤이달의 방에서 흘러나온 말인 것 같았다.

사니야는 발소리를 죽여 헤이달의 방문 앞으로 다가가서 살며시 귀를 갖다 대었다.

두 사람이 나누는 대화는 아라비아어여서 무슨 이야기를 나누는지 전혀 알 수 없었다. 그러나 헤이달의 말에서도 자이드의 말에서도 '사니야'라는 단어가 들렸다. 자이드는 조금 화가 났는지 강한 어조였고, 그 말을 듣는 헤이달의 언성도 서서히 험악하게 변해갔다.

사니야는 깜짝 놀라 자기 방으로 후다닥 도망쳤다.

두 사람이 화를 낼 정도의 실수를 한 적은 없었던 것 같다. 아니면 사니야가 모르는 사이에 또 기억이 날아가 버리기라도 한 걸까.

아름다운 꽃다발을 들고 집을 찾아온 헤이달의 모습이 머릿속에 되살아났다.

이유는 모르겠다. 하지만 헤이달은 모든 걸 다 알고 사니야를 사용인으로 들였다. 외무장관과 무희라는 신분 격차를 꺼려하지 않고 오히려 그걸 뛰어넘었다. 그런 헤이달에게 폐를 끼친 게 아닐까 하는 생각에 가슴이 답답해지기만 했다.

'내가 무슨 실수를 한 거라면 확실하게 사과를 해야지…….'

사니야는 방을 나오려고 하다가 다시 발길을 돌렸다.

이곳으로 올 때 갈아입을 옷과 함께 정신을 들게 하는 약을 가지고 온 것이 생각나서 짐을 뒤졌다.

익숙하지 않은 일로 자신감을 잃었을 때 복용하면 좋다고 형이 부적 대신으로 들려준 것이다. 향수를 담는 예쁘고 작은 병에 담겨 있는 약이었다. 형은 이걸 마시고 헤이달의 방에 가면 헤이달이 너를 놔주지 않을 거라고 말했다.

사니야는 그런 마법 같은 약이 있을 리가 없다며 웃으며 받아들긴 했지만, 그랬던 자신이 이 약에 매달리는 날이 고작 나흘 만에 찾아올 줄은 상상도 못 했다.

뚜껑을 열고 냄새를 맡아보았다. 장미꽃 향기 같은 좋은 냄새가 났다. 살짝 핥아봤지만 아무 맛도 나지 않았다. 그 대신 혀 위가 찌릿하게 뜨거워졌다.

'헤이달 님과 잘 대화할 수 있으면 좋겠다.'

그렇게 마음속으로 되뇌면서 약을 전부 마셨다.

다시금 헤이달의 방으로 향하니, 마침 자이드가 그 안에서 나오던 참이었다.

조용한 복도에 서 있던 사니야를 흘끗 보더니 "무슨 일이지?"하고 짧게 물었다. "헤이달 님께 드릴 말씀이 있어서요……." 하고 대답하니 자이드는 닫으려던 문을 다시 열어주었다.

"헤이달 님, 사니야가 왔습니다."

이어서 자이드는 아라비아어로 뭐라고 말했다. 그 말을 들은 헤이달도 아라비아어로 뭐라고 대꾸했다. 자이드는 짧게 한숨을 쉰 후, 문 앞 공간을 사니야에게 양보한 후에 바로 옆에 있는 자신의 방으로 돌아갔다.

대체 무슨 얘기를 하고 있었던 걸까. 사니야가 탁, 하고 닫힌 바로 옆방 문을 보고 있다가 "왜 그러지? 어서 들어와라." 하는 헤이달의 재촉에 다급히 방 안으로 들어갔다.

헤이달은 창가에 놓인 등나무 소파에 앉아 있었다. 검은 머리를 덮은 베일은 없고, 편하게 쉬는 중이었는지 칸두라의 윗단추를 세 개 정도 푼 차림새였다. 맞은편 소파를 가리키기에 사니야는 "실례하겠습니다." 하고 양해를 구하며 그곳에 앉았다.

"저어, 자이드 씨는 아까 아라비아어로 뭐라고 하신 거예요?"

"아까? ……아아."

헤이달은 웃으며 테이블 위에 내던져 놓았던 담뱃갑에서 새 담배 한 개비를 꺼냈다.

"오늘 밤은 귀마개를 하지 않고 잘 수 있느냐고 묻더군. 보장할 수는 없지만, 난 괜찮을 거라고 답했어. 그게 다야."

축제가 열리는 밤에는 불꽃놀이를 하는 소리로 떠들썩하지만 오늘은 축제일도 아니다. 무슨 뜻인지 몰라서 멍하게 있으니, 헤이달은 "그냥 나를 비꼬는 말이다. 네가 염려할 일은 아니야." 하고 얇은 입술을 당겨 빙긋이 웃었다.

"할 얘기가 있어서 왔을 텐데? 무슨 일이지?"

"아, 네……."

정신을 맑게 하는 약까지 마시고 방을 찾아왔는데도 막상 헤이달과 마주하니 무슨 말을 해야 좋을지 알 수가 없었다. "저어." , "그게." 하는 우물거림만 반복하다가 결국 사니야가 말다운 말을 내뱉은 건 헤이달이 담배 한 개비를 다 피워갈 때 즈음이었다.

"저는 헤이달 님께 폐를 끼치고 싶지 않지만 아무리 생각해도 뭔가 민폐를 끼치는 것 같은 기분이 들어요. 헤이달 님은 저를 보시고 뭔가 느끼시는 바가 없으세요?"

없다는 단호한 말을 살짝 기대하고 있었지만 헤이달은 약간 당황스러운 눈빛으로 사니야를 가만히 바라보더니 "뭔가라니, 뭘 말이지?" 하고 오히려 근본적인 질문을 던졌다.

"뭔가…… 그냥 뭔가를 말이에요. 어떤 것이라도 괜찮아요."

헤이달은 복잡한 표정을 짓더니 사니야에게서 시선을 돌려 창 너머의 정원을 바라보았다.

아무래도 대답하기 어려운 질문을 한 모양이다. 그렇다면 대답하기 꺼려지는 뭔가가 있다는 뜻이다. 사니야는 가는 숨을 내쉰 다음 고개를 푹 숙였다.

"죄송합니다. 여러모로 부족한 점이 많아서……."

"그렇게 미안해할 것 없다. 너는 모르는 사람들 속에서도 잘하고 있으니까."

그러면 왜 그렇게 복잡 미묘한 표정을 짓는 걸까. 사니야는 굳은 결심을 하고 문 앞에서 자이드와 하는 이야기를 듣고 말았다는 것을 솔직히 밝혔다.

"제가 여기로 오기 조금 전의 일이에요. 아라비아어여서 무슨 말인지는 모르겠지만 헤이달 님도 자이드 씨도 제 이름을 언급하셨죠? 두 분 모두 하도 격한 어조로 말씀하셔서 화를 내시는 것처럼 들렸어요. 그건 제가 무슨 폐를 끼쳐서 그런 거 아닌가요?"

"듣고 있었군."

헤이달은 찡그린 얼굴로 신음을 하면서 목덜미를 긁적였다. 무슨 할 말을 찾는 것처럼 보여서 사니야는 침을 꿀꺽 삼키며 눈앞에 있는 입술이 다시 열리길 기다렸다.

"네가 상상하는 그런 게 아니다. 쉽게 말해, 그거지. 네 용모를 보고 주변 남자들이 술렁이고 있거든. 그냥 평범한 사용인으로는 보이지 않는다더군. 그걸 모두 내가 아니라 자이드에게 말하니까 자이드가 좀 짜증이 난 것뿐이야."

사니야는 눈을 깜박거렸다.

"제가 시중을 드는 사용인으로 안 보이나요?"

"안 보이지. 넌 여자보다도 더 예쁘장하니까."

그 즉답을 듣고 깜박이던 눈이 멈췄다. 그리고 곧바로 불이 붙은 듯 뺨이 빨갛게 달아올랐다.

순간, 헤이달이 매우 깜짝 놀란 듯한 얼굴을 보였다 —— 그랬던 것 같았지만 그는 곧 창문으로 시선을 돌리며 "그런 식으로 느끼는 남자도 적지 않다는 뜻이야."라며 또 복잡한 표정을 지었다.

헤이달이 자신을 보고 예쁘다고 한 줄 알고 저도 모르게 착각을 했다.

—— 외무장관님은 아마 너한테 반했을 거야.

아무래도 유안의 예상은 빗나간 모양이다.

에이, 뭐야…… 하고 낙담한 자신을 보고 순간 의문이 들었다. 혹시 헤이달이 호감을 품고 있다면 자신은 대체 어쩌려는 걸까. 나이도 체격도 피부색마저도 다른데 성별만은 같다니 참으로 얄궂은 일이 아닐 수 없다. 냉정히 따져보면 호감이든 뭐든 없는 게 당연한데도 막상 없다는 걸 알고 나니 외롭기도 하면서 쓸쓸한 기분이 들었다.

"아무튼 그런 것이니 그렇게 마음에 걸리면 혼자서 저택 안을 어슬렁거리지 마라. 방 안에 틀어박혀 있으라고까지는 말하지 않겠다만, 너무 야심한 밤은 안 돼."

“아……, 네.”

반쯤 고개를 숙인 채 대답을 했을 때, 사니야는 묘한 위화감을 느꼈다.

이상하다. 뜨겁게 달아오른 뺨이 아직도 열기를 품고 있었던 것이다. 별 뜻 없이 관자놀이에 손바닥을 대보니 어느새 이마는 땀으로 축축이 젖어 있었다.

“그리고 늦은 밤에 내 방에 찾아오는 것도 좋지 않아. 무슨 일이라도 생겼을 때 난처한 상황에 빠지는 건 너니까. 할 얘기가 있으면 식사 후에 응접실에서 듣겠다.”

“난처해진다니요…… 제가요? 왜요?”

역시 이상하다. 앉아 있기만 한데 숨이 찼다. 목을 축이려고 침을 삼키자 코에서 숨결이 새어 나왔다. 마치 새끼 고양이가 어리광이라도 부리는 것 같은 묘한 숨소리였다. 그 소리가 들렸는지 헤이달이 놀란 표정을 지었다.

“죄, 죄송합니다. 이제 방으로 돌아가겠습니다…….”

자리에서 일어난 순간 눈앞이 핑 돌더니 저도 모르게 소파에 푹 주저앉았다.

“어? 몸이 왜 이러지……?”

변명하는 자신의 목소리마저 잘 들리지 않았다. 마치 물속에서 말하고 있는 느낌이었다.

“몸이 안 좋은가?”

괜찮다고 대답하고자 말을 하긴 했는데 제대로 목소리가 나왔을까? 소파 팔걸이를 붙잡고 이번에야말로 제대로 일어서려고 했다.

이상하다. 바닥이 비 온 뒤의 진흙처럼 말랑말랑했다.

한 걸음 내딛는 순간, 몸이 크게 휘청거렸다.

"이봐, 정신 차려."

바닥에 털썩 쓰러진 사니야를 헤이달이 재빨리 안아 올렸다.

듬직한 팔 힘을 느끼며 한숨을 내쉬었다. 그러나 열병에 시달릴 때처럼 숨결이 촉촉한 느낌이었다. 아까 전까지 뺨을 달아오르게 하던 열기는 이제 온몸으로 퍼진 후였다.

"피곤해서 그런가 보군. 잠시 누워 있어라. 나중에 방으로 데려다줄 테니."

"괘, 괜찮아요……."

사니야는 목덜미에 닿은 헤이달의 손을 뿌리쳤다. 결코 그 손길이 싫어서가 아니었다. 자신의 몸 상태를 알게 되는 것이 싫었기 때문이다.

이유는 모르겠지만 칸두라 아래에 있던 남자의 상징이 비정상적일 정도로 뜨겁게 달아올라 있었다.

옷자락을 가다듬는 척하며 손으로 슬쩍 만져보니 마치 돌처럼 단단하게 굳어져 있어 화들짝 놀랐다.

혹시 바지와 속옷이 젖은 것처럼 느껴진 건 땀 때문이 아닐 지도 모른다. 이런 꼴을 헤이달에게 들키면 내일부터 대체 어떤 얼굴로 아침에 물을 갖다 주어야 할까. 어떻게든 바닥으로 내려오려고 했지만 그에게 단단히 안겨 있는 탓에 어찌할 도리가 없었다.

하다못해 숨길 수라도 있다면.

품에 안긴 채로 몸을 비틀자 헤이달이 문득 미간을 좁혔다.

"사니야, 너……."

마침내 눈치를 챈 모양이다. 헤이달의 시선이 아래쪽, 부자연스러운 능선을 그리고 있는 볼록한 하복부에 쏠려 있었다.

"이, 이건…… 그게……."

머릿속이 새하얗게 변한 순간, 문 바깥에서 헤이달을 부르는 자이드의 목소리가 들렸다.

자이드는 바로 옆방을 쓰고 있다. 사니야가 쓰러졌을 때 난 소리로 이변을 감지하고 바로 달려온 게 분명하다. 헤이달이 아라비아어로 뭐라고 답하자 갑자기 복도가 소란스러워졌다.

자이드도 이 모습을 보게 될지도 모른다. 그렇게 생각하니 흑, 하고 오열이 터져 나왔다.

"괜찮다. 방에는 들어오지 못하게 할 테니까. 물과 얼음을 가지고 오라고 했을 뿐이야."

헤이달은 땀에 젖어 발그스레해진 사니야의 뺨을 쓰다듬었다.

"굉장히 뜨겁군. 네 몸이 갑자기 왜 이렇게 된 거지? 숨어서 몰래 술이라도 마셨나?"

헤이달이 침대에 눕혀주면서 물었다. "아니요……." 하고 고개를 젓다가 '마셨다'다는 그 단어에 문득 기억을 떠올렸다.

"사실 여기에 오기 전에 정신을 맑게 해준다는 약을……."

"정신을 맑게 해주는 약? 누가 그런 걸 줬지?"

"형이요. 불안하면 이걸 마시면 좋다고 해서. 그럼 기운이 난다고……."

작은 병에 담긴 장미향의 물약. 그렇게 설명은 했지만 제대로 뜻이 전해졌는지 판단이 가지 않았다. 한두 마디만 하는데도 눈 안쪽이 따갑고 시야가 촉촉이 젖어 들었다. 그저 "유안, 그 자식은 정말." 하고 혀를 차는 헤이달의 모습만 흐릿하게 보였다.

잠시 후 자이드가 돌아온 것 같았다. 헤이달은 침대 캐노피에 매달린 얇은 커튼을 쳐서 침대 안을 가리고 문 바로 가까이에 가서 자이드와 대화를 나누었다. 자이드가 떠나자 헤이달은 직접 침대로 쟁반을 가지고 왔다.

헤이달은 사니야를 안아 일으켜 마시라면서 입술에 유리잔을 대어주었다. 그것만으로도 차갑고 기분이 좋았다. 기울어진 유리잔에 담긴 물을 마시자 목구멍을 따라 넘어가는 물의 감촉이 선명히 느껴졌다. 하지만 구강과 목이 아주 잠깐 시원해졌을 뿐, 달아오른 국부의 열기는 좀처럼 가라앉지 않았다.

"이…… 이제 괜찮습니다……. 폐를 끼쳐 죄송합니다……."

정상인 것 같으면서도 정상이 아닌, 상기되어 흐트러진 목소리. 괜찮은 척하며 침대에서 내려오려고 하자 헤이달은 사니야를 안아서 다시 침대 한가운데에 눕혔다.

"도망가지 마라. 네가 마신 건 정신을 맑게 하는 약 같은 게 아니다. 아마 미약이겠지."

"미, 미약이요……?"

지금까지 전혀 인연도 없었던 야릇한 울림에 눈이 휘둥그레졌다.

"대, 대체 왜 형이 그런 걸……. 부적 대신이라고 저한테 준 건데……."

뭔가 착오가 있었던 게 분명하다. 그렇게 생각하려고 해도 몸은 솔직해서 하복부는 여전히 단단히 팽창한 상태를 유지하고 있을 뿐이었다. 숨기려고 몸을 비트는 작은 진동마저도 엄청난 자극이 되어 나른한 한숨을 토해내게 되었다.

"내가 편하게 해주지. 일단 옷을 벗기겠다."

헤이달이 그렇게 말하며 사니야의 칸두라에 손을 대었다.

"시……."

싫다고 해도 되는 걸까.

신분 차이가 걱정되어 저항하려던 손이 헤이달이 아니라 침대 시트를 꽉 붙잡았다. 하지만 칸두라의 앞섶이 벌어지면서 손이 바지에 닿은 순간, 사니야는 반사적으로 몸을 웅크렸다.

절대로 알몸을 보일 수는 없다. 사니야는 평범한 남자와는 다른 몸을 가지고 있으니 말이다.

춤을 출 때 여자의 의상을 입는다. 노출이 심한 의상도 많아서 사니야는 몸에 체모가 없다. 팔도 다리도, 비부 주변에도 모두 털을 제거했다. 사니야만이 아니라 남자라는 성을 숨기고 미의 여신을 연기하는 신의 아이는 전부 그렇다.

"용서해주세요……. 정말로…… 으읏, 괜찮으니까요……."

“뭐가 괜찮다는 거냐. 하룻밤 내내 그렇게 혼자 몸을 비틀어댈 건가? 죽을지도 모른다고.”

헤이달은 가볍게 사니야의 다리를 붙잡아 바지를 벗겼다. 너무나도 큰 수치심에 얼굴을 찡그리자 헤이달은 “이거라도 물고 있어라.”라며 입안에 얼음 한 조각을 넣어주었다.

“으음…….”

“너무 무서워하지 마라. 난폭한 짓은 하지 않을 테니. 기분 좋아지는 건 너뿐이야. 그냥 힘을 빼고 가만히 있기만 하면 된다.”

그런 뜻이 아닌데…… 하고 속으로 중얼거렸다. 하지만 머리를 쓰다듬어주는 손바닥이나 입속을 시원하게 식혀주는 얼음이 사니야를 위로했다.

베개를 끌어안고 눈을 꼭 감았다.

속옷이 벗겨졌다. 다 드러난 하반신에 방의 공기가 휘감겼다. 그 다음, 흥분된 것을 감싸는 것은 헤이달의 손.

“후우…….”

축축한 속옷과 마찬가지로 푹 젖어 있었나 보다. 헤이달이 손을 움직일 때마다 질척거리는 야릇한 소리가 들려왔다. 평범한 몸이 아닌데도 헤이달은 아무 말도 하지 않았다. 그 대신 가끔 그 커다란 손을 움직여 회음부나 허벅지 안쪽을 더듬기도 했다.

“넌 참 아름다운 몸을 가지고 있구나.”

숨결을 가득 품은 그런 속삭임과 함께.

안도감 때문일까. 눈시울이 찡하게 뜨거워졌다.

다른 생각을 하기 위해 입에 넣은 얼음을 혀로 좇았다. 구강의 열기로 녹아 생긴 물방울은 마치 달콤한 이슬과도 같았다. 마치 이것이야말로 미약인 것처럼 타액과 섞여 매우 달콤하게 느껴졌다.

"으응……, 읏…… 응."

부끄러웠다. 그런데도 손으로 만져지는 게 기분 좋아 견딜 수가 없었다.

사르르 달뜨기 시작한 뺨. 눈꺼풀마저 무거워졌다.

"……아……."

가녀린 외침과 함께 눈을 감은 채로 헤이달의 손에 쏟아냈다.

나른한 숨을 내쉰 후 자신이 엄청난 짓을 저질렀음을 알아차렸다. 베개를 끌어안은 채 얼어붙어 있을 때였다.

"착하군. 제대로 내보냈구나."

헤이달이 먼저 그런 말을 하는 바람에 제대로 사과를 하지 못했다. 조심조심 베개를 치우니 헤이달은 손바닥에서 손목을 따라 흐르는 백탁을 혀로 핥고 있었다.

그건 핥아도 괜찮은 건가요? ── 이 물음마저 제때 묻지 못했다.

갓 절정에 이른 과실의 심지에 또다시 손가락이 감겨들었기 때문이다.

"아……."

"한 번으로는 부족할 테지. 화상이라도 입은 것처럼 몸이 뜨거우니까."

그 말대로 사니야의 심지는 지금도 포물선을 그리며 서 있는 상태였다.

보이고 싶지 않지만 헤이달이 먼저 그걸 손에 쥐어서 벗어날 수도 없었다. 하다못해 허벅지라도 오므리려고 힘을 주었지만, 그 정도로는 저항할 수준이 되지 못해 또다시 헤이달의 손이 외설스러운 리듬을 새기기 시작했다. 도중에 귀두목의 뒤편이 쓸리자 "흐으읏." 하는 비명이 새어 나왔다.

백탁이 왈칵 넘쳐 나오면서 아까보다 더 흥건하게 헤이달의 손을 더럽히고 말았다.

연이어 두 번이라니 경박스럽다. 눈물샘이 터지면서 눈물이 또르르 흘렀다. 모시는 주인에게 이런 짓을 하게 하는 사용인이라니 그런 이야기는 들어본 적도 없다.

"왜 넌 그렇게 울지? 괜찮다고 했잖아. 자."

오열을 쏟아내고 있자니 헤이달이 갑자기 두 개째 얼음을 입에 넣어주었다. 헤이달도 자기 입에 하나를 넣었다.

"윽……."

어째서일까. 얼음을 입에 물고 있으면 조금은 기분이 진정 되니 참으로 희한하다. 입술을 적시며 목구멍을 따라 흘러내리는 차가운 물방울이 매우 기분 좋았다. 코를 훌쩍이면서 입안에서 얼음을 굴리고 있자니, 헤이달이 갑자기 상체를 굽혔다.

입술도, 혀도 아니었다. 헤이달은 입에 머금은 얼음을 사니야의 가슴에 대고 미끄러뜨렸다.

"흐아앗."

깜짝 놀라 저도 모르게 입에서 얼음을 내뱉고 말았다.

애무하는 길목에서 차가움을 느낀 건 아주 잠시, 얼음은 곧 피부의 열기에 녹아 미끈한 것으로 변했다. 유륜을 따라 원을 그리자 몸이 움찔 튀어 올랐다. 헤이달은 얼음을 문 채 아래로 내려가 입술로 사니야의 심지를 머금었다.

"흐아아…… 아, 아……."

부드러운 혀와 뾰족한 모서리가 사라진 얼음이 잔뜩 흥분한 어린 심지를 불규칙하게 휘감았다.

손으로 매만질 때와는 다른 생생한 애무에 활짝 벌어진 허벅지가 파르르 떨렸다. 얼음의 물방울인지 아니면 꿀이 나오는 곳에서 샌 이슬인지 모를 것을 헤이달이 소리를 내어 빨고 있었다. 젖은 소리가 또다시 욕정을 돋우어서 과실의 심지가 더욱 뒤로 세게 젖혀졌다.

앗, 하고 마음속에서 외쳤을 때는 이미 세 번째 방출을 한 뒤였다.

동시에 아래편에서 액체를 삼키는 소리가 들려서 깜짝 놀랐다. 헤이달은 입 안에 쏟아낸 일을 탓하지 않고 만족스럽다는 듯이 입매를 끌어올렸다.

"정말로 몸이 뜨겁군. 얼음이 금방 녹잖아."

헤이달은 새 얼음을 입에 넣고 사니야의 몸을 뒤집었다.

"여기도 많이 힘들지? 지금 바로 편하게 해주마."

"아, 아앗……."

등에는 남에게 보이고 싶지 않은 상처가 있다. 춤을 출 때는 화장을 진하게 하여 감추고 있지만, 오늘은 전혀 가리지 않았다.

제대로 움직이지도 못하는 몸을 필사적으로 버둥거리는 사니야를 보고 헤이달도 알아차렸는지 모른다. 그는 "이거 말인가?" 하고 등에 난 상처를 가만히 만졌다.

"넌 등에 꽃잎을 짊어지고 다니는구나. 아직도 아프다면 이런 말을 하면 안 되겠지만, 난 아름답다고 생각한다."

그런 식으로 말해주는 사람이 있다니.

눈시울이 찡해진 채 조심스럽게 뒤를 돌아보자 헤이달과 눈이 마주쳤다. 헤이달은 입술만으로 미소를 지으며, 사니야의 허리를 잡아당겨 몸을 낮추었다. 그리고 곧 열어젖힌 두 둔덕의 사이, 움찔거리며 숨을 쉬는 오므라진 구멍에 입에 문 얼음을 갖다 대었다.

"흐윽……."

누군가에게 이런 곳을 보인 적은 없다. 깨끗한 곳이 아니라는 것도 잘 안다. 그런데도 헤이달은 녹아내리는 얼음을 뒤편에 문지르기도 하고, 가끔은 혀로 주름을 핥아 올리기도 했다.

"아, 안 돼요, 헤이달, 님……. 으읏…… 그, 그런 곳을……."

"너무 차가워서 그런가?"

그게 아니다. 그 뜻을 전하려고 고개를 저었지만, 헤이달은 이해하지 못한 모양이다. 이번에는 입술과 혀로 애무하자 활활 타오르는 듯한 쾌감의 불길이 등골을 따라 스쳤다.

"하으, 으읏……."

수치심을 떨쳐내고 싶어서 침대 머리맡에 놓인 그릇에서 얼음을 움켜쥐었다. 마구 입에 넣은 순간, "이봐." 하는 소리와 함께 허리가 단단히 붙들렸다.

"이제 와서 도망치려고 하지 마라. 그 알몸으로 복도를 기어갈 셈인가."

두 개의 둔덕 사이에 얼굴을 묻은 헤이달은 사니야가 얼음을 움켜쥔 것을 못 본 듯했다.

도망치려는 것이 아니었다. 고개를 절레절레 저었지만 헤이달에게는 싫다고 떼를 쓰는 것으로 보였나 보다. "나 원 참." 하고 어처구니가 없다는 듯 중얼거리더니, 헐떡이는 좁은 구멍에 손가락을 밀어 넣었다.

"아, 아아앗."

간신히 입에 문 얼음을 뱉어낼 뻔했지만 황급히 입을 다물었다.

"나는 너를 다치게 하려는 게 아니야. 말했지? 괜찮으니까 힘을 빼고 느끼기만 하고 있어."

그런 말과 함께 구멍 안으로 들어간 손가락이 부드럽게 굼실거리기 시작했다. 굵직한 반지가 어울리는 그 손가락을 자신이 물고 있다고 생각 하자 그것만으로도 심지가 섰다. 떨리는 숨을 내쉬자 그걸 기다렸다는 듯 손가락은 더 깊은 안쪽으로 침투하여 열로 헐떡이는 여린 살들을 안쪽에서 위로했다.

그때 차가운 것이 뒤쪽에서 스르륵 흘러내렸다.

"……읏, 하앗…… 앗, 아아……."

골짜기 사이, 움푹 파인 곳으로 얼음이 녹아 생긴 물방울이 고였는지도 모른다. 허벅지가 움찔거리며 건드리지도 않았는데 심지가 꿀을 흩뿌려댔다.

"이게 좋은가 보지?"

헤이달은 그릇 속에 담긴 얼음을 움켜쥐고 그 손을 사니야의 등에 얹었다.

"하아앗."

헤이달이 손을 미끄러뜨리자 얼음도 따라 움직였다. 너무 뜨겁게 달아오른 피부 탓에 얼음은 바로 물로 변해서 몸의 선을 타고 또르르 굴러 떨어졌다. 등에서 가슴으로 흘러내린 물방울은 유두를 간질이고, 옆구리에서 흘러내린 것은 과실의 심지를, 꼬리뼈를 따라 내려간 것은 뒷구멍을 달콤하게 자극했다.

"아…… 아아……."

온몸이 쾌락의 달콤한 이슬에 잠겨 드는 느낌이었다. 입속에 든 얼음은 어느새 다 녹아 없어져 텅 비어 벌어진 입술에서는 타액이 섞인 물이 흘러넘쳤다.

"안 되겠다. 내가 더 견딜 수 없을 것 같아. 아니, 약속은 지킬 거지만."

헤이달이 또다시 사니야의 골짜기 사이에 얼굴을 묻었다. 방사형으로 퍼진 주름을 끈적하게 핥은 혀가 다 녹아가는 얼음을 뒤쪽 구멍으로 밀어 넣었다.

"으응…… 하앗……."

피부의 열기와 마찬가지로 은밀하고 여린 살들도 비정상적일 정도로 달아오른 상태였다. 얼음 조각은 바로 녹아 미지근한 물기가 되어 구멍에서 주르르 흘러내렸다.

부끄럽다. 눈을 꽉 감은 순간, 구멍에서 흘러넘친 것을 추우웁 하고 빠는 소리가 들렸다.

"술보다 더 맛있군."

분명 거짓말이다.

그렇게 느꼈지만 차마 말은 못 하고 발개진 얼굴을 베개에 묻어 버렸다.

"자, 좀 더 엉덩이를 들어 봐. 편해질 때까지 식혀줄 테니까."

몸만이 아니라 이성도 다 녹아버렸나 보다. 못하겠다는 생각도 잠시, 제멋대로 엉덩이가 들려 올라갔다.

또다시 구멍으로 얼음이 파고들었다.

"아아…… 아……."

여린 주름이 너무 식어버리기 전에 손가락을 이용해 얼음을 꺼내고, 혀로 잔뜩 보듬어주다가 또다시 —— .

깊은 곳까지 이어지는 길목을 왕복하는 헤이달의 손가락과 혀, 그리고 얼음과 미지근한 물. 이제 무슨 짓을 당해도 좋다는 마음이 들 정도로 너무나도 기분이 좋았다.

—— 너는 정말 예쁘고 사랑스럽구나.

헤이달의 황홀해 하는 듯한 속삭임이 들린 것 같았지만, 그건 환

청일지도 모른다. 미약으로 인해 마비된 몸이 의식을 저 멀리 날려 보냈다. 사니야는 헤이달에게 모든 것을 맡기고 처음으로 맛보는 열락에 잔뜩 취하고 말았다.

* * *

언제 잠들었는지 기억이 나지 않는다.

몸을 뒤척였을 때 담배 향기가 코끝을 간질였다.

'아……, 헤이달 님의 향기다…….'

희미한 담배 냄새를 휘감은 손이 사니야의 관자놀이를 만졌다. 부드럽게 만지려고 애를 쓰는 것이 그 손바닥을 통해 전해져왔다.

꿈이겠거니 하면서 무거운 눈꺼풀을 들어 올렸다.

흰 천장이라도 언뜻 보이면 꿈이라고 이해하고 다시 눈을 감았을 텐데 눈앞에 정말로 헤이달이 있어서 깜짝 놀랐다.

"미안하다. 깨우고 말았구나."

헤이달은 이미 베일과 칸두라를 걸친 모습으로 사니야가 누워 있는 침대 가장자리에 걸터앉아 있었다. 어깨너머로 보이는 건 은실이 섞인 얇은 커튼. 사니야의 방 침대에는 캐노피가 달려 있지 않다.

이곳은 헤이달의 방이었다.

"…………!"

깜짝 놀라 벌떡 일어나려고 하자 헤이달이 손으로 제지했다.

"일어나지 않아도 된다. 이제 미약은 다 빠져나갔겠지만, 몸조심해야 한다."

미약. 그 단어로 어젯밤 있었던 일이 생생히 되살아났다.

설마 자신이 그런 걸 먹게 될 줄은 상상도 못 했다. 분명 약장수가 실수로 형에게 팔았던 거겠지만 잔뜩 욕정에 불타는 몸을 헤이달 앞에 드러내고 비음 섞인 교성을 내질렀던 건 사실이었다.

그걸 떠올리고 나니 도저히 헤이달의 얼굴을 볼 수가 없어서 이불 속으로 쏙 파고들었다. 무슨 영문인지 헤이달이 소리를 내어 웃었지만, 물론 그 얼굴도 차마 쳐다볼 수 없었다.

"오늘은 내 방에서 천천히 쉬어라. 욕실도 편히 써도 좋다. 식사라면 저쪽에 간단한 것으로 갖다놓았다. 정원에 나가는 건 괜찮지만, 오늘은 일하지 마라."

헤이달은 그렇게 말한 후, 갑자기 진지한 목소리로 사니야를 불렀다.

"오늘은 일을 쉴 예정이었지만 나가봐야 하는 일이 생겼다. 저녁 무렵에는 돌아오겠지. 너와 둘이서 저녁을 먹고 싶은데 괜찮나?"

주인과 사용인. 신분부터 다르기에 지금까지 헤이달과 함께 식사한 적은 없었다. 꼭 시중을 드는 사용인이 아니라고 하더라도 사니야는 무희다. 아무리 헤이달이 먼저 권한다고 하더라도 마음 편하게 승낙해도 되는 걸까.

어떻게 답하면 좋을지 몰라 당황하고 있는데 갑자기 헤이달이 손을 뻗어왔다.

헤이달이 이불 바깥으로 살짝 튀어나온 사니야의 머리칼을 만지작거렸다.

"너는 어젯밤에 나한테 뭔가 느끼는 바가 없느냐고 물었지. 그에 대한 답을 하고 싶다."

이불 속에서 "……아." 하는 작은 소리가 났다.

미약 때문에 몸이 이상해져서 까맣게 잊고 있었는데 사니야는 자신이 기억하지 못하는 자신이 또 무슨 짓을 한 것이라면 사과하고 싶어서 헤이달을 찾아갔었다.

"저어, 역시 저는 헤이달 님께 폐를 끼치고 있는 게 아닐까요?"

사니야가 저도 모르게 이불 바깥으로 나와서 묻자 헤이달은 "아니." 하고 고개를 저었다. 어젯밤과 마찬가지로 할 말을 찾고 있는 듯한 표정이었다.

"나는 네 행동을 불쾌하게 생각한 적은 한 번도 없다. 내가 하고 싶은 말은 그런 게 아니야."

무슨 뜻인지 몰라서 눈만 껌벅이며 헤이달을 쳐다보고 있자니, 문을 두드리는 소리가 났다. 아무래도 복도에서 측근이 기다리고 있는 모양이다. 조심스러운 어조로 헤이달을 부르고 있었다.

"이제 가봐야겠다. 사니야, 오늘 밤은 나와 함께 하는 거다. 그때 말할 테니까."

헤이달은 마지막으로 한 번 더 손가락으로 사니야의 긴 머리칼을 감았다가 곧바로 방을 나섰다.

대체 무슨 할 말이 있다는 걸까. 복도를 빠져나가는 발소리가 더는 들리지 않게 된 후에도 사니야는 잠시 침대 위에 멍하게 앉아 있기만 했다.

사용인으로서 헤이달의 방에 출입은 하고 있지만 혼자 여기서 지낸다고 하니 신기한 기분이 들었다. 헤이달의 말대로 테이블에는 한 사람 몫의 아침 식사가 있었고, 새 옷과 타월도 놓여 있었다.

사니야는 샤워를 한 후 늦은 아침 식사를 한 뒤에 정원으로 나갔다.

헤이달의 방 베란다와 이어지는 징검돌 길을 따라 걷다 보니 분수가 나왔다.

사니야가 사용하고 있는 방은 정원 변두리에 자리하고 있어서 저택 정면을 장식하는 분수를 가까이에서 본 건 이번이 처음이었다. 방사형으로 뿜어져 나오는 물이 햇살을 받아 반짝이는 무지개를 만들어냈다. 사니야가 살던 동네는 전부 흙먼지만 풀풀 날리고 살벌한 분위기를 풍겼지만 이 정원은 완전히 별세계였다. 선명한 백일홍이 곳곳에 흐드러지게 피어 있었다.

시든 것도 아닌데 떨어져 있는 꽃이 보여서 사니야는 그걸 집어 들었다. 눈에 확 들어오는 진홍빛인데도 작은 꽃이 몇 송이나 매달려 있어서 귀여웠다.

'어젯밤 일을 색으로 표현하자면 이런 색일까……?'

문득 그런 생각을 하다가 부끄러워서 고개를 푹 숙였다.

헤이달이 무슨 말을 하려고 그러는지는 모른다. 하지만 나쁜 이야기는 아닐 것 같다…… 고 느끼는 건 자신이 너무 낙천적이어서 그런 걸까.

사니야는 목덜미 쪽 옷 속으로 손을 넣어 등에 있는 상처를 만졌다.

몇 번이나 거울로 봐서 싫어도 어디에 뭐가 있는지 잘 안다. 작지만 무수히 난 상처. 오돌오돌 돋아서 징그럽다.

하지만 헤이달은 그걸 꽃잎 같다고 말했다.

'내가 잘못 들었나……? 아니, 그렇지 않아. 헤이달 님은 분명 그렇게 말씀하셨어.'

손에 든 백일홍의 색처럼 뺨이 발그레하게 물들었다.

신의 아이는 스무 살만 넘으면 누군가의 애첩이 되는 경우가 적지 않다. 물론 제대로 된 직업을 갖는 자도 있다. 하지만 사니야는 분명 누군가의 애첩이 되는 길을 선택하게 될 것이다. 거액의 몸값은 형이 혼자 생활하는 데에 필요하다.

'헤이달 님이 나를 받아주시면 좋을 텐데…….'

외무장관이면서 한 부족의 시크이기도 한 사람이 남자 애첩을 필요로 할까. 그 전에 아름다운 여자 애인들이 많이 있을지도 모른다. 혹시 결혼을 약속한 사람이 있을지도.

'그래도…… 헤이달 님이 좋아…….'

도저히 이룰 수 없는 꿈을 가슴 속에서 남몰래 그리면서 걷다 보니 어느새 정문 쪽으로 나오고 말았다. 나란히 서 있는 경비의 날카로운 눈빛에 황급히 백일홍 수풀 속으로 돌아갔다.

그때 맹렬한 속도로 다가오는 자동차 엔진 소리가 들렸다.

저도 모르게 발걸음을 멈추고 뒤를 돌아봤다. 경비가 뭐라고 크게 소리를 지른다. 사니야가 눈을 휘둥그렇게 뜨고 있는 사이에 차가 점점 가까이 다가오더니 ――.

자동차는 그대로 정문을 들이받았다.

와그작 뭉개진 철 덩어리. 자동차 앞 유리의 파편이 푸른 하늘을 향해 물보라처럼 흩뿌려졌다.

사니야는 눈을 깜박이는 것도 잊고 그 광경을 바라만 보았다.

방금 자신이 무엇을 생각했는지, 자신이 서 있는 이곳이 어디인지 하나도 생각이 나지 않았다. 사고 차량 곁에서 오가는 고함과 비명.

뜻하지 않은 소음의 홍수 속에 휩쓸려 딱딱하게 굳어져 버린 사니야의 손이 백일홍을 꽉 쥐어 뭉갰다.

제3장

헤이달이 오늘 참석하는 회담은 사타르가 이무란의 어느 부분에 자금 원조를 할 것인지를 논하는 중요한 자리였다. 사실은 내일부터 사흘간 회담을 할 예정이었지만 일부 정계 간부로부터 미리 방향성을 검토해달라고 부탁을 받아서 이렇게 출석하게 되었다.

전부터 이무란은 궁전을 중심으로 한 시내를 더욱 아름답게 발전시키고 싶다는 의향을 가지고 있었다. 그에 반해 헤이달은 빈민가라고 부를 수밖에 없는 구역을 정비하는 데 지원을 하고 싶다는 생각이었다. 이 뜻은 이무란 각지를 시찰하고 나서 더더욱 확고하게 굳어졌다. 수장인 아버지 아사드에게도 이미 이 결심을 전해두었다.

두 나라의 전혀 다른 의견을 조정하려면 당초에 예정했던 사흘 가지고는 부족할지도 모른다. 그렇다고 해서 '내 말을 듣지 않으면 원조하지 않겠다'라고 내치는 건 그야말로 대국의 체면이 서지 않는 행동이고, 아사드의 뜻에도 반하게 된다.

대체 어떤 말을 꺼내야 원만하게 합의를 볼 수 있을까. 그런 생각을 하면서 대기실에서 서류를 검토하고 있을 때, 자이드한테서 전화가 왔다.

『보고 드릴 것이 있습니다만…….』

그렇게 시작한 내용은 서두처럼 쓸데없는 보고였다.

조금 전에 저택 정문을 들이박은 차가 있다고 한다. 차는 크게 파괴되고 경비 중 한 명은 다리뼈 골절, 운전을 한 노인도 머리를 심하게 부딪쳐 의식 불명이라고 한다.

"나 참, 대체 어느 바보가 그런 짓을. 민폐로군."

혀를 차며 전화를 끊으려고 할 때, 문득 불길한 예감이 들었다.

"사니야는 괜찮나? 내 방에서 쉬고 있을 텐데."

만약 바로 근처에서 차가 부딪치는 소리를 듣기라도 했다면 기억을 잃었을 가능성이 있다. 총성, 폭죽, 그리고 차와 차가 충돌하는 소리. 유안은 그런 것들을 예로 들었다.

『사니야 말입니까? 그러고 보니 오늘 통 안 보이던데……. 잠시 기다려주십시오. 헤이달 님의 방을 확인하고 오겠습니다. 있다가 다시 연락드리겠습니다.』

확인만 하는 거라면 10분, 아니 5분이면 충분하다. 하지만 회담이 시작되어도 자이드에게서는 아무런 연락도 오지 않았다. 혹시 회담 중이라는 걸 염려해서 연락을 자제하는 것으로 생각하여 측근에게 전화를 하게 시켜보니 예상치도 못한 사실을 전달받게 되었다.

"헤이달 님, 사니야라는 사용인은 지금 저택 안을 찾아봐도 전혀 보이지 않는다고 합니다."

대체 이게 어떻게 된 일일까. 헤이달은 놀라서 자신이 직접 자이드에게 연락을 했다.

"자이드, 잘 찾아보긴 한 거냐? 사니야한테는 오늘 일을 하지 말라고 했다. 친한 사용인과 정원 어딘가를 산책하는 건 아니고?"

『그게…… 사고 직전에 분수 쪽에서 정문으로 다가온 사용인이 있었다고 합니다. 경비는 사니야를 몰라서 정확한 건 아니지만 남자 옷을 입고 있었는데도 외모는 아름다운 여자와 같았다고 합니다.』

헤이달의 낯빛이 새파랗게 질렸다. 외모를 칭찬받을 만한 사용인은 사니야 말고는 없다.

"빨리 찾아라. 아직 근처에 있을 지도 모른다."

사실은 헤이달이 직접 나서서 사니야를 찾고 싶은 심정이었지만 회담 중이니 그럴 수도 없었다.

사니야는 사고가 날 때의 충격음에 놀라 기억을 잃게 된 게 분명하다. 무희인 자신이 어째서 칸두라를 입고 있는지, 왜 정부 소유의 저택에 있는 것인지 하나도 기억을 못 해서 혼란에 빠져 있을 것이다.

하다못해 저택을 뛰쳐나간 사니야가 무슨 사고라도 당하지 않으면 좋겠다. 자이드한테서 자주 연락이 들어오긴 했지만, 찾을 수가 없어서 수색 범위를 더 넓히겠다는 말뿐이었다.

헤이달의 뇌리에 어젯밤의 사니야의 모습이 떠올랐다. 사니야에게 있어서는 수치스러운 하룻밤이었겠지만, 헤이달에게 있어서는 눈앞이 아찔해질 정도로 고혹적인 밤이었다.

너를 원한다. 오늘 밤 그 말을 전하기 위해 식사 초대를 한 건데.

『헤이달 님, 사니야를 찾아냈습니다.』

기다리던 그 소식을 들은 건 헤이달이 예정보다 일찍 회담을 끝내고 자이드와 합류하기 위해 차에 탔을 때였다.

"어디에 있던가?"

『그게, 집으로 돌아갔지 뭡니까.』

"집에?"

그러고 보니 유안이 사니야는 부모의 얼굴이나 집의 위치, 그런 건 잊지 않는다고 그랬다.

『헤이달 님, 사니야의 집으로 오시겠습니까? 제 선에서 처리하기 어려운 상황이라.』

자이드의 요청으로 헤이달은 사니야가 사는 판잣집으로 차를 돌리게 했다.

판잣집에 도착하니 이미 주차된 정부용 차량 한 대가 눈에 들어왔다. 자이드가 타고 온 차인 듯하다. 평소와는 다른 분위기를 감지한 이웃 주민들이 호기심 가득한 표정으로 저 멀리서 구경을 하고 있었다. 헤이달은 차를 세우게 한 후, 구경꾼들을 쫓아낼 여유도 없이 얼른 판잣집으로 뛰어 들어갔다.

"── 그러니까 넌 헤이달 님의 사용인이란 말이야."

전에 들어온 적이 있던 다이닝룸에서는 자이드의 짜증스러운 목소리가 들려왔다. "그래. 넌 외무장관님을 모시고 있다고." 하는 유안의 목소리도 들렸다.

헤이달이 방으로 들어가자 두 사람이 한꺼번에 뒤를 돌아보았다.

유안은 어째서인지 인상을 찌푸렸고, 자이드는 안심했다는 듯 한숨을 내쉬었다. 정작 중요한 사니야는 유안의 가슴께에 매달려 바들바들 떨기만 했다.

"다 잊은 모양입니다."

자이드가 헤이달에게 귀띔을 했다.

아마 그럴 것이다. 누구인지 알 수 없는 외국인 남자들. 사니야한테는 그렇게밖에 보이지 않을 것이다. 헤이달, 그리고 자이드를 살피는 검은 눈동자에는 두려움이 가득했다.

"사니야, 나를 기억하나?"

대답은 뻔했지만 그래도 헤이달은 물어보았다. 더는 겁을 주지 않도록 그의 발밑에 한쪽 무릎까지 꿇고서.

사니야는 헤이달을 내려다보며 작게 고개를 저었다. 눈에는 눈물이 그렁그렁 고인 채였다.

"모를 리가 없을 거야. 잘 기억해보렴."

유안이 묘하게 부드러운 목소리로 매달리는 사니야의 등을 쓰다듬어주었다.

“잘 봐. 사타르의 외무장관님이시잖아. 궁전 호텔의 연회에 초대되어 간 적이 있잖니? 그때 외무장관님이 너를 마음에 들어 하셨어. 부지런한 너를 사용인으로 쓰고 싶다고 하시면서.”

“……나를?”

“그래. 외무장관님이 이무란에 머무실 동안 네가 시중을 들게 됐지. 멋진 저택에 살 수도 있고, 깜짝 놀랄 정도로 월급도 넉넉히 주신다고. 네가 그렇게 기뻐하면서 짐을 싸서 나갔잖아.”

“……정말로?”

사니야는 헤이달이 아니라 유안에게 물었다.

기억을 잃은 사니야에게 있어서 형의 존재만이 확실한 것이었다. “그래, 맞아.” 하고 유안이 힘차게 고개를 끄덕이자 안심을 한 모양이다. 형의 옷자락을 붙들고 있던 손을 내리며 두 눈에 가득 고였던 눈물을 훔쳐냈다.

“헤이달 님이라고 하셨지요……? 폐를 끼쳐서 죄송합니다. 저는 종종 기억을 못 할 때가 많아서요. 저는 이제부터 어쩌면 좋을까요? 이제 사용인 일에서 해고되는 건가요?”

헤이달은 안심하며 자리에서 일어났다.

“해고는 무슨. 나와 같이 돌아가자. 다른 사용인들도 분명 걱정하고 있을 거다.”

“……아, 네…….”

그렇게 대답하는 사니야의 얼굴이 순간 흐릿해진 것처럼 보인 건 기분 탓일까. "이제야 해결이 됐군요." 하고 자이드가 말하자, 유안도 "다행이야. 정말 다행이야."라며 웃었다.

그러나 사니야와 같이 차에 올라탔을 때, 그게 기분 탓이 아니라는 것을 알게 되었다.

그때 사니야는 '그래, 넌 해고다.'라는 헤이달의 말을 기대했을 것이다. 사니야는 뒷좌석에 앉은 헤이달 옆에서 계속 정면만을 바라보았다. 야무지게 입술을 깨물고 있었지만 눈에는 또 새로운 눈물이 가득 고여 있었다. 굳은 각오를 드러내는 것처럼 가끔 일렁이는 작은 목울대.

——깜짝 놀랄 정도로 월급도 넉넉히 주신다고.

유안은 사니야에게 그렇게 말했다. 분명 그 말로 자신이 해야 할 일이 무엇인지 생각해낸 게 분명하다.

언젠가 바자르에서 말라빠진 감자를 내밀었던 사니야는 이제 없다. 머뭇거리며 헤이달의 방을 찾아온 사니야도. 망설이면서도 몇 번이나 절정에 올랐던 사니야도.

지금 이곳에 있는 건 육식 동물에게 잡아먹힐 각오를 한 가젤이다.

연회 후, 돈과 권력을 앞세워 강제로 안았을 때와 똑같은 사니야. 일할 수 없는 형을 위해 몸을 팔기로 작정한 모습이다.

"그런 표정을 지을 필요는 없다. 나는 더는 너를 아프게 할 생각은 없으니까."

헤이달은 아라비아어로 그렇게 말을 내뱉고 베일 아래의 머리를 흐트러뜨렸다.

그러자 사니야가 깜짝 놀라 눈을 휘둥그렇게 뜨며 더욱 두려움에 찬 눈빛으로 쳐다보았다.

그러나 헤이달은 힌디어로 똑같은 말을 해줄 마음은 없었다. 말한다고 해도 사니야의 마음에는 분명 닿지 않을 것이다. 강제로 안겼던 일도, 미약에 취해 헤이달에게 몸을 내맡긴 것도 전혀 기억하지 못하니 말이다.

저택으로 돌아간 헤이달은 허무함을 억누르며 자신이 직접 사니야에게 저택을 안내해주었다.

우선 응접실. 이어서 헤이달의 방. 대리석 복도를 걸으면서 아마도 자이드가 첫날 설명해주었을 사용인으로서의 업무 내용을 다시금 헤이달의 입으로 사니야에게 전했다.

사니야는 차 안에서 한마디도 하지 않았다. 다시 기억을 잃고 나서 처음으로 듣는 사니야다운 목소리는 눈을 동그랗게 뜨면서 "어, 그게 다인가요?" 하는 것뿐이었다.

원래 진짜로 일을 시키려고 사용인으로 들인 건 아니었다. 그저 유안에게서 떼어놓고 싶었을 뿐.

"너는 기억이 불안정해서 익숙해질 때까지는 그 정도 일만 해도 괜찮다."

당연한 이유를 붙여서 어제까지 사니야가 쓰던 방으로 데리고 갔다.

정원 외곽과 마주한 방이지만 측근이나 다른 사용인들이 사용하는 방과 마찬가지로 샤워실과 세면장도 딸려 있다.

문을 열어주자 사니야는 헤이달의 뒤에서 까치발을 하여 잠시 방 안을 살폈다. 두리번거리며 조심스럽게 안으로 들어가다가 침대 아래에 놓인 자신의 짐을 발견한 모양이다. "앗." 하고 작게 외치며 그곳으로 달려갔다.

"이건 제 가방이에요. ……아, 잠옷도 있네. 칫솔도. 저는 정말 헤이달 님의 시중을 드는 사용인이었군요?"

사니야가 멋쩍은 얼굴로 고개를 푹 숙였다.

이제는 좀 믿을 마음이 든 것 같았지만 아직도 뭔가 위태위태한 상태였다. 헤이달이 곧바로 "그래, 너는 내 사용인이다."라며 등이라도 쓸어주면 바로 그 가녀린 몸은 긴장으로 굳어지고 말 것이다.

"오늘 밤은 방에 식사를 가져다주게 할 테니 푹 쉬어라. 일은 내일부터 하면 되니까."

헤이달은 일부러 담담하게 말한 후, 사니야의 방을 나섰다.

저도 모르게 흘러나올 것만 같은 한숨을 꾹 눌러 참으며 저녁 어스름이 깔리는 복도를 걸어갔다.

너를 사랑스럽다고 느끼고 있다. ── 하다못해 그 말만이라도 전했더라면 이렇게나 마음이 허무하지는 않았을지도 모른다.

* * *

사니야의 문제. 그리고 자신의 감정. 진정으로 마주해야 할 것들과는 마주하지 못한 채, 헤이달은 한동안 일에 쫓겼다.

그 결과 이무란의 어느 부분에 자금 원조를 할지에 대해서는 '사타르의 말을 듣지 않으면 경제적 지원은 없다'라는 선언으로 강제 결론을 내렸다. 닷새에 걸쳐 몇 번이나 이루어진 회담에서 도저히 합의를 보지 못했기 때문이다. 이런 선언을 하게 될 자신을 상상해서 그렇게나 자제를 하고 있었거늘, 역시 자신은 아직도 여러모로 미숙하다는 뜻이다. 아사드에게 결과를 전하니 "너는 그 다혈질 성격을 어떻게든 고치도록 해라." 라는 비웃음만 샀다.

체재 기간의 후반은 기업이나 시설을 중심으로 방문할 예정이다. 그 전에 잠시 휴식이 필요할 것이다. 4주 동안이나 외국에서 지내려니 역시나 피곤이 축적되고 말았기 때문이다. 그렇게 해서 헤이달과 측근들은 내일부터 이틀간 오래간만에 휴가를 보내기로 했다.

"모두 나를 잘 보좌해주었다. 후반부도 잘 부탁한다."

응접실에서 측근들과 함께 느지막한 저녁 식사를 한 후, 헤이달은 정원으로 나갔다.

남빛 하늘 저 꼭대기에 보름달이 떠 있었다. 아주 쾌청한 밤이었다. 발밑의 징검돌을 비추는 정원 조명이 없어도 달빛만으로 충분히 앞을 보고 걸을 수 있을 것 같았다. 평소 같으면 습하게만 느껴지던 바람도 오늘 밤은 쾌적해서 옆머리를 간질이는 게 기분 좋았다.

달을 바라보며 걷고 있자니 분수 쪽에 웬 사람 그림자가 눈에 들어왔다.

여기서 머물기 시작한 지 얼마 안 됐을 때는 측근들도 숲과 같은 이 정원이 특이하다며 자주 밤바람을 쐬러 나왔지만, 요즘은 헤이달만 가끔 산책하는 정도이다. 오늘 밤은 휴가 전이어서 헤이달처럼 밤 산책을 즐기는 측근이 있을지도 모른다. 별 뜻 없이 분수에 가까이 다가갔다가 그 그림자의 주인이 사니야라는 것을 알았다.

분수 가장자리를 따라 다리를 180도로 쭉 뻗고서 앉아 있었다. 헤이달이 있는지도 모르는 것 같았다. 시중을 들 때 입는 칸두라가 아니라 자잘한 주름이 진 얇은 천으로 된 옷을 입고 있었다. 손에는 백일홍 꽃가지가 들려 있다. 사니야는 가지를 든 손을 뒤로 천천히 젖히면서 상반신으로 아름다운 원을 그렸다.

두세 번, 그렇게 몸을 뻗다가 사니야는 분수 가장자리에 꽃을 놓고 자리에서 일어났다. 이번에는 일어난 채로 몸을 뒤로 젖혀 손으로 분수대를 짚으면서 빙그르르 몸을 회전했다.

호흡을 가다듬고 다시 한 번.

헤이달은 눈을 깜박이는 것도 잊은 채 분수대 위에서 뒤로 회전하는 사니야의 모습을 넋 놓고 바라보았다.

몸집만 보면 힘이 없어 보이는 데도 사니야의 움직임은 완벽한 절제를 보였다. 회전할 때마다 의상의 소맷자락이 뒤집혀도 전혀 개의치 않아 했다. 저 의상은 춤 연습을 할 때 입는 것일까. 저것이 가녀린 체구의 사니야에게는 두툼하고 기다란 칸두라보다 훨씬 잘 어울렸다.

마지막에 그 몸은 백일홍 앞에서 딱 멈췄다. 깔끔하게 분수를 한 바퀴 돈 것이다.

"호오."

저도 모르게 감탄 어린 한숨을 내쉬었지만 사니야한테는 그 소리가 들리지 않은 듯했다. 두 손을 들어 백일홍 꽃가지를 집어 든 후에 분수대에서 살포시 뛰어내렸다. 그제야 헤이달이 있는 것을 알아차린 모양이다. 눈이 마주친 순간, 사니야는 놀라 숨을 삼키며 왜인지 백일홍 꽃가지를 뒤로 감추었다.

"훌륭한 몸이구나."

몸이 매우 부드럽고 낭창했다고 말을 이으려고 했던 헤이달의 말문을 가로막으며 사니야가 머뭇머뭇 입을 열었다.

"이, 이건 그런 게 아니에요. 저기 떨어져 있던 걸 주운 거지, 꺾은 건 아니에요."

아무래도 백일홍 가지에 대해 변명을 하는가 보다. 그렇게 아름다운 움직임을 보여 놓고선 고작 그런 걸 신경 쓰는 것인가 싶어서 괜히 웃음이 나왔다.

"꺾어도 괜찮다. 많이 피어 있으니까."

"아니에요. 정말 주운 거예요."

"꽃 한두 송이 정도는 괜찮다는 뜻이야. 주웠다면 더더욱 괜찮고. 그건 네가 가져도 좋다."

헤이달이 말하자 사니야는 처음으로 활짝 미소를 지었다. 머리를 숙이자 정수리 위에 하나로 묶은 머리칼이 잔뜩 신이 난 개의 꼬리처럼 살랑살랑 흔들렸다.

“몸을 풀고 있었던 거예요. 요즘 꿈을 꿀 때가 많아서요. 차라리 몸을 피곤하게 하는 게 더 잠이 잘 올 것 같았거든요.”

“꿈? 어떤 꿈을?”

사니야는 고개를 갸웃거리며 비스듬히 저 하늘 위를 쳐다보았다.

“괴물이 나오는 꿈인데.”

혼잣말 같은 중얼거림이었다. 그냥 머릿속 생각을 이리저리 더듬기만 한 걸지도 모른다. 그래도 헤이달은 기억을 잃기 전의 사니야다운 말투를 들을 수 있어서 기뻤다.

“그거 참 무섭겠군. 큰일인데?”

헤이달이 웃으니 사니야도 후후후, 하고 웃음을 터뜨렸다.

“오늘 밤은 달이 참 예쁘네요. 헤이달 님도 산책 중이세요?”

“그래. 같이 하지 않겠나?”

웃음을 짓는 사니야를 봐서 그런 걸지도 모른다. 자연히 절로 그런 말이 나왔다. 사니야는 “네.” 하고 미소와 함께 대답하더니 헤이달 옆에 섰다.

“내일부터 헤이달 님도 곁에서 모시는 다른 분들도 쉬시죠? 푹 쉬시면서 좋은 시간 보내세요.”

“겨우 이틀뿐이지만 말이다. 너도 편히 쉬도록 해라.”

목적지도 없이 그저 둘은 징검돌이 깔린 길을 따라 걸었다.

이런 식으로 사니야와 대화를 나누는 것도 참 오랜만이다. 사니야는 매일 아침 헤이달의 방에 물을 가져다주었지만, “헤이달 님, 안녕하세요.” , “그래, 좋은 아침.” 하는 정도의 대화만 할 뿐이었다. 자금 지원에 관해 고려해야 할 사항도 한두 개가 아니었고, 사니야에게 겁을 주고 싶지 않아서 단둘이 있는 상황을 피했던 것도 원인이었다.

기억을 잃은 지 닷새. 사니야는 나름대로 마음을 정리하기 시작한 걸지도 모른다. 저택으로 데리고 올 때의 잔뜩 긴장한 표정은 이제 없고, 뺨이나 눈가에도 평온함이 깃들어 있었다.

“저는 이 꽃을 보면 어쩐지 가슴이 뛰어요.”

갑자기 사니야가 백일홍 꽃송이를 흔들어 보였다.

“기억을 잃기 전에 전 이 정원에 있었대요. 아마 백일홍을 보고 있었거나 이런 식으로 만지고 있었겠죠. 집에 돌아갔을 때 손바닥에 이 꽃잎이 붙어 있었거든요. 저는 무슨 생각을 하며 이 꽃을 보고 있었을까 계속 궁금했는데…… 하나도 기억이 안 나서요.”

헤이달은 그 전날 밤 미약에 취한 사니야의 몸을 어루만졌다. 다음 날 아침, 사니야가 생각했을 일이라곤 분명 그 일에 대해서일 것이다. 스스로는 감당할 수 없는 흥분 때문에 사니야는 줄곧 부끄러워했다.

아무리 그게 사실이었다고 해도 차마 말을 할 수 없었다.

그 대신, 헤이달은 이렇게 말했다.

“그날 아침에 나는 너에게 저녁을 같이 들자고 했다. 아마 그 일을 생각하고 있었겠지.”

그렇게 다른 하나의 사실을 언급했다.

"엇, 헤이달 님이 저를 저녁 식사에 초대하셨다고요?"

"그럼 안 되나? 둘이서 할 애기가 있었거든."

헤이달의 속내는 어떻든 간에 사니야는 단순히 그 요청을 받아들였을 뿐이다. 아니, 받아들일 마음은 없었을지도 모른다. '네'라는 대답은 듣지도 못했고, 사니야는 그때 침대 위에서 매우 당황스러워했기 때문이다.

"그건 정말 엄청 가슴이 뛰는 제안이네요. 상상만 해도 긴장이 돼요……."

그렇게 말하며 오늘 밤의 사니야는 백일홍 꽃에 코를 묻기만 했다.

혹시 향기를 맡는 게 아니라 자꾸만 배시시 미소가 번지는 입가를 가리려고 하는 걸까. 꽃잎에 가려 살짝 보이는 입술은 수줍음을 꾹 눌러 참는 것처럼 꼭 닫히기도, 미소로 풀어지기도 했다.

그 입술이 문득 위로 향하면서 물음을 던졌다.

"헤이달 님은 저어……, 연인 같은 분은 안 계세요?"

"연인? 없다. 왜?"

"그러면 약혼하신 여자분이라든가."

왜 그런 걸 묻는지 의도는 알 수 없었지만 없는 건 없는 것이었기에 솔직히 없다고 대답했다.

서른을 훌쩍 넘은 남자로서 자랑할 만한 일도 아니지만 사니야는 "죄송해요. 이상한 질문을 드렸네요." 하고 사과를 하면서도 살짝 드러난 작은 송곳니를 꽃잎 사이로 살짝 감추었다.

꽃의 색으로 인한 잔상일까. 사니야의 뺨까지 붉은색으로 물든 것처럼 보였다.

"아마 저는 그런 생각을 하고 있었던 걸지도 몰라요. 기억을 잃던 날 아침에요."

"기억이 난 건가?"

"아니요. 근데 기억의 감촉 같은 게 있어서요. 아아, 나는 이런 생각을 전에도 했던 것 같다, 하는 그런 감각이 문득 되살아날 때가 있어요. 데자뷔 같은 느낌이랄까요. 죄송해요. 설명이 어설퍼서."

그렇다는 건 첫 날 밤처럼 무섭게 한다면 지금 사니야의 마음속에는 부정적인 감각이 되살아날지도 모른다. 헤이달은 남몰래 칸두라의 가슴께 자리 ── 문신을 꾹 눌렀다.

그러나 오늘 밤은 그리 걱정할 일은 없을 듯했다. 사니야는 좌우로 고개를 갸웃거리며 기분 좋게 산책로를 따라 걷고 있었다. 리듬을 타는 것처럼 백일홍 꽃가지를 빙글빙글 돌리면서.

사랑스럽다. 몇 번이나 했던 생각을 새삼스럽게 다시 했다.

절로 시선을 보내는 헤이달의 모습을 눈치 챘는지 사니야는 발걸음을 멈추고 "왜 그러세요?"라며 그를 올려다보았다.

반짝반짝 빛나는 검은 눈동자가 가만히 헤이달을 바라보고 있다. 달빛에 젖어 빛나는 눈동자는 잔잔한 호수처럼 보였다. 속눈썹이 참 길었다.

헤이달은 이렇게 생긴 눈동자를 안다.

"넌 가젤 같아."

이것도 사니야를 볼 때마다 느꼈던 것이다. "가젤이요?"라는 물음에 자신이 마음속으로만 중얼거렸던 것이 소리가 되어 바깥으로 나왔다는 것을 깨달았다.

"그게, 눈동자가. 가젤은 너처럼 또랑또랑한 눈망울을 하고 있지. 특히 어린 가젤은 더더욱."

"와아, 전 그런 건 본 적이 없어요. 사타르에 사나요?"

"아니, 사타르에는 없다. 어릴 때 내가 아버지와 외국에 잠시 있을 때 볼 기회가 있었던 것뿐이야. 그날 운 나쁘게 가젤 보호구역을 둘러싼 울타리 일부가 망가져서……."

헤이달은 거기까지 말하다가 입을 다물었다.

그 이야기는 달 뜬 밤의 산책에 어울리지 않는다. 그러나 사니야는 "그래서요?"라고 다음 이야기를 재촉했다. "아니다……." 하고 헤이달이 말을 흐리는 데도 사니야는 고개를 갸웃거리면서 가젤과 똑같은 눈망울로 계속 올려다보았다.

헤이달은 하는 수 없이 한숨을 푹 내쉰 후 말했다.

"내가 예쁘다고 생각한 어린 가젤이 보호구역으로 침입한 자칼에게 잡아먹혔다."

숨을 꿀꺽 삼키는 사니야의 눈동자가 흔들렸다.

당시 아버지 아사드는 외무장관이었고 헤이달은 열 살 정도였던 것 같다. 아사드가 일하는 중에 아이를 동반할 리는 없으니 분명 휴일이었을 것이다. 아버지와 그 측근들과 함께 사바나 안에 있는 가젤 보호구역을 사륜구동 자동차를 타고 견학을 하는 도중에 벌어진 일이었다.

이빨을 드러내고 덤벼드는 자칼의 모습을 헤이달은 지금도 잊을 수 없다.

공포로 굳어서 움직이지도 못하는 어린 가젤의 모습도.

"그날부터 강한 남자가 되라는 말을 들을 때마다 내 뇌리를 스치는 건 그 자칼이 아니라 가젤이었다. 너는 모르겠지만, 나는 흑사자라는 이름을 가진 부족 출신이야. 강해지지 않으면 안 되지. 바로 그날 봤던 자칼처럼 말이야. 하지만 시크가 된 지금도 나는 종종 그 가젤을 떠올리곤 한다."

20년 이상이나 가슴 속 깊은 곳에 숨겨둔 감정이었다. 지금까지 그 누구에게도 말 한 적 없는 이야기인데 휴가 전이어서 그런지 입도 마음도 가벼워진 걸지도 모른다. 헤이달은 자조하듯 입매를 끌어올리며 근처의 석조 벤치에 앉았다.

"쓸데없는 얘기를 했구나. 잊어라."

당장이라도 담배를 피우고 싶은 욕구가 치밀어 품 안을 뒤졌지만, 훌쩍 정원으로 나온 탓에 가지고 나오지 않았다.

"앉겠어?"

바로 옆을 가리켰지만 사니야는 고개를 저었다. 그 대신 헤이달의 바로 앞으로 다가가 징검돌 위에 무릎을 꿇고 앉았다.

"이야기를 들려주셔서 감사합니다. 헤이달 님은 정말 다정하신 분이군요."

"어디가. 너는 나를 모르니까 그런 소리를 하는 거다."

"하지만 헤이달 님은 저를 사용인으로 삼아주셨잖아요. 외무장관님의 시중을 드는 무희라니, 전 들어본 적도 없어요. 전 정말 행복해요."

귀를 의심했다. 미간을 좁히며 참지 못하고 바로 물었다.

"행복하다니……. 넌 지금 행복한가?"

사니야는 "네."하고 고개를 끄덕이면서 달빛 아래에서도 알 수 있을 정도로 얼굴을 붉혔다.

찡하게 따스하면서도 뭐라고 형언할 수 없는 감정이 몰려왔지만 헤이달은 스스로 그것을 뿌리쳤다.

사니야가 행복하다고 말할 수 있는 건 아무것도 기억하지 못하기 때문이다.

처음 만났던 날 밤, 헤이달은 사니야를 거의 잡아먹다시피 했다.

강해질 거라면 나약한 자를 지킬 수 있는 강한 힘이 생겼으면 좋겠다. ——바로 눈앞에서 공격을 받는 가젤을 본 순간 어린 헤이달은 분명 그렇게 바랐는데, 그날 밤의 헤이달은 가차 없이 가젤에게 달려드는 자칼처럼 사니야를 물어뜯었다. 지금도 후회는 헤이달을 괴롭혀대는 중이었다.

그러나 가젤 이야기는 할 수 있어도 그날 밤의 일은 차마 말할 수 없다.

"네가 행복하다면…… 그걸로 됐다."

대화를 끝낼 셈으로 슬쩍 마무리를 짓자 사니야가 계속 소중히 갖고 있던 백일홍 꽃을 헤이달에게 내밀었다.

"헤이달 님의 기억 속에 남아 있는 가젤을 위해서."

선명한 꽃잎 저편으로 때 묻지 않은 눈동자가 헤이달을 바라보고 있었다.

헤이달이 꽃을 받지 않고 있자 사니야는 무릎으로만 일어서서 헤이달의 긴 옷자락의 단추와 단추 사이에 백일홍을 꽂아주었다. 그리고 가슴께와 꽃송이를 정돈한 다음, 만족스러운 듯이 미소를 지으며 그 자리에서 일어났다.

"있잖아요, 헤이달 님. 이 꽃은 뭘까요? 밤인데도 꽃이 피어 있고. ……아, 향기 좋다."

물음인지, 혼잣말인지. 사니야는 시렁에 얽혀있는 덩굴풀을 손으로 만지작거리면서 거기에 몇 송이나 매달려 있는 흰 꽃들을 올려다보았다.

헤이달은 다시금 자신의 가슴을 내려다보았다.

가슴 한가운데에 추모의 뜻을 담은 꽃이 피어 있다.

가젤은 되살아날 수 없다. 가젤을 구할 수 없었던 헤이달도 그대로일 뿐이다. 그런데도 모가 난 기억이 둥그스름해지더니 한 장의 풍경처럼 변했다. 혼자 끌어안고만 있던 기억에 사니야가 다정한 마음을 더해주었기 때문이다.

헤이달은 꽃을 뽑아 살짝 입술에 갖다 대었다. 그리고 자리에서 일어났다.

"사니야."

그 부름에 사니야는 미소를 지은 얼굴로 뒤를 돌아보았다. 백일홍을 손에 들고 있는 헤이달을 보고 순간 신기하다는 듯한 얼굴을 했지만, 그 표정의 평온함은 여전했다.

헤이달은 사니야에게 가까이 다가가 옆머리에 백일홍을 꽂아주었다.

"꽃은 내가 아니라 너한테 더 잘 어울린다."

아까 사니야가 했던 것처럼 꽃송이를 다듬어주고 나서 "정말 아름답군." 하며 고개를 끄덕였다.

사니야는 동그랗게 뜬 눈을 깜박이다가 뺨을 홧홧하게 붉혔다. 조심스럽게 관자놀이 쪽에 손을 대더니 꽃을 만지작거렸다. 그곳에 백일홍이 자리한 것을 실감했는지 몇 번이나 만지더니 그 눈빛을 황홀할 정도로 부드러이 했다.

"기뻐요. 감사합니다, 헤이달 님."

살짝 기울어진 고개. 옅은 입술에는 수줍음이 가득했다.

기억을 잃었던 사니야를 데리러 갔을 때는 이런 모습의 그를 다시 볼 수 있으리라는 생각은 하지 못했다. 언젠가 바자르에서 부딪쳤을 때 보다 더 깊게 사니야만이 마음속으로 들어 왔다.

지금 이 순간을 가슴에 꼭 품어 두고 싶다.

욕망이라고 부르기에는 어딘지 모르게 애달프면서도 마침내 터져서 넘쳐버린 감정에 몸을 맡긴 채 눈앞에 있는 가녀린 몸을 끌어당겼다.

"……헤이달, 님……?"

가느다란 목도, 손바닥에 쏙 들어오는 작은 어깨도 처음 안았을 때부터 알고 있다. 그래서 이번에는 겁을 주지 않으려고 살며시 안아주었다. 그래도 지금 이 품 안에 사니야가 있다고 생각하니 마음이 벅차올라서 가슴과 가슴이 맞닿은 후에는 와락 끌어안아 그 목덜미에 얼굴을 묻고 말았다.

"저, 저어……."

사니야가 당황하여 높다란 목소리를 내어도 도저히 감정이 주체되지 않았다. 사니야의 체온, 칸두라 천을 넘어 전해져오는 심장 고동, 땀으로 촉촉하게 젖은 목덜미의 향기가 끝끝내 감춰왔던 마음을 말로 표현하게 했다.

"나는 줄곧 너를 사랑스럽다고 생각했다."

순간 사니야는 헤이달의 가슴 속에서 몸을 굳혔다.

전해지는 심장 박동은 단숨에 속도를 올렸다. 헤이달의 가슴도 마찬가지로, 아니, 분명 그 이상으로 미친 듯이 뛰고 있다. 그걸 알려줄 셈으로 등을 감싼 손에 힘을 주었다.

"너는 나를 어떻게 생각하지? 피부색이 다른 남자는 무서운가? 이 손도, 마음도 절대로 너를 다치게 할 마음은 없다. 나는 신을 믿지 않으니까 신에게는 맹세하지 않아. 나 자신과 나의 이름을 걸고 맹세해."

대답은 기대하지도 않았다. 오히려 열에 달뜬 헛소리와도 비슷했다. 그저 너무 미칠 것만 같고, 가슴속 마음의 수면에 파도를 일으키는 마음이 헤이달을 움직이게 할 뿐이었다.

"사니야."

이름을 부르며 아래턱을 들어 올렸다.

검은 눈동자는 당황과 놀라움에 이리저리 흔들리고 있었다. 가젤보다 더 작고 연약한 어린 새 같았다.

"나는 너를 좋아한다."

등을 굽혀 입맞춤했다.

사니야가 다시 몸을 굳혔지만 헤이달의 가슴을 떠미는 행동은 보이지 않았다.

'무섭지 않은 건가?'

아니, 두려움에 사로잡힌 걸지도 모른다. 모시는 주인과 사용인 사이에는 신분 차이가 너무 크니 말이다. 그래도 사니야가 얌전히 품 안에 있다는 현실이 헤이달에게 힘을 실어주었다.

다시 한 번 입술을 맞대었다. 이번에는 사니야가 저항할 수 있도록 안는 힘을 살짝 풀면서.

"……음……."

숨결과 함께 새어나오는 목소리. 입술이 살짝 떨리고 있다.

사니야는 버둥거리지도 않고 헤이달을 밀치지도 않았다. 그렇기는커녕 오히려 눈가를 백일홍과 똑같은 색으로 물들이며 헤이달의 가슴께 옷자락을 꽉 쥐기까지 했다.

어째서. 이유를 묻고 싶어서 입술을 떼었다.

헤이달이 묻기도 전에 사니야가 먼저 말했다.

"저, 저도…… 헤이달 님을 사모하고 있어요……."

부끄러움 때문인지 정열 때문인지 촉촉이 젖어 든 눈동자가 헤이달을 올려다보고 있었다.

심장이 튀어 오르는 듯한 감각에 저도 모르게 숨을 꾹 삼켰다. 그러나 사모하고 있다는 말이 어디까지인지 감이 잡히지 않아서 헤이달은 바로 앞에 있는 눈동자를 뚫어지게 바라보았다.

"헤이달 님을 좋아해요."

두 번째는 알기 쉬운, 사니야다운 말이었다.

"처음에는 좀 무서웠어요. 아, 처음이라는 건 집에서 여기로 오던 날이요. 그런데 헤이달 님은 저에게 무리한 요구 같은 건 하지 않으셔서……. 아아, 아니, 그런 짓을 할 분이라고 생각한 게 아니라……. 그냥 뭐랄까, 무희가 외무장관님의 시중을 든다는 게 말이 안 된다고 느꼈으니까요."

말을 더듬거리며 심경을 설명하는 사니야를 헤이달은 믿을 수 없다는 심정으로 쳐다보았다.

사니야는 더욱 눈가를 붉히며 수줍게 고개를 숙이기도 하다가 살짝 얼굴을 들기를 반복했다.

"하지만 헤이달 님과 지내고 있는 사이에 자꾸만 가슴이 두근거려서, 아마도 저는 기억을 잃기 전에도 헤이달 님께 이런 마음을 품고 있었던 게 아닐까 해서……. 분명 저는 전부터 헤이달 님을 좋아했을 거예요."

마지막에 그 얼굴은 헤이달을 보고 활짝 웃었다.

반대로 헤이달은 눈매를 일그러뜨리며 살짝 시선을 돌리고 말았다.

사니야가 이런 감정을 품는 건 아무것도 기억하지 못해서이다. 창부 취급을 받은 밤을 기억한다면 오늘 밤과 같은 감정에 다다를 리는 없을 테니까.

그러나 사니야를 사용인으로 받아들인 후부터는 강제로 다가가려고 하지 않았다.

시작은 거기서부터였다고 생각해도 되는 걸까.

"헤이달 님……?"

할 말을 잃은 헤이달을 사니야가 불안한 얼굴로 살폈다.

"아니, 미안하군. 너무 놀라서."

적당히 얼른 지은 미소를 계기로 망설임은 서서히 사그라들었다.

좋아한다는 고백을 받은 것이다. 사니야한테 '좋아한다'라고.

말로써 전해진 마음이 소나기처럼 가슴 속에 쏟아져 내렸다. 도저히 거부할 수 없는 달콤한 빗줄기였다. 과거에 대한 집착이 다 쓸려나가면서 숨겨져 있던 감정만이 수위를 높여갔다.

"그래. 너는 나를 좋아하는구나."

헤이달은 저도 모르게 사니야를 번쩍 안아 올렸다.

"……아앗."

갑작스러운 일이어서 사니야의 몸이 휘청했지만, 당연하게도 그를 놓치고 떨어트리는 실수는 하지 않았다. 팔로 단단히 그 허리를 감고서 바로 아래로 시선을 쏟았다.

"까, 깜짝 놀랐잖아요."

면박이라도 주는 투로 말하면서도 얌전히 안기는 사니야의 모습에 헤이달은 결심했다. 시작은 오늘부터다. 서로 같은 마음을 털어놓은 지금. 그 이전의 일들은 모두 마음속 깊은 곳에 단단히 밀어 넣었다.

"내 것이 돼라, 사니야. 누구보다도 소중히 하겠다. 진심이다."

이번에는 눈을 피하지 않고 사니야를 똑바로 바라보며 말했다.

사니야는 뺨을 붉게 물들이며 침을 꿀꺽 삼키고는 "……네……." 하고 고개를 끄덕였다. 함께 정원에 나올 때까지만 해도 상상 못 했던 그 대답을 들은 헤이달은 너무 기쁜 나머지 참지 못하고 사니야의 아래턱에 입술을 갖다 대었다.

"사타르로 오겠어? ……아니, 대답은 안 듣겠다. 나는 너를 데리고 돌아갈 테니까."

"앗, 저는 아라비어어를 하나도 모르는데요……."

"그런 건 살다 보면 알게 돼. 설령 기억하지 못한다고 해도 내가 힌디어를 쓸 줄 아니 괜찮다."

"하, 하지만……."

또 무슨 할 말이 남은 듯한 사니야의 목덜미를 끌어당겨 두 번째로 입술을 포갰다.

"네가 고생하지 않을 방법을 잘 생각해두겠다. 나는 이무란에 머물 동안만 너를 연인으로 삼겠다는 뜻이 아니야. 그 정도의 마음으로는 이런 말까지 하지는 않지."

당혹감이 명백히 드러난 표정은 세 번째 입맞춤으로 사라지고 말았다. 사니야는 입술을 꾹 다물면서 조심스럽게 헤이달의 어깨에 얼굴을 묻었다.

"기뻐요……."

헤이달이 더 기쁨에 차오를 것 같은 목소리와 우후후, 하고 웃는 숨결이 칸두라 너머로 닿았다.

빈틈없이 전해지는 온기. 어깨에서 느껴지는 무게감이 기분 좋았다.

헤이달은 아까 전에 앉았던 벤치에 다시 자리를 잡았다. 사니야를 옆으로 안아들어 무릎 위에 앉히고는 입술을 빨았다. 오늘 밤은 도저히 그를 가만히 놔둘 수가 없을 것 같다. 마음이 가는 대로 예쁘게 생긴 입술에서 목덜미, 쇄골에 이르기까지 순서대로 입을 맞춰 나갔다.

어느새 헤이달의 손은 사니야의 가슴을 더듬고 있었다.

처음으로 저항을 보인 건 그때였다.

"저, 저어……."

사니야가 초조해하며 헤이달의 오른손을 쥐었다.

"이러시면…… 곤란해요."

"왜?"

"그, 그게 여긴 정원이잖아요."

"그래, 정원이지. 봐라. 너와 어울리는 꽃들이 잔뜩 피어 있다."

"그런 게 아니라…… 다른 사용인이 올지도 모르잖아요. 그리고 경비하시는 분들도 분명 저쪽 수풀 너머에서…….”

“걱정하지 마라. 너는 몸이 작으니까 내 품속에 숨어 있을 수 있어.”

“헤이달 님…….”

원망스러운 듯 이름을 부르는 입술을 다시 입술로 막았다.

“사니야, 지금 여기서 내가 너를 놔줄 수 있을 것 같아? 계속 너를 원하고 있던 내가 말이다.”

“하지만.”

“미안하다. 너를 침대로 데리고 가는 시간마저 아깝다. 침대에 내려놓은 순간 네가 기억을 잃기라도 하면 나는 어쩌란 말이지?”

고통을 말로 표현하자, 사니야는 깜짝 놀라 눈을 크게 떴다.

마음이 하나가 된 이 순간을 절대로 놓치고 싶지 않았다. 좋아한다고 고백했던 사니야가 지금 바로 이 품 안에 있다.

“사니야, 지금 바로 내 것이 돼라. 나중은 안 돼.”

“헤이달 님…….”

머뭇거리며 기댄 머리를 쓰다듬어주면서 헤이달은 다른 한 손으로 다시 그 가슴을 어루만졌다.

맞닿고 나서 처음으로 알게 된 오늘 밤의 의상은 비단이었다. 그래서 사니야의 아름다움이 유난히 도드라진 듯하다. 금으로도 은으로도 보이는 광택을 뿜어내는 천은 유백색의 낭창한 사지를 더욱 매끄럽게 보이게 했다.

비단에 싸인 가슴에는 작은 돌기가 두 개. 헤이달은 유혹이라도 하는 것처럼 심을 가지고 있는 그것을 빨았다.

"……아, 아앗……."

휘어지는 몸을 한쪽 팔로 붙잡으며 이를 세워 비단째 달콤하게 깨물었다. 직접 닿지 않는 애달픔은 더욱 집요한 애무로 모습을 바꾸었고, 그 애무를 받은 꽃눈은 점점 단단해져 갔다. 입술을 떼었을 땐 이미 비단 천은 완전히 젖어서, 그곳에서 비쳐 보이는 꽃눈은 굵직한 루비알처럼 요염하게 사니야의 가슴을 장식하고 있었다.

"봐라, 너는 꽃만이 아니라 보석도 잘 어울릴 것 같구나."

"그, 그런……."

사이냐가 부끄럽다는 듯 가슴께의 천을 그러모으는 사이, 헤이달은 이번에 그 옷자락 속으로 손을 집어넣었다.

"잠깐, 헤이달 님……."

"큰 소리를 내지 마라. 정말로 누가 오면 어떡하려고."

짐짓 일부러 엄히 타이르자 사니야는 황급히 입을 닫고 주변을 살피기 시작했다. 그러나 헤이달의 무릎에서 뛰어내려서 방으로 얼른 도망가려는 생각까지는 미치지 못한 듯했다.

"자, 웅크려서 내 품에 숨어 있어라."

꼭 끌어안자 사니야는 등을 굽히며 헤이달에게 매달렸다.

저도 모르게 입가에 미소가 번졌다. "착하군." 하고 머리를 쓰다듬어주면서 아래 옷자락 속으로 깊이 침입했다.

"으, 으읏……."

귓불까지 발갛게 물들이며 터져 나올 것만 같은 신음을 필사적으로 억누르려고 하는 모습이 마냥 귀여웠다. 이런 식으로 버티면 괜히 더 목소리가 듣고 싶어지는 법이다.

헤이달은 마침내 도달한 사니야의 하반신 한가운데에 있는 앳된 수컷을 주물렀다.

그때 미약에 취했던 밤과 속옷이 다르다는 걸 알아차렸다. 촉감은 비슷한데 천의 면적은 매우 작았다. 뒤쪽을 더듬어보니 엉덩이의 살이 거의 다 드러난 상태였다.

의문이 든 헤이달은 사니야의 옷자락을 들어올렸다.

"흐아앗."

사니야가 당황해하며 옷자락을 내리려고 했지만 그 손을 치우게 했다.

헤이달의 눈에 들어온 건 성기만 간신히 덮을 뿐인 작은 속옷이었다.

깜짝 놀라서 사니야의 한쪽 다리를 들어보니 뒷부분을 가리는 것은 끈 한 줄 뿐이었다. 그것도 구슬 장식이 달린 아름다운 끈으로, 속옷이라기보다는 무슨 장식품처럼 보였다. 그런 게 엉덩이 둔덕 사이에서부터 매끈한 회음부 근처까지 끼인 모습은 그야말로 음란하기 그지없었다.

"왜 이렇게 대담한 속옷을 입고 있지?"

"이, 이건 춤출 때 입는 거예요……. 평소에 입는 속옷을 입으면 옷자락이 걷혀 올라갔을 때 춤 모양새를 망치게 되니까요. 신의 아이는 춤을 출 때 모두 이런 속옷을 입어요……."

그렇다면 강제로 안았던 날 밤에도 이런 것을 입고 있었던 건가.

그때는 벗기는 데에만 급급해서 속옷 따위에는 신경도 쓰지 않았다.

"그렇군. 속옷도 의상이라는 뜻이구나. 반한 사람이 무희라는 것도 참 고민스러운 일인걸."

하지만 여기는 무대가 아니다.

헤이달은 처음으로 보는 사니야의 대담한 속옷을 향해 손을 뻗었다.

"아앗……, 제발……."

사니야가 거부하려는 태도를 보이길래 일부러 안아 지탱하고 있던 손에서 힘을 뺐다. 헤이달의 무릎에서 미끄러져 떨어질 뻔한 사니야는 깜짝 놀란 모습으로 헤이달에게 바짝 매달렸다.

"그래, 맞아. 두 손으로 나를 꼭 붙들고 있지 않으면 바닥으로 떨어질지도 모른다."

"……그, 그럴 수가……."

보면 볼수록 매혹적인 속옷이다. 살짝 부푼 그곳을 손가락으로 살살 쓸어보니 안쪽의 성기가 힘없는 살점에서 단단한 뿌리로 서서히 형태를 바꾸기 시작했다. 점차 귀두목도, 뿌리 부근의 주머니도 확실한 모양새를 갖추면서 천 너머로 매만지기만 해도 안쪽에서 품고 있는 열기가 생생히 전해져왔다.

그 열기와 단단함을 즐기면서 주무르고 있자니, 마치 그 손길에 답이라도 하는 것처럼 중심을 덮고 있는 천에 조금씩 얼룩이 퍼져

나갔다.

"왜 그러지? 젖어있군."

"그, 그건 헤이달 님이……."

"내가 뭐? 네 몸이 흘린 거면서."

일부러 심술궂은 말을 하면서도 스스로의 숨이 점차 달아오르고 있음을 알았다. 사니야는 새빨간 얼굴로 눈을 감은 채 가끔 애가 타는 듯 허벅지를 맞대어 비비고 있었다.

헤이달은 꿀꺽 침을 삼킨 후 속옷을 내렸다.

"아앗."

짧은 비명과 함께 위를 향해 선 성기가 튀어나왔다.

언제 보아도 사니야의 그것은 요염함이 있다. 줄기는 피부와 똑같은 유백색인데도 꿀이 솟는 입구 주변은 욕정의 색으로 물들어 있고, 배어 나온 이슬은 달빛 아래에서 빛을 내뿜고 있다. 줄기를 잡아 늘이는 것처럼 손으로 훑자, 이슬은 귀두관 전체로 퍼져 흘러내렸다.

결국 참지 못하고 속옷 전체를 두 다리에서 벗겨버렸다.

"헤이달 님, 그 이상은…… 부끄러워요……."

"여기까지만 하자고? 말도 안 돼. 이 상황에서 누가 참을 수 있겠어?"

헤이달은 사니야를 다시 안아 이번에는 허벅지 위에 앉혔다.

이러면 사니야의 귀여운 얼굴도 잘 보인다. 눈꼬리에 달달한 미소가 가득한 헤이달과는 달리 사니야는 당장이라도 울음을 터뜨릴 것처럼 미간을 좁히며 숨기라도 하는 것처럼 헤이달의 목에 얼굴을 묻었다.

헤이달은 헛웃음을 지으며, 꼭 안는 척하면서 사니야의 둔부를 쓰다듬었다.

"흐아, 앗."

가녀린 몸이 펄쩍 뛰어오른 틈을 타서 이번에는 뒤에서 회음부에 손을 넣었다.

"……아…… 으읏."

몇 번이나 매만져도 질리지 않는 매끈한 피부다. 살도 별로 없는데 부드럽고 손에 착착 감기는 촘촘한 살결. 엉덩이를 든 채로 매달리는 사니야에게 입술을 갖다 대면서 헤이달은 자신의 바지춤을 풀었다.

잔뜩 흥분한 물건을 꺼내어 사니야의 허리를 아래로 내렸다.

부풀어 오른 선단과 둔부가 맞닿은 순간, 사니야는 "아아앗." 하는 비명을 지르며 다시 펄쩍 뛰어올랐다.

"이상하군. 내 것이 되겠다고 약속했으면서 왜 내 위에 앉지 못하는 거지?"

"그, 그것이 어느 틈에……. 헤이달 님……."

"너에게 닿고서 달아오르지 않을 자가 있겠나?"

헤이달은 사니야의 허리를 우선은 반쯤만 내려서 단단해진 그것을 골짜기 사이에 문질렀다.

허리를 움직여 주체할 수 없이 새어 나오는 욕망의 물방울을 꼼

꼼히 발랐다.

"아…… 아읏, 흐윽……."

사니야는 달콤한 신음을 흘리기 시작했지만 일일이 휘감기는 옷자락이 자꾸 방해되었다. "걷어 올려라." 하고 말하자 사니야는 고개를 절레절레 흔들며 "못해요……." 하고 호소했다.

"마음을 허락한 상대에게는 모두 다 보여주는 거야. 허리는 단단히 붙잡아줄 테니까, 자."

한데 모은 옷자락 뭉치를 건네주자 사니야는 코를 훌쩍이면서도 그걸 받아들었다.

걸터앉은 다리부터 하복부가 단번에 드러나게 되자 눈으로 보는 즐거움이 한층 커졌다. 특히 한가운데 번쩍 고개를 쳐든 과실의 심지가 마음에 들었다. 헤이달이 자신의 물방울을 회음부에 문질러 바를 때마다 사니야의 그것은 파르르 떨며 가녀린 이슬을 흘렸다. 귀두관을 물들였던 장밋빛은 이제 줄기 뿌리까지 번져서 어느덧 잘 익었다는 때를 알려왔다.

"힘을 빼고 있어라."

헤이달은 사니야의 아래턱에 입을 맞추면서 안고 있던 사니야의 허리를 천천히 떨어뜨렸다.

사니야는 "앗, 앗." 하는 소리를 내며 틈만 나면 몸을 일으키려고 했지만, 당연히 헤이달이 놔줄 리 없었다. "괜찮다." 하고 다독이면서 허리뼈를 붙잡은 손에 힘을 주어 우선은 귀두까지 삼키게 했다.

"……으응. 흑."

입술처럼 부드러운 주름이었다. 수컷의 침입에 놀라면서도 헤이달을 폭 감싸며 조여들었다.

진득하게 물고 빠는 감각에 헤이달은 참지 못하고 탄식을 흘렸다. 좀 더 안쪽까지 넣고 싶다. 끓어오르는 본능대로 연결 부분을 더욱 깊게 만들어나갔다.

"헤이달…… 님……, 아아, 용서해…… 주세……."

사니야는 거의 흐느껴 울고 있었지만 헤이달의 눈앞에 우뚝 선 심지는 아까보다 더 농후한 꿀을 흘리기 시작하는 중이었다. 깊이 묻었던 줄기를 끝까지 빼냈다가 다시 푹 찔러주자, 반응은 한층 더 뚜렷해졌다.

"하아앗."

새된 목소리가 헤이달의 귓바퀴를 쓰다듬었고 장밋빛 심지에서는 꿀이 이리저리 튀며 흩어졌다.

"아아, 이…… 이제 용서를, 헤이달 님……. 헤이달 님이 더러워져요……."

"괜찮다. 네가 흘리는 그 욕망으로 나를 더욱 적셔 봐."

너무나도 민감한 몸이라는 건 처음 안았을 때부터 잘 알았다. 그때와 다른 점이라면 사니야가 거부하지 않는다는 점이다. 수치심에 피부를 발갛게 물들이면서도 헤이달의 목덜미에 꼭 달라붙어 이마를 문대어댔다. 기특하게도 붙잡고 있으라고 명한 옷 뭉치도 여전히 꼭 쥔 채로 말이다.

좀 더 흐트러뜨리고 싶다. 헤이달은 가장 안쪽을 노리고서 찔러 올렸다.

"아앗, 앗!"

튕겨 올라가는 순간에 안고 있던 손에서 힘을 빼자 가녀린 몸은 자신의 몸무게를 그대로 실어서 헤이달의 흥분된 것을 삼켰다. 이어진 부분은 녹아 흘러내릴 정도로 뜨거워서 끊임없이 젖은 소리를 내고 있었다. 살짝 몸을 기울이자 흰 엉덩이에 삼켜지는 자신의 것이 아주 잘 보였다. 사니야한테도 보여주고 싶었지만 이 자세로는 다소 힘들었다.

대신에 입술을 빼앗아 열정에 불타는 입맞춤을 가르쳐주었다.

"사니야, 내 수컷이 뭐라고 하는지 알겠어?"

"……수, 수컷……?"

"수컷이라고 하면 여기지."

허리를 돌려보이자 사니야가 새된 비명을 지르며 몸을 젖혔다.

"모…… 모르겠, 어요……."

"모르겠다고? 이렇게 뜨거운 쇳물처럼 되어 있는데도? 네 안에 쏟아내고 싶어 하고 있어."

"아, 아……, 그럴 수가……."

사니야는 자신만 괴롭힘을 당하고 있다고 느낄지도 모르지만 헤이달 쪽도 충분히 사니야 때문에 괴로웠다. 내벽은 진득하게 헤이달을 휘감고서 결코 놓으려 하지 않았다. 굼실거리며 헐떡이는 여린 살이 헤이달의 것을 완전히 쥐어짜내려 하고 있었다.

"사니야, 나를 받거라."

헤이달은 양손으로 사니야의 엉덩이를 붙잡더니 허리를 힘차게 찔러 올렸다.

"하아……, 앗, 아아……."

찔러 올릴 때마다 사니야의 머리를 장식하는 백일홍이 흔들리며 헤이달의 시야를 더욱 선명한 붉은 색으로 물들여갔다. 정욕으로 촉촉이 젖은 눈동자나 타액을 휘감은 입가에도 매료되고 말았다. 좀 더 부드럽게 애무할 셈이었지만 아무래도 욕정이 가라앉지를 않았다.

처음으로 ── 그렇게 칭해도 될 정도로 서로 깊이 연결된 탓일지도 모른다.

"……아아……, 헤이달…… 님……."

갈라진 신음을 흘리며 먼저 절정에 오른 이는 사니야였다.

꿀이 샘솟는 입구를 훤히 드러낸 과실의 심지를 손으로 감싸 위로해주던 헤이달 역시 정점으로 향했다. 사니야는 이제 더는 몸에 힘이 들어가지 않는지 이리저리 흔들리기만 했다. 그 몸을 한쪽 팔로 단단히 감싸 안은 채 깊은 안쪽에 욕망을 쏟아 부었다.

뜨거운 급류의 열기가 전해진 모양이다. 마지막에 사니야가 "……아, 으응……." 하고 달콤한 신음을 흘렸다.

달은 아직도 중천에 걸린 채였다. 살갗을 스치고 지나가는 바람의 온도도 변함이 없었다.

그러나 밤의 색깔만이 바뀌어 있었다. 농후한 꽃의 향기를 휘감은 낙원의 밤이었다. 품 안에는 사니야가 있다.

사니야가 기억을 잃지 않았더라면 이런 밤을 맞이할 수는 없었을 것이다. 잠시 가슴을 파고드는 죄책감을 떨치며 헤이달은 사니야의 관자놀이에 입을 맞추었다. 뺨에도, 목덜미에도, 마음을 곳곳에 새겨놓기라도 하는 것처럼 몇 번이나.

"아……, 헤이달 님, 간지러워요."

오늘 밤부터가 진실이다.

다시금 자신을 그렇게 다독이며 마지막으로 수줍은 미소를 짓는 사니야의 입술에 입을 맞추었다.

제4장

마치 꿈만 같았다.

똑같은 생각을 전에도 했었던 것 같은데 도무지 기억이 나지 않았다. 사니야는 발그레하게 달아오른 얼굴을 차창 쪽으로 돌렸다.

"보여? 저기가 무역 센터. 저편에 있는 게 시티 센터. 오른쪽에 높은 건물은 모두 호텔이야."

두 번째 손가락으로 차창 너머를 가리킨 헤이달이 자연스럽게 사니야의 어깨를 안았다. 그것만으로도 가슴이 쿵쾅거리는 바람에 머리를 까딱거리는 장식 인형처럼 고개만 연신 끄덕였다.

사실은 무역 센터도 시티 센터도 호텔들도 잘 모르겠다. 뭘 어떻게 쌓으면 저런 모양새가 되는 걸까. 빌딩은 전부 우아한 곡선을 그리며 노을이 지기 시작한 하늘을 꿰뚫을 기세로 우뚝 서 있었다.

여기는 이무란이 아니다. 사타르 수장국의 수도, 디아르다.

어째서 차창 밖에 중동 지역의 풍경이 펼쳐져 있는지 잘 이해가 가지 않았다. 아니, 사실은 알고 있다. 그저 너무 바쁜 일정 때문에 머리가 따라가지 못할 뿐이었다.

──나는 줄곧 너를 사랑스럽다고 생각했다.

헤이달이 그런 고백을 한 건 바로 어젯밤의 일이었다.

사니야도 마음을 다잡고 좋아한다고 마음을 전하자, 도저히 말로는 형언하기 힘든 일이 일어나서 진심으로 놀랐다. "오늘 밤은 내 방에서 지내라."라고 헤이달이 말했지만, 자이드나 다른 사용인들에게 이 사실을 들키는 게 부끄러워서 몇 번이나 부탁하여 간신히 자신의 방으로 돌아갈 수 있었다.

헤이달의 말을 하나씩 곱씹다가 베개를 끌어안고 몸부림을 치다가 다시 꾸벅꾸벅 졸기를 반복하는 사이에 날이 밝았다.

아아, 오늘부터 어떤 얼굴을 하고 헤이달 님을 뵈면 좋지?

달아오른 뺨의 열기를 주체하지 못한 채 헤이달의 방으로 물을 가져가니 헤이달은 이미 세면장에서 면도를 하는 중이었고, "지금 바로 사타르에 갈 거다."라고 말했다.

"그러세요? 조심해서 다녀오세요."

외롭다. 문득 가슴을 스친 감정을 억누르며 사용인다운 말을 하자 헤이달은 거품이 잔뜩 묻은 얼굴을 획 돌렸다.

"무슨 소리를 하는 거지? 너도 같이 가는 거다, 사니야."

"네에……?"

"너에게 사타르의 풍경을 보여주마. 휴가는 이틀밖에 되지 않으니까 서둘러 움직여야 해."

입매를 씩 끌어올리며 웃는 헤이달과는 반대로 사니야는 눈을 휘둥그렇게 떴다.

겨우 이틀간의 휴가다. 사타르로 돌아갈 예정은 전혀 없었던 듯했다. 외무장관용 비행기 준비, 공항 연락, 경호원 준비 —— 저택 안은 갑자기 부산스러워졌고 사니야 역시 뭐가 뭔지도 모른 채 짐까지 챙겨 받아 오후에 정부 차량을 타고 헤이달과 함께 공항으로 갔다.

"내가 돌아가면 측근들도 이참에 돌아갈 수 있잖아? 겨우 이틀이긴 해도 집에서 가족들과 시간을 보내는 게 당연히 더 좋을 테지. 휴가를 알차게 보내는 최상의 방법이다."

"헤이달 님, 그런 배려가 의미 있으려면 사전에 알려주셨어야 합니다."

"어쩔 수 없잖아. 오늘 새벽에 정한 일이다."

매우 기분이 좋은 헤이달. 어처구니가 없다는 표정의 자이드. 둘의 안색을 힐끔힐끔 살피면서 사니야는 태어나 처음으로 비행기를 타고 헤이달과 자이드, 그리고 다른 측근들과 함께 사타르의 땅을 밟게 되었다.

차는 지금 야자나무가 좌우로 쭉 늘어선 도로를 달리고 있다.

오늘 밤에 묵을 호텔로 향하는 중이다. 경호 차량이 앞뒤에서 단단히 호위를 하고 있다. 자이드를 포함한 측근들과는 공항에서 헤어졌기 때문에 이 차에는 헤이달과 사니야 둘 뿐이다. 그들도 오늘부터 이틀 동안은 휴가를 즐길 예정이다.

"나는 있다가 아버지를 만날 거다. 그 사이에 호텔에 혼자 있어야 하는데 괜찮겠지?"

"아, 네."

"저녁은 같이 먹자. 네가 좋아할 만한 가게를 예약해뒀으니까."

헤이달은 그렇게 말하며 사니야의 귓불을 손으로 간질였다. 사니야는 당혹스러워하면서도 미소를 지으며 고개를 푹 숙였다.

'어쩌면 좋아…….'

여전히 머릿속은 하나도 정리가 되지 않았다.

도착한 호텔을 보고 사니야는 또다시 놀라고 말았다.

확 트인 건물 내부의 높은 천장에는 포도처럼 생긴 거대한 샹들리에가 매달려 있었다. 반짝반짝 잘 닦인 로비는 너무나도 넓어서 자신을 포함하여 호텔을 오가는 사람들이 마치 개미처럼 작게 보였다. 입을 반쯤 벌린 채 주변을 두리번거리고 있자 헤이달이 "그럼 가지." 하며 어깨를 안고서 유리로 된 엘리베이터로 이끌었다.

샹들리에가 급격히 가까워졌다. 크리스털이 뿜어내는 빛을 핥기라도 하는 것처럼 엘리베이터가 상승했다.

객실은 최상층이었다. 커다란 침대 두 개가 나란히 있고, 소파와 테이블도 있다. 그러나 그런 내부 가구들이 눈에 들어오지 않을 정도로 방 자체가 매우 넓었다. 사니야가 사는 판잣집쯤은 이곳에 세 채 정도는 너끈히 들어갈 것이다. 정면은 바닥부터 천장까지가 통유리로 되어 있어서 하늘과 저 멀리 사막의 경치가 보였다. 조심스럽게 다가가 들여다보니 저 멀리 빌딩 숲이 보였다.

사니야는 헉, 하고 숨을 삼키며 뒤로 물러섰다.

두 걸음도 채 못 가서 헤이달의 가슴팍에 등을 부딪치고 말았다.

"무섭나? 너무 서두르느라 이 방밖에 예약할 수 없었어. 사실은 좀 더 너와 어울리는 테라스가 있는 빌라식 호텔로 잡으려고 했지만."

"……괘, 괜찮아요."

뒤를 돌아 억지로 미소를 짓자 "그래?" 하고 헤이달도 웃으며 미소를 머금은 채로 사니야의 관자놀이에 입을 맞추었다.

"잠시 여기서 기다리고 있어. 테이블 위에 있는 건 전부 네 것이야. 아버지를 뵙고 나서 바로 돌아올게. 침대에 누워 있어도 괜찮고. 아니, 오히려 그러고 있도록 해. 이런 곳에서 기억이라도 잃으면 큰일이니까."

"네."

"얌전히 있어. 금방 돌아올 테니까."

헤이달은 몇 번이나 그렇게 말하며 방을 나갔다.

멀어져가는 발소리가 완전히 사라지고 나자 사니야는 후우, 하고 긴 한숨을 토해냈다. 오늘은 아침부터 긴장하는 바람에 벌써 녹초가 됐다. 지나칠 정도로 넓은 방을 다시금 둘러보았을 때, 헤이달의 말이 떠올라 테이블로 다가가 보았다.

커다란 창에 정신이 팔려 있느라 알아차리지 못했는데 테이블 위에는 부드러운 색감의 장미가 바구니에 한가득 담겨 있었고, 또 다른 바구니에는 갖가지 색의 과자가 들어 있었다. 작은 자개로 된 액세서리 상자가 있어서 열어보니, '사니야에게, 사랑을 담아서'라고 힌디어로 적힌 메시지 카드가 가장 먼저 눈에 들어와서 어안이 벙벙했다. 오른쪽 아래에 적힌 헤이달의 사인을 뚫어지게 바라본 후, 가슴을 두근거리며 카드를 치웠다.

혹시 반지가 들어 있는 건…….

하지만 예상과는 달리 액세서리 상자 안에 자리하고 있던 건 귀마개였다.

"……뭐야."

설레발을 치던 자신이 부끄러웠다. 사니야는 아무도 없는 방에서 쿡쿡 웃음을 터뜨렸다.

반지라면 오히려 받지 않았을 것이다. 귀마개를 꺼내 바로 양쪽 귀에 끼우고 "아~." 하고 소리를 내봤다. 먹먹하게 들리는 자신의 목소리가 재미있어서 몇 번이나 "아, 아~." 하고 소리를 냈다. 그러나 점차 목소리에 물기가 감돌더니 곧 눈물로 변하고 말았다.

헤이달이 선택한 것은 사니야를 꾸미는 것이 아니라 지키는 것이었다.

――나는 줄곧 너를 사랑스럽다고 생각했다.

그 말은 사실일 것이다. 어젯밤보다도 오늘 그 사실을 좀 더 절절하게 느꼈다.

설마 갑자기 사타르로 자신을 데리고 올 줄은 몰랐다. 그렇기 때문에 간단히 그의 마음을 받아들이면 안 될 것 같았다.

어젯밤에는 너무나 놀라서, 그리고 굉장히 기뻐서 "좋아해요."라고 고백하고 말았다.

거짓말은 아니다. 얼마 전부터 헤이달이 신경 쓰였던 건 사실이니까.

갑자기 사용인으로서 저택으로 가게 됐을 때만 해도 밤 시중을 드는 거라고 착각해서 겁만 잔뜩 먹었다. 그렇지만 그게 아니라 정말로 평범한 사용인이었구나…… 하고 실감하게 되었을 즈음에는 자꾸만 눈으로 헤이달을 좇는 일이 많아졌다.

헤이달은 항상 당당하면서 존재감이 넘쳤다. 측근들의 태도만 보아도 다들 헤이달에 대한 경애심이 느껴졌다. 설령 왕족 출신이 아니었다고 하더라도 헤이달이라면 많은 부하를 이끄는 지위에 올라가 있었을 게 분명하다.

연인은 있을까? 나를 받아줄까? 그런 바보 같은 생각도 자주 했다. 그럴 때마다 살짝 따스하면서도 그리운 감정이 가슴을 채워서 기억을 잃기 전에도 자신은 분명 헤이달에게 끌리고 있었음을 확신했다.

하지만 그건 손장난이라도 하듯 그려낸 짝사랑이어서 이루어질 만한 것이 아니었다.

헤이달이 이무란에서 업무를 끝내더라도 사니야는 사타르에 갈 수 없다.

무희가 한 나라의 외무장관의 연인이 될 수도 없을 거고, 지팡이 없이는 걷지 못하는 형을 혼자 둘 수도 없다. 그런 사정을 어떻게 헤이달에게 전해야 좋을지 모르겠다.

사니야는 귀마개를 다시 상자 속에 넣고 메시지 카드를 집어 들었다.

사랑을 담아서. 직접 써넣은 글귀를 몇 번이나 눈으로 훑었다. 카드를 쓸 때 자주 사용되는 문구이다. 분명 인사치레에 불과하겠거니 하고 생각하고 싶어도 꼭꼭 눌러쓴 글자를 통해 헤이달의 마음이 배어 나오는 것 같아서 또 눈물이 샘솟았다.

"아, 이러면 안 돼."

사니야는 혼자 고개를 내젓고 일부러 콧노래를 부르며 과자 바구니를 뒤적였다.

헤이달이 보는 사니야는 분명 아직 어린아이인가 보다. 과자 포장지만 봐도 전부 귀여운 것뿐이라 이런 걸 부끄러워하지 않고 골라준 헤이달이 또 한 번 좋아졌다. 사니야는 건과일로 장식된 초콜릿을 베어 물면서 침대 가장자리에 머리를 기댔다.

'헤이달 님께 뭐라고 말씀을 드리면 좋을까…….'

불안감을 조금이라도 떨쳐내려고 입안에서 초콜릿을 굴리고 있는 사이에 잠이 든 모양이다. 갑자기 몸이 번쩍 들려 올라가는 느낌에 사니야는 눈을 떴다.

"왜 이런 곳에서 자고 있지? 내가 침대를 써도 된다고 했을 텐데."

"헤이달 님……."

언제 돌아온 걸까.

침대가 아닌 곳에서 잔 일, 돌아온 것도 전혀 몰랐던 일, 모두 사과할 셈으로 입을 벌린 순간, 무언가가 입 가장자리를 할짝 핥았다.

"앗……."

"달달한 향기가 나는군. 초콜릿을 먹었나 보지?"

헤이달이 냄새를 맡았다는 게 부끄러워서 위아래 입술을 안쪽으로 꼭 말아 물었다. 그렇지만 헤이달은 입술을 가져다 대면서 사니야의 몸을 침대에 내려놓은 다음에도 좀처럼 떨어지지 않았다.

"방금 내 이름을 불렀지? 그럼 별일 없었다는 거군?"

"아, 네. 별일 없었어요. 꽃도 과자도 감사합니다. 그리고 귀마개도요."

그렇게 말하다가 메시지 카드를 그대로 손에 쥐고 있다는 것을 알아차렸다.

헤이달은 재빨리 그걸 보고 무슨 이유에서인지 코를 찡그렸다.

"미리 말해두지만 그런 카드를 쓴 건 난생 처음이었어. 이런 것에 익숙하다고 오해하면 안 된다."

"그, 그러시군요……."

어쩌지. 그렇다면 더욱 받기 힘들다. 마음속에 진 그림자를 숨긴 채 "감사합니다." 하고 미소를 짓자 헤이달은 기분이 좋아진 모양이다. 이번에는 입꼬리를 씩 끌어올렸다.

"반지인 줄 알았지?"

"……네?"

"귀마개가 들어 있는 그 상자 말이야. 사실은 반지와 귀마개 두 개를 넣어줄 생각이었는데 곧바로 반지부터 주는 건 아닌 것 같더군. 게다가 잘 생각해보니 나는 네 손가락 사이즈도 모르고. 반지는 다음 기회에 선물할 테니 이번에는 귀마개로만 참아줘."

그렇다는 건 그 자개 상자에는 카드와 귀마개만이 아니라 반지도 들어갈 예정이었던 것인가.

헤이달의 마음을 알고 나자 더욱더 어찌할 바를 몰랐다.

"아닙니다……, 충분해요. 소중히 사용할게요."

"항상 가지고 다녀라. 선물로 보기에는 다소 이상하지만, 그건 네 기억을 지키기 위한 것이니까."

헤이달이 미소 가득한 얼굴로 말하면서 사니야의 칸두라 단추에 손을 대었다.

실밥이라도 떼어주려는 듯한 아주 자연스러운 행동이어서 저도 모르게 가만히 있고 말았다. 마침내 자신의 옷을 벗기려 한다는 것 알아차리고 당황하여 얼른 앞섶을 쥐었다.

"저어, 헤이달 님. 곧 있으면 식사를 하려던 것 아닌가요?"

"배가 고픈가?"

"아니요. 저는 별로……."

"그럼 서두르지 마라. 예약한 시간까지는 아직 충분히 남았으니까. 조금 천천히 있다가 가자."

헤이달이 가슴을 붙든 손을 치워내자 사니야는 더욱 초조해졌다.

헤이달을 힘으로 이길 수 없다는 건 어젯밤 일로 잘 안다. 팔 하나로도 사니야를 번쩍 안아 올릴 수 있을 정도이니 말이다. "저어……." 하고 우물거리면서 그를 제지하기 위해 그의 손을 잡았다.

"헤이달 님, 이러시면 곤란합니다."

"어째서? 여기는 정원이 아니잖아."

어떤 말로 헤이달에게 속마음을 전해야 할지 아직 정하지 않았다. 하지만 어젯밤처럼 헤이달의 페이스에 휘말려 버리고 만다면 분명 아무 말도 못 하고 또 넘어가게 될 것이다.

"저는 그저 일개 무희일 뿐이니 헤이달 님 곁에 있을 수 없습니다."

사니야는 크게 숨을 들이쉬며 단숨에 말했다.

"어젯밤은 기쁜 나머지 저도 모르게 좋아한다고 고백을 했어요. 물론 진심이에요. 하지만 헤이달 님과 같이 있을 수 있는 건 헤이달 님이 이무란에 머무르시는 기간뿐이에요. 저는 사타르에는 갈 수 없어요."

그렇게 말한 순간, 시간이 멈춰버린 듯한 기분이 들었다.

가슴께에 머무르던 헤이달의 손이 천천히 멀어져갔다. 몸을 비트는 모습과, 살짝 삐걱거리는 스프링. 헤이달은 심각한 눈초리로 사니야를 바라보았다.

"어째서 무희라서 내 곁에 있을 수 없다는 거지? 너는 신의 아이로서 긍지를 갖고 춤을 춰 왔잖아. 나는 궁전 호텔에서 춤추는 너를 보고 첫눈에 반했다. 너는 그 누구보다도 아름다웠어. 단 하룻밤만에 나를 사로잡았으면서 무희니까 곁에 있을 수 없다는 식의 말은 하지 마라."

"헤이달 님……."

순간순간 기억을 잃는다고 해도 잘 안다. 이렇게나 열렬한 감정을 보여준 이는 지금껏 아무도 없었다.

그러나 도저히 그 마음에 응할 수는 없었다. 사니야는 자신의 손을 꽉 쥐었다.

"저한테는 형이 있어요. 헤이달 님도 아시죠? 우리 형, 유안은 다리를 다쳐서 일하기도 힘들어요. 부모님도 다 돌아가셔서 그런 형을 놔두고 저 혼자 사타르에는 갈 수 없어요. 저는 형을 위해서 춤을 추며 생계를 이어야 해요."

"그러니까, 돈이 필요하다는 뜻인가?"

곧바로 되돌아온 말에 사니야는 숨을 삼켰다.

일할 수 없는 형이 있으니까 이무란을 떠날 수 없다 —— 그것은 즉, 돈만 있다면 어디에든 갈 수 있다는 뜻도 되어버린다. 바로 지금 헤이달에게 바친 마음에 값을 매기는 것과 다름없는 짓이다.

"죄, 죄송합니다. 저는 그저 제 사정을 설명해 드리고 싶었을 뿐이었어요……."

좀 더 심사숙고해서 말을 꺼낼 걸 그랬다.

고개를 숙인 채 손만 더욱 꽉 쥐고 있자니 갑자기 헤이달이 어깨를 건드렸다.

“사니야, 신의 아이는 나중에 부유한 자에게 의탁하는 몸이 된다고 들었다. 그건 사실이냐?”

“아, 네……. 다들 그런 건 아니지만 애첩이 되는 신의 아이도 있어요.”

이것도 단순히 사실을 전할 셈이었지만, 헤이달의 반응은 달랐다.

사니야를 끌어당겨 품 안에 가두었다.

“그러면 내가 너를 받아주겠다. 그러면 내 곁으로 올 수 있지?”

“……네……?”

설마 자신을 받아주겠다는 말이 헤이달의 입에서 나올 줄은 상상도 못 했다.

기쁘지만 순순히 기뻐할 수가 없었다. 형은 지팡이 없이 살아갈 수가 없으니 말이다.

“하지만 헤이달 님, 제가 사타르에서 살면 우리 형은 누가 돌봐주나요?”

“그 정도는 어떻게든 해결할 수 있다. 시중드는 사람을 붙여줘도 되고, 그 다리를 낫게 할 병원을 찾아줄 수도 있다. 아예 집을 한 채 사줄까? 그런 좁은 곳에서는 시중드는 사람도 움직이기 힘들 테니까. 물론 너를 얻는 대가로 들이는 돈과는 별개로 말이다.”

너무나도 태연히 말하는 바람에 사니야는 정말이요? 하고 절로 되묻지 않을 수가 없었다.

몇 번이나 눈을 깜박거려도 변함이 없었다. 농담을 하는 것처럼은 보이지 않는 진지한 두 눈동자가 바로 눈앞에 있었다.

"저, 정말로 그래도 돼요? 형을 위해 그렇게까지……."

"유안을 위해서가 아니다. 너를 위해서지. 내가 할 수 있는 일이라면 뭐든 다 하겠다."

사니야는 멍하게 헤이달을 바라보았다.

지금 굉장한 말을 들은 기분이 들었다. 지금만이 아니다. 얼마 전에도.

카드에 적혀 있던 구절이 머릿속에 되살아나며 "아……." , "하아……." 하는 신음 같은 한숨만 새어 나왔다.

"정말요……? 헤이달 님, 정말 저를 받아주시는 거예요?"

"내가 왜 거짓말을 하겠어? 나는 너만을 원해. 그러니까 너를 불안하게 만드는 것들은 다 치워내고 싶을 뿐이다."

믿을 수가 없다. 그저 작기만 했던 짝사랑이 정말로 열매를 맺고 말았다.

자신도 모르게 헤이달을 꼭 안으려고 하다가 아직 이야기하지 않은 일이 있다는 사실이 생각났다.

사니야의 등에는 화장을 하지 않으면 눈에 보이는 상처가 있다. 정원에서 안겼을 때는 바지만 벗겨져서 헤이달은 분명 모를 것이다.

"잠깐만요. 사실 한 가지 더……."

말로 하는 것보다 차라리 보여주는 게 더 빠를 것이다. 사니야는 헤이달의 품에서 빠져나와 칸두라의 앞섶을 풀어헤쳤다. 옷에서 양쪽 어깨를 빼고 나서 헤이달에게 등을 보여주었다.

"저어, 이런 몸인데도 저를 받아주시겠어요?"

귀에 닿은 것은 숨을 삼키는 소리였다. 그리고 긴 한숨.

하지만 헤이달은 아무 말도 하지 않았다. 새하얀 피부의 무희인 줄만 알았는데, 등 뒤는 이렇게나 지저분하다고 놀랐을지도 모른다.

기도하는 심정으로 헤이달의 대답을 기다리자, 말보다도 먼저 따듯한 것이 닿았다.

"……아읏……."

부드러운 감촉을 보니 아마도 입술이다. 헤이달의 입술이 상처 하나하나를 따라가고 있었다. 파르르 몸을 떨고 있는 사니야의 몸이 도망가지 않도록 손을 앞으로 돌려 어깨를 안았다.

"너는 그토록 이것에 신경을 쓰고 있는 건가? 이건 상처가 아니라 꽃잎이다. 나한테는 그렇게 보인다."

숨결과 함께 닿은 애달픈 음성. 눈가가 찡하고 뜨거워졌다.

이 감각, 이 말. 전에도 느껴본 적이 있는 듯 한데 도통 기억이 나지 않는다. 어떻게든 기억을 거슬러 올라가 보려고 해도 방금 들은 말의 여운에 몸이 달아올라 머릿속 심지까지 저릿해지기만 했다.

"사니야, 아무 걱정도 하지 말고 내 것이 돼라. 단, 너 자신을 첩이라고 생각하지 마. 나는 너를 첩이라고 여기지 않으니까. 나는 너한테 반했고, 그래서 놓치지 않을 거다. 네가 가슴에 새겨야 할 것은 그뿐이야."

"헤이달 님……."

꽉 쥔 손이 잘게 떨렸다. 이렇게나 강하고 올곧은 감정을 표현해주는 이는 헤이달뿐이다.

기쁘다. 사니야는 가슴에 벅차오르는 감정을 맛본 후, 뒤를 돌았다. 시선과 시선이 얽히자마자 참지 못하고 헤이달의 목에 와락 매달렸다.

얼굴도 눈동자도 보이지 않게 됐지만 헤이달이 웃고 있는 것만은 확실히 느껴졌다. 귓불을 스치는 헤이달의 숨결. "사니야."라고 부르면서 머리를 쓰다듬어주는 손. 넘치는 기쁨을 전하기 위해 사니야는 몇 번이나 헤이달의 목덜미에 이마를 대고 문질렀다.

"저, 헤이달 님의 것이 될게요. 계속 곁에 있게 해주세요."

"너야말로 그 약속, 잊지 마라."

미소를 나눈 후, 누가 먼저라고 할 것 없이 입술을 가까이 가져다 대었다. 황홀감에 찬 숨결과 숨결이 포개지고 나서야 사니야는 어느새 자기 손에서 메시지 카드가 없어진 것을 알아차렸다.

"앗." 하고 외치며 침대 시트를 둘러보다가 베개 머리맡에 떨어져 있는 것을 얼른 주워들었다.

"뭐냐. 그런 종잇조각이 그렇게 중요해?"

"종잇조각이 아니에요. 헤이달 님이 저를 위해 글로 써준 마음이잖아요."

기억은 종종 끊어질 때가 있지만 메시지 카드를 소중히 보관하면 언제까지고 남는다. 조금 전까지만 해도 완고하게 받지 않을 셈이었지만 그게 지금 손안에 남아 있다는 사실이 기뻤다. '사니야에게, 사랑을 담아서'라고 일부러 소리 내어 읽은 다음, 배시시 웃었다.

"왜 웃는 거지? 그런 카드를 쓴 것을 후회하게 만들지 마라."

"아니에요. 너무 기뻐서 그래요."

두 손으로 조그만 카드를 끌어안으며 헤이달을 올려다보았다.

사니야의 웃음이 마음에 안 들었나 보다. 헤이달은 노골적으로 미간을 찌푸려 보였지만, 이내 곧 사니야와 눈이 마주치자마자 눈매를 부드럽게 풀었다.

아, 헤이달 님도 기뻐 보인다. 그렇게 느꼈을 때는 다시 입술을 빼앗겼다.

행복의 온도를 서로 확인하는 입맞춤을 나누면서 사니야는 헤이달의 목을 두 팔로 꼭 감았다.

* * *

"날씨가 좋군."

하늘을 비추는 커다란 창문 앞에서 헤이달이 중얼거렸다.

"선크림을 잘 발라둬. 네 얼굴이 햇볕에 그을려 벌겋게 변하는 건 내가 싫으니까."

"네."

고개를 끄덕이자 커다란 손이 착하다고 칭찬이라도 하는 것처럼 사니야의 머리를 쓰다듬었다.

사타르에서 지낸 지 이틀째 되는 아침이다. 이무란으로 돌아가는 비행기는 오늘 심야에 출발할 예정이다. 그때까지 헤이달과는 단둘이 지낸다. 사니야는 좋아서 자꾸만 풀어지는 얼굴로 외출할 준비를 시작했다.

어제는 그 이후로 헤이달과 침대 위에서 잔뜩 장난을 치다가 식사를 하러 나갔다.

헤이달이 예약한 곳은 호텔 내부에 있는 레스토랑이 아니라 교외에 자리한 아늑한 오두막 같은 레스토랑이었다. 차려진 음식들은 소스나 잎채소 등이 예쁘게 장식된 유럽식 요리로, 새로운 접시가 나올 때마다 사니야는 "와아아." 하고 탄성을 질렀다. 천천히 시간을 들여 디저트까지 즐긴 후 호텔로 돌아간 다음에는 샤워를 하고 나서 ―― 차마 말 할 수 없는 일을 했다.

너는 정말 아름답구나, 귀엽구나. 그런 속삭임을 하룻밤 사이에 대체 몇 번이나 들었는지. 부끄러움보다도 기쁨이 더 앞서서 아침이 되어도 세차게 뛰는 심장이 도무지 가라앉지를 않았다.

조금 마음에 걸렸던 점이라고 하면 헤이달이 옷을 벗지 않았다는 것이다.

사니야는 헤이달의 애무에 완전히 흐트러지고 말아 제대로 기억하는 건 없지만, 아마도 헤이달은 마지막까지 옷을 입은 채였던 것 같다.

'혹시 헤이달 님도 몸에 무슨 상처가 있는 걸까. 난 그런 거 신경 안 쓰는데.'

그런 생각을 하며 사니야가 거울 앞에서 베일 자락을 이리저리 고치고 있자니, 밖에서 어서 나가자고 하는 헤이달의 부름이 들렸다. "네."하고 대답을 한 후, 문 앞에서 기다리고 있는 헤이달 곁으로 달려갔다.

오늘은 헤이달이 직접 교외를 안내해주겠다고 했다. 두근거리는 가슴을 안고 호텔 로비로 내려와 현관 앞에서 대기하고 있던 자동차에 올랐다. 경호 차량은 보이지 않아서 오늘은 순수하게 휴일이라는 생각에 더욱 마음이 들떴다.

처음 들른 곳은 바자르였다. 사타르에서는 '스쿠'라고 부른다고 한다. 식료품이나 민족의상 등 진열되어 있는 물건들은 이무란의 바자르와 별 차이가 없었다.

"여기는 내 집에서 걸어서 올 수 있는 스쿠지. 사타르에서 살게 되면 아마 너도 여기서 물건을 살 일이 생길 거다."

"앗. 이 근처에 헤이달 님의 집이 있어요?"

그 말을 들으니 스쿠보다도 그의 집을 더 보고 싶었다. "사용인들에게 모두 휴가를 주어 내보냈기 때문에 안 돼."라는 말을 들었지만, 사니야는 "조금만요." 하고 졸라서 헤이달의 집으로 구경을 가게 되었다.

높다란 벽에 둘러싸인 거대한 저택이었다. 어쩌면 이무란에서 헤이달이 체류하고 있는 정부 소유의 저택보다 더 클지도 모른다. 홍

미가 생겨 정원을 돌아다니다 보니, 녹음 사이에 수영장이 있어서 깜짝 놀랐다.

"달빛 아래에서 헤엄치면 얼마나 기분이 좋은지 몰라."

그 속삭임에 따라 상상을 하고 있는데, 곧바로 "물론 알몸으로." 라고 덧붙인 헤이달의 말에 뺨이 화르륵 달아올랐다.

그 후에는 시티 센터에 갔다. "그냥 쇼핑센터지."라고 헤이달은 설명했지만, 이무란에는 이런 게 거의 없다. 어젯밤 머문 호텔보다도 더 큰 건물 내부에는 많은 상점이 들어서 있었다.

"여기에 올 때는 차를 타고 와야만 하는데 집에서 가장 가까운 시티 센터는 여기밖에 없어. 생활용품 정도라면 아까 본 스쿠에서 사도 충분하겠지만."

그 말을 들으니 교외를 관광하는 것만이 아니라 사타르의 생활을 위해 꼭 알아두어야 할 장소를 안내받고 있다는 것을 알아차렸다.

헤이달은 정말로 사니야를 사타르로 데리고 올 셈인 모양이다. 어제 그가 자신에게 바친 말들로도 충분히 알았지만, 다시금 헤이달의 강렬한 마음을 알고 나니 또다시 가슴 한구석이 찡하게 뜨거워졌다.

"헤이달 님, 저, 아라비아어 공부 열심히 할게요. 아, 그리고 아라비아 요리도요."

그 선언에 헤이달은 "그것참 기대되는걸." 하고 사니야의 머리를 쓰다듬으며 웃었다.

형과 떨어져 사는 건 조금 쓸쓸하다. 낯선 땅이라서 더 불안하다. 그러나 헤이달은 사니야를 위해서도, 형을 위해서도 온 정성을 다하고 있다. 분명 사니야는 이무란에서 제일 행복한 신의 아이일 것이다.

'정말 기쁘다. 헤이달 님을 위해서도, 형을 위해서도 힘을 내야지.'

시티 센터를 나온 차 안에서도 사니야의 얼굴에는 행복한 미소가 가득했다.

이제 슬슬 저녁이 가까워진다. 하지만 사타르를 떠나는 건 심야라서 아직 시간이 남아 있다.

"자이드나 데리러 갈까." 하는 헤이달의 말에 따라 사막 저편으로 가게 되었다. 자이드의 가족은 아직 사타르 북쪽의 사막에서 유목 생활을 하고 있다고 한다. 세단에서 사륜구동 자동차로 바꿔 탄 후부터는 헤이달이 직접 핸들을 쥐었다.

"와아……."

새파란 하늘 아래 황금빛 사구가 끝없이 이어져 있는 풍경에 사니야는 눈을 떼지 못했다.

앞을 가리는 건 아무것도 없어서 차는 점점 속력을 내어 달려갔다. 바람이 기분 좋을 것 같아서 살짝 창문을 열었다가 열풍이 들어와서 깜짝 놀랐다.

"가만히 있어. 핸들을 잡기 힘드니까."

"아, 죄송해요."

한동안 가다 보니 모래에 하얀 자갈이 섞여 보이기 시작했다. 가끔 커다란 바위도 나타났다. 저 멀리 보이는 건 바다일까. 푸른 하늘 아래에 남청빛 선이 가로로 쭉 뻗어 있는 모습이 참으로 아름다웠다.

“거의 다 왔다.”

헤이달의 말에 사니야는 차창에서 자동차 앞 유리로 시선을 옮겼다.

운전석 저 멀리 전방에 텐트로 보이는 것들이 듬성듬성 있었다.

“지금 시대에 사막 생활이라는 게 참 신기하게 보이겠지. 대부분 도시에서 살지만, 원래 ‘사막의 흑사자’는 유목민이야. 가혹한 모래땅에서 혈통을 유지하고 사는 것에 긍지를 갖고 있지. 지금도 부족 내에서 중요한 회의를 해야만 할 때는 도시가 아니라 이곳으로 모이고 있다.”

“네에…….”

점점 텐트가 가까워졌다. 텐트 쪽에서도 가까이 다가오는 자동차 엔진 소리를 들었는지 한 명, 두 명 사람이 나와서 손바닥으로 햇볕을 가리며 차를 바라보았다. 헤이달은 그중에서 키가 가장 큰 사람의 그림자를 가리키며 “저건 자이드겠군.” 하고 말하며 웃었다.

그의 예상대로 차를 세우자마자 다가온 그 그림자는 자이드였다.

창 너머로 뭐라고 소리치는 것 같은데 아라비아어여서 사니야는 알아듣지 못했다. 헤이달은 시원시원한 얼굴로 차에서 내렸다.

"사니야가 있으니까 그럴 때는 아라비아어 쓰는 걸 자제해."

헤이달이 힌디어로 타이르자 자이드는 이제야 조수석으로 얼굴을 돌렸다. "안녕하세요." 하고 인사하며 차에서 내리자, 자이드는 안 그래도 날카로운 눈을 더욱 부라렸다.

"헤이달 님, 왜 여기에 사니야를……. 아니, 그것보다 경호원들은 어쩌셨습니까? 제가 모두 빠짐없이 준비해놓았는데요."

"그런 건 당연히 취소했지. 누가 휴가를 보내는 데 경호원을 달고 다니겠어?"

"서, 설마 그럴 수가. 만약 누가 목숨이라도 노린다면……."

"호신용 총은 갖고 있다. 넌 너무 걱정이 많아서 탈이야."

사니야가 깜짝 놀라서 "총? 목숨?" 하고 외쳤을 때, 한 남자가 가까이 다가왔다.

이목구비가 뚜렷한 아랍인 특유의 얼굴로, 자이드보다 더 훌륭한 콧수염을 기른 이였다. 웃으며 인사를 나누는 두 사람 곁에 서 있는데, 갑자기 헤이달이 사니야의 어깨에 손을 얹었다.

아무래도 자신을 소개하는 듯하다. 잔뜩 긴장해서 "사니야입니다."하고 자기소개를 하며 머리를 숙였다.

"자이드의 아버지인 핫산이다. 우리 아버지의 동생 되는 분이시지."

다시 한 번 머리를 숙이자 핫산이 "사라?" , "사하?" 하고 몇 번이나 되물었다. 사니야라는 발음이 제법 어려운 모양이다. 천천히 "사니야입니다."라고 대답하자 핫산은 주름진 얼굴로 고개를 끄덕이며 활짝 웃었다.

"사니야, 나는 핫산과 할 얘기가 있으니 자이드와 잠시 기다리고 있어라."

"네."

고개를 끄덕이는 사니야 곁에서 자이드가 "그럴 수가." 하고 외치며 헤이달에게 바짝 다가갔다.

"대체 저는 언제까지 사니야를 곁에서 돌봐야 하는 겁니까? 아버지와 말씀을 나누실 거라면 저도 동석하겠습니다. 아니, 그렇게 하게 해주십시오."

"별 대단한 얘기가 아니다. 그저 근황이나 듣고 안부나 물으려는 거지."

헤이달은 냉랭하게 대꾸한 후, "그럼 얌전히 있어라." 하고 사니야에게 미소를 지은 다음 그대로 핫산과 어딘가로 가버렸다.

"아아, 정말이지."

자이드는 모래땅에 탁, 하고 발을 구르더니 사니야를 놔두고 걸음을 옮겼다. 어쩌면 좋을지 몰라 당황스러워하니 자이드가 "뭘 멍하게 있는 거야? 이쪽이다." 하고 호통을 쳤다.

"아앗, 네!"

황급히 쫓아가려고 했지만 모래 위를 걷는 게 의외로 쉽지가 않았다. 따라가기도 전에 넘어지자 "대체 뭘 하는 거야?" 하고 또 꾸지람을 들었다. 텐트와 텐트 사이에서 신기하다는 듯 사니야를 엿보던 어린이들이 키득거리며 웃는 모습이 보였다.

텐트는 모두 반구형으로 주변 곳곳에 자리하고 있었다. 자이드가 가장 안쪽에 있는 텐트로 들어가기에 사니야도 그 뒤를 따라갔다. 의외로 안은 널찍하고 융단까지 깔린 데다 소파나 선반 같은 가구도 충실히 갖추어져 있었다.

"와아아……."

그렇게 둘러보고 있는데 불퉁한 표정을 짓고 있는 자이드의 얼굴이 마음에 걸렸다.

"죄송합니다." 하고 사과한 후에는 더 이상 두리번거리지 않고 융단 위에 앉은 자이드를 따라 사니야도 자리를 잡고 털썩 앉았다. 침묵이 무거웠다.

그대로 가만히 있는 게 좋겠지만 자꾸만 신경 쓰이는 점이 있었다.

꿀꺽 침을 삼킨 다음, "저, 저어……." 하고 자이드의 낯빛을 살피며 말을 꺼냈다.

"아까 하셨던 말씀 말인데요, 헤이달 님은 목숨을 위협받고 계세요?"

자이드는 "뭐?" 하고 눈을 깜박거리더니 과장되게 인상을 찌푸려 보였다.

"그거야 당연하지. 사타르는 이무란과는 달리 군주제야. 헤이달 님은 아사드 님의 장남, 그러니까 언젠가는 수장이 되실 분이야. 사타르에는 '사막의 흑사자'에게서 정권을 탈취하고 싶어 하는 부족들이 많으니까."

그리고, 라는 말을 덧붙이며 자이드는 한숨을 푹 내쉬었다.

"헤이달 님은 너무 막 나가시는 경향이 있어. 아사드 님도 그랬지만 헤이달 님은 더해. 이슬람 교도 중에는 알라 신보다 부족의 피를 더 믿는 걸 곱게 보지 않는 자들도 많으니까."

"그렇군요……."

부족이니 뭐니 하는 건 잘 모르겠지만, 그 외의 일에 대해서라면 잘 안다. 경호원도 측근도 없는 둘만의 휴일이 마냥 좋다고 들떠 있으면 안 되는 것이었다.

"정말이지, 저도 좀 조심해야겠네요……."

나직하게 내뱉은 중얼거림을 자이드는 놓치지 않았다.

"조심한다고? 네가 대체 뭘 조심한다는 거지?"

"아……."

말해도 되는 걸까? 잠시 동안 망설였지만, 자이드는 헤이달의 측근이자 사용인이기도 하고 무엇보다 친척이라는 데에 생각이 이르렀다. 사니야는 살짝 뺨을 붉히며 입을 열었다.

"실은 헤이달 님이 이무란에서의 일을 모두 마치시면 저를 사타르에 데려가신다고 하셨거든요. 그래서 저도 절도 있는 생활을 해야겠다 싶어서요. ……아, 자이드 씨, 앞으로도 잘 부탁드립니다."

자이드는 "……응?" 하고 멈칫하다가 잠시 후에 "뭐라고?!" 하고 외마디 소리를 질렀다.

명백하게 경악을 드러낸 눈동자로 사니야를 빤히 바라보면서 머뭇머뭇 말문을 떼었다.

"혹시 널……, 그러니까 헤이달 님이 네 평생 분을 사신 거야?"

"사신다고요? 평생 분?"

헤이달은 딱히 그런 말은 하지 않았지만 자신을 받아주겠다는 말은 바로 그런 뜻일지도 모른다. 그렇다고 고개를 끄덕이자, 자이드는 헛, 하고 웃으며 빠른 아라비아어로 뭐라고 중얼거렸다.

"지금 뭐라고 하셨어요?"

"아무것도 아니야."

짧은 단어 정도의 말이었다. 평소 같으면 고개만 갸웃거리며 그냥 듣고 흘렸겠지만 오늘은 그냥 넘어갈 수 없었다. 자이드의 어조에 경멸의 빛이 어린 것처럼 들렸던 탓도 있다.

"가르쳐주세요. 저는 아라비아어를 모르는데 혼자만 아시는 말을 쓰다니, 너무 치사해요."

"됐어. 나는 아라비아어가 모국어니까."

혹시 자이드 자신도 모르게 쏟아낸 말일지도 모른다. 제발 가르쳐달라고 어깨를 잡고 흔들어도 자이드는 아무것도 아니라며 대답해주지 않았다. 그래도 끈질기게 어깨를 계속 흔들며 부탁하자, 그는 거의 밀치기라도 하는 식으로 사니야의 손을 뿌리쳤다.

"거 참 시끄럽구나. 나는 그냥 역시나, 하고 말했을 뿐이야."

"역시나? 제 뭐가 '역시나'라는 건데요?"

눈을 깜박거리며 되묻자, 자이드는 베일 아래에 덮인 관자놀이를 난폭하게 긁적였다.

"무희인지 창부인지 모르겠지만 잘도 그분의 총애를 얻었다는 뜻이야. 물론 헤이달 님이 정하신 일이라면 난 그걸로 상관없어. 하지만 사타르에 돌아와서까지 네 뒤치다꺼리를 하는 건 사양이야. 그리고 너는 네 분수를 좀 알아야 할 것 같아. 왜 이런 곳까지 따라오는 건데? 여긴 '사막의 흑사자'의 거점이라고. 아무리 헤이달 님이 권하셨다고 해도 그렇지, 그럴 때는 호텔에서 기다리는 게 상식 아니야?"

대체 무슨 소리를 하는지 알 수가 없었다. 사니야는 헤이달이 자이드를 데리러 가겠다고 해서 그냥 따라왔을 뿐이니까.

무엇보다 창부라는 말뜻이 이해가 가지 않았다.

"저는…… 신의 아이예요. 창부가 아니에요……."

떨리는 목소리로 부정하는 와중에 어디선가 이런 비슷한 말을 했던 기억이 떠올랐다.

그 기억은 감각에 그치는 수준으로, 영상까지 동반해서는 되살아나지 않았다.

혹시 악몽 속에서 했던 말일까. 분명 그럴 것이다. 그렇게 애써 믿으려는 사니야에게 자이드가 싸늘한 눈초리로 말했다.

"너는 창부야."

그렇게 단언하는 입술을 멍하게 바라보았다. 이가 딱딱 부딪히며 몸이 떨렸다.

"아무것도 기억을 못 한다는 것도 참 속 편해서 좋겠구나. 아니, 아니면 그것도 불행한 건가? 헤이달 님께 올 거라면 네 형과 인연을 끊고 와라. 그 녀석이 제일 독한 놈이니까. 네 기억을 일부러 없애서 네 몸을 팔고 있었으니까."

"팔아요? 우리 형이요? ……제가 몸을 팔아 손님을 받았다는 건가요?"

"그럼 창부가 손님을 받지 뭘 받겠냐? 헤이달 님도 원래는 네 손님이었어. 사실 조금은 기억하는 거 아니야? 그렇게나 울고불고 난리를 쳤으면서. 참 어이가 없다."

형이 자신의 기억을 조작했다는 것. 헤이달이 창부로서 자신을 샀다는 것.

모든 것이 사니야가 모르는 일뿐이었다.

아니, 모르는 게 아니다. 기억을 못 할 뿐. 그렇지만 사니야가 잊고만 사니야라면 분명 기억하고 있을 것이다. 그 증거로 거짓말이라고 강하게 부정할 마음은 조금도 솟아나지 않았다.

그저 마음이 점점 싸늘하게 얼어붙어만 갔다. 어젯밤에 맛보았던 만족감은 이제 어디에도 없었다.

사니야는 오열이 치솟을 것만 같은 목을 누르며 태연한 척했다.

"저, 자이드 씨. 헤이달 님이 저를 처음으로 산 게 언제였나요?"

"글쎄, 언제였더라?"

자이드는 허공을 올려다보았다.

"아마…… 이무란에 머무신 지 사흘째 되는 날이었던가? 궁전 호텔에서 연회가 열렸던 밤 말이야. 춤추는 널 보고 헤이달 님이 저택으로 불러 들이셨지."

체류 사흘 째 날이다.

보름달이 뜬 날 밤 정원에서 안긴 게 처음이 아니라는 걸 알게 된 것만으로도 충분했다.

사니야는 비틀거리며 일어났다.

"이봐, 어디 가는 거야?"

"아……, 이렇게 왔으니 잠깐 사막 풍경을 좀 감상하고 싶어서요. 금방 돌아오겠습니다."

억지 미소를 보이자 자이드는 그 말을 믿었나 보다. 그는 엉거주춤 일어나려던 몸을 다시 내리며 하는 수 없다는 듯 한숨을 푹 내쉬었다.

"너무 멀리 가지 마. 너한테 무슨 일이라도 생기면 헤이달 님께 혼나는 건 나니까."

"알고 있어요."

텐트를 나서자 강한 서쪽 하늘의 햇살이 사니야를 꿰뚫었다.

사막 나라의 햇볕은 지는 와중에도 매우 강렬했다. 눈을 가늘게 뜨며 베일 자락으로 입가를 가리면서 빠른 걸음으로 텐트와 텐트 사이를 빠져나갔다.

지금 당장 혼자가 되고 싶었다.

누구의 얼굴도 보고 싶지 않았다.

터져 넘치는 감정에 휩쓸린 채 사니야는 사막으로 발을 들였다.

뭘 어떻게 받아들여야 좋을지 모르겠다. 자이드의 말이 머릿속에서 부풀어 올라 검고 커다란 덩어리로 변해갔다. 창부, 창부, 창부. 토해내고 싶어도 토해낼 수가 없어서 목 안이 점점 답답해지기만 했다. 그래도 앞으로, 앞으로 나아가다가 이윽고 뜀박질을 쳤다.

분명 아무것도 몰랐던 건 사니야 뿐인 것이다. 믿었던 형이 자신을 창부로 내다 팔았을 줄이야. 설령 일할 수 없어도 유안은 항상 동생을 생각해주는 형이고, 형제 둘이서 열심히 살아갈 생각이었는데.

"형……, 대체. 어째서야……?"

여기에 없는 유안의 이름을 부르자 쾌활하게 웃음 짓는 형의 얼굴이 머릿속에 떠올랐다.

자이드의 말이 사실이라면 좀 더 무시무시한 악마 같은 얼굴을 하고 있을 텐데, 웃는 유안의 얼굴밖에 떠오르지 않았다. 참지 못하고 흘러나온 오열이 관자놀이를 울리면서 그리운 형의 미소 띤 얼굴이 산산이 흩어져 사라져갔다.

"너무해, 형. 너무해……."

다른 신의 아이나 동네 사람들은 대체 어떤 눈으로 사니야를 봤을까. 자신은 기억이 없으니 얼굴을 숨기려 애쓰지도 않았을 것이고, 항상 웃고 다녔던 것 같다. 헤이달 앞에서 그랬던 것처럼.

진실을 몰랐던 게 부끄러워 견딜 수가 없어진 사니야는 뛰면서 엉엉 소리 내어 울었다.

아무리 넘어져서 모래투성이가 되어도 상관없었다. 모래땅이 아니라 자기 자신한테서 벗어나고 싶었다. 사니야가 모르는, 하지만 확실히 몸에 새겨져있는 진실로부터.

대체 몇 번째일까. 발에 모래가 채여 넘어졌을 때 저 뒤에서 맹렬한 속도로 달려오는 자동차 소리가 들렸다.

눈물로 젖은 눈동자가 헤이달로 보이는 남자가 핸들을 잡은 모습을 포착했다.

"흑……."

벌떡 일어나 다시 내달렸을 때, 앞질러 달려간 사륜구동 차가 먼저 사니야가 가는 길을 막아버렸다.

바로 발길을 돌려 다른 방향으로 뛰었다. 그러나 익숙하지 않은 사막이 방해가 되어 발이 꼬이고 말아 또다시 세게 넘어지고 말았다.

"사니야!"

목소리만 들어도 알 수 있다. 차에서 내린 이는 역시 헤이달이었다.

사니야는 돌아보지도, 일어나지도 않았다. 그저 두 손 가득 모래를 꽉 움켜쥔 채 오열만 흘렸다.

"돌아가자."

제일 먼저 나온 것치고는 너무 짧은 말. 헤이달은 자이드한테서 무슨 일이 있었는지 다 들은 게 분명하다.

어떻게 돌아갈 수 있단 말인가. 가슴 속에서 고함을 친 다음에 말을 꺼냈다.

"안 갈래요……."

헤이달이 곁으로 다가오는 기척이 나서 모래 더미 위를 기어서라도 도망치려 했다. 얼굴은 이미 눈물과 콧물로 더러워진데다가 모래투성이였다.

"저는 신의 아이가 아니라 창부였어요. 헤이달 님도 저를 사신 거잖아요? 아무도 그런 사실을 가르쳐주지 않아서 전 태평하게 웃고만 다녔어요. 아무리 가난해도 행복했으니까요."

"아니다. 넌 신의 아이야."

헤이달이 단호하게 말하며 사니야 바로 곁에 무릎을 꿇었다.

"신의 아이인 너를 창부로 삼은 건 나다. 싫다고 하는 너를 돈으로 샀으니까. 너를 곁에 두고 나서도 계속 그 일을 잊을 수가 없었다. 그날 밤 나는…… 지금이라면 절대로 하지 않을 짓으로 너를 안았다. 네가 잊었어도 그건 지울 수 없는 사실이야."

후회의 감정이 절절하게 전해져 오는 짓씹는 듯한 목소리였다. 사니야는 콧물을 훌쩍거리며 천천히 몸을 일으켰다.

"헤이달 님은 다정하신 분이네요."

"다정하다고? 어디가?"

"다정해요. 왜냐면 그런 식의 말을 들으면 마치 헤이달 님만 저를 사신 것 같이 들리니까요."

또 새로운 눈물이 넘칠 것 같은 느낌에 사니야는 꾹 참고 눈가를 닦았다.

"자이드 씨는 형이 제 기억을 일부러 지우고 몸을 팔게 했다고 했어요. 헤이달 님만 그렇게 한 게 아닌 거잖아요? 아주 예전부터 형은 그런 짓을 저한테 시킨 거잖아요?"

숨을 삼키는 소리가 들린 후, 무거운 침묵이 내려앉았다.

잔뜩 젖어 든 시야에 비친 헤이달은 매우 고심하는 표정이었다.

아아, 역시나…… 하고 얼굴을 일그러뜨렸을 때, "아니다." 하고 헤이달이 말했다.

"너를 산 건 나뿐이야. 내가 돈을 가지고 유안한테서 너를 빼앗은 거지."

사니야는 눈물 젖은 뺨을 누그러뜨렸다.

사실은 아주 조금, 헤이달이 그런 말을 해주길 기대했었다. 하지만 막상 그 말을 듣고 보니 그게 진실이 아니라는 걸 확실히 알 수 있었다.

사니야는 기억하지 못해도 과거의 사니야는 잘 알고 있었던 일이어서 그럴지도 모른다.

"헤이달 님……, 전 아무것도 기억하지 못하지만 어렴풋이 알긴 알아요. 아마 헤이달 님이 아닌 다른 남자들한테도 수없이 안겼겠죠."

"기억도 못 한다면서 왜 그런 소리를……."

헤이달의 물음을 가로막으며 사니야가 말했다.

"꿈을 꾸니까요."

잠들면 가끔 꿈을 꾼다. 전에 헤이달이 물었을 때는 괴물이 나오는 꿈이라고 얼버무렸다.

꿈속에선 언제나 모르는 남자들이 사니야를 덮친다. 상대가 혼자일 때도 있고 둘일 때도 있다. 가슴에 문신을 새긴 남자한테 물어뜯길 때는 너무나도 무서워서 죽는 줄 알았다.

남자들은 대부분 사니야의 하반신을 보고 비웃고, 등에 난 상처를 보고 혀를 찼다. 관자놀이에 스치는 숨결이나 가슴을 따라 흘러내리는 땀, 꿰뚫리는 아픔, 뿌려지는 정액의 온도까지 생생한 꿈이었다.

"분명 제가 겪었던 일이 꿈으로 나오는 걸 거예요……. 정말 너무나도 무서운 꿈이거든요. 혹시 기억이 뒤엉켜서 저는 꿈과 현실을 아예 구분 못 하는 걸지도 몰라요."

결국 참지 못하고 눈물을 흘렸다. 사니야는 딸꾹질까지 하며 두 손으로 얼굴을 감쌌다.

자이드한테서 창부라는 말을 듣기 전까지는 그저 꿈으로 치부하려고 했다. 꿈을 꾸지 않고 잠들려는 노력도 했다. 하지만 지금은 기억의 파편으로밖에 느껴지지 않았다.

"너, 언제부터 그런 꿈을 꾼 거지? 왜 빨리 나한테 말하지 않았던 거냐."

헤이달이 그 말과 동시에 끌어안자, 사니야는 곧바로 벗어나려고 버둥거렸다.

"이거 놔주세요. 저는 창부예요. 헤이달 님이 더러워져요."

"무슨 말도 안 되는 소리를. 너는 나를 비난하려고 하지도 않고 자기 자신만을 탓하는구나. 너는 아무것도 몰랐고, 실제로 기억도 못 하잖아. 너에게 있어서는 그게 진실이다."

"아니에요. 저는…… 저는……."

몇 번이나 같은 말을 하기가 힘들었다. 그 단어를 입에 올릴 때마다 가슴이 도려내어지고, 마음이 갈가리 찢기는 것 같았기 때문이다.

사니야는 두 팔에 잔뜩 힘을 주어 헤이달의 가슴을 밀쳤다.

“부탁이에요, 헤이달 님. 어제 한 약속은 잊어주세요. 저는 정원에서 안긴 날부터가 시작인 줄 알았어요.”

“그래. 네 시작은 그날 밤이다. 내가 너보다 먼저 너에게 반했던 거고.”

헤이달은 이 순간에도 반했다는 말을 썼다.

어제까지만 해도 기뻐서 견딜 수 없었지만 오늘은 그저 슬프기만 했다.

“저는…… 제가 창부라는 걸 알았더라면 헤이달 님의 마음은 받아들이지 않았을 거예요.”

명확하게 말로 표현하자, 헤이달의 팔에서 살짝 힘이 빠졌다.

자신의 처지를 알고 있었더라면 사니야는 웃어 보이는 것도, 말조차도 하지 않았을 것이다. 고개만 푹 숙이고 있었을 것이며, 왕족의 일부가 사는 이 캠프에는 오지도 않았을 것이다. 무희라는 것만으로도 신분 차이가 큰데, 창부라면 말할 것도 없다.

사니야는 헤이달의 품 안에서 빠져나와 다시 사막을 향해 걸음을 내디뎠다.

“어디에 가려고?”

“멀리요……. 그냥 아무도 없는 곳으로 가고 싶어요.”

눈물을 닦는 순간 눈 안에 모래가 들어가는 바람에 눈꺼풀을 제대로 들어 올릴 수 없게 되었다. 하지만 눈물과 콧물은 멈추지 않고 계속 흘러나와 모래 범벅이 된 손으로 그걸 닦아내려고 했더니 더러워진 얼굴이 모래로 더욱더 지저분해졌다.

아무것도 볼 수 없는 상태에서 비틀비틀 걷고 있자니 헤이달이 거친 발걸음으로 쫓아왔다.

강제로 어깨를 붙들려 중심을 잃고 넘어지려는 몸을 헤이달이 번쩍 안아 올렸다. 그것만이라면 필사적으로 버둥거려 벗어날 수 있었을지도 모르지만, 헤이달은 사니야의 몸을 어깨 위로 들쳐 멨다.

"놔, 놔주세요."

발버둥을 치다가 헤이달이 "가만히 있어."라고 엄한 목소리로 꾸짖는 바람에 결국엔 가만히 있을 수밖에 없었다.

서벅, 서벅, 모래를 밟고 나아가는 발소리. 아무래도 차로 자신을 옮기는 모양이다. 곧 좌석 시트 위로 몸이 내던져졌다. 쾅 하고 세게 문을 닫는 소리가 들려 저도 모르게 몸을 움츠렸다. 눈을 제대로 뜰 수 없어서 헤이달의 표정을 확인할 길이 없었다. 그러나 명백히 화가 난 태도에 사니야는 좌석 시트 위에서 몸을 작게 움츠렸다.

차를 출발시킨 후에도 헤이달은 아무 말도 하지 않았다. 바로 옆에 있기만 해도 그의 화 난 감정이 전해져서 또 눈물이 고였다. 분명 텐트로 돌아가겠지. 아주 짧은 가출이었다. 아픈 눈을 억지로 떠서 창밖을 보니 저물어가는 석양빛에 붉게 물든 사구가 보였다.

하지만 차는 좀처럼 멈추지를 않았다. 오히려 가속하는 것 같았다. 자신이 이렇게나 멀리 도망쳤던가. 사니야가 불안을 느낄 무렵, 마침내 차가 정지했다.

운전석에서 내린 헤이달은 역시나 사니야의 몸을 안아서 옮겼다. 이런 모습을 누가 보기라도 할까 봐 부끄러웠다. 저도 모르는 사이에 헤이달에게 매달려 있자, 그가 "설 수 있겠어?" 하고 물었다.

아까보다 목소리가 조금 부드러워졌다. "아, 네." 하고 고개를 끄덕이자 그제야 헤이달은 사니야의 몸을 땅 위에 내려주었다.

메마른 모래가 아닌 감촉. "어……?" 하고 외친 순간, 물이라는 것을 깨달았다.

살짝 따스한, 햇빛을 받아 미지근해진 물이다. 궁금해서 눈을 뜨려고 했더니 각막에 통증이 느껴져서 곧바로 눈을 감고 말았다.

"젖어도 괜찮으니까 일단 앉아봐."

그 말에 사니야는 조심스럽게 몸을 낮췄다. 그러자 발만이 아니라 허리까지 물이 차올랐다.

손을 씻는 장소인 걸까. 하지만 인기척이 없었다. 그래도 귀를 열심히 기울이고 있자니 헤이달이 자신처럼 몸을 굽히는 것이 느껴졌다. 곧 칸두라가 젖어 드는 물소리가 바로 근처에서 들리더니 헤이달이 움직여서 생긴 물결이 사니야의 허리에 다가와 부서졌다.

어떻게든 눈을 뜨고 싶었다. 포기하지 않고 눈을 비빌 셈으로 손을 들어 올리자 눈가에 닿기도 전에 헤이달에게 붙들렸다.

그 대신 헤이달의 손이 사니야의 눈가를 어루만졌다.

"……아……."

물을 떠올린 손바닥이 모래 범벅이 된 눈을 씻어내기 시작했다.

"나 참, 햇볕에 타면 안 된다고 했는데 벌써 벌겋게 변했잖아."

말만 들으면 꾸짖는 것 같지만 동작은 그렇지 않았다. 헤이달은 사니야의 눈가만이 아니라 관자놀이와 뺨 등 모래로 지저분해진 곳에 따스한 물을 갖다 댔다. 물을 떠서 부어주는 동작을 반복하는 손길은 그야말로 아주 소중한 것을 깨끗이 정화하는 것 같았다. 또다시 콧속이 시큰거려 울음을 참기 위해 입을 꾹 다물었다.

하지만 그 인내는 오래가지 못했다.

"미안하다, 사니야. 너를 괴롭게 했구나."

그 다정한 말에 눈물이 왈칵 쏟아졌다.

혹시 헤이달은 사니야 때문에 짜증이 난 게 아니라 자기 자신에게 화가 났던 걸지도 모른다. 이번에는 모래가 아니라 눈물을 닦아주기 위해 손이 다가왔다.

"사니야, 사막에 온 건 자이드 때문이 아니다. 너에게 이 풍경을 보여주고 싶었던 거지."

풍경……? 마음속으로 되물으면서 천천히 눈을 떴다.

이제 눈은 아프지 않았다.

제일 먼저 시야에 들어온 것은 무릎을 꿇고 바로 옆에 앉아 있는 헤이달. 그 헤이달의 재촉을 받아 얼굴을 다른 곳으로 돌렸다.

"아……."

눈앞에 펼쳐진 새파랗고 아름다운 바다.

그 저편, 바다와 하늘이 맞닿은 곳에 지금 막 석양이 바다 속으로 가라앉으려 하고 있었다.

"아름답지? 아라비아만이야."

사니야는 코를 훌쩍인 후, 고개를 끄덕였다.

낮과 밤이 자리를 바꾸려는 이 순간, 석양에 비친 바다에서 반짝이는 파도가 밀려왔다.

해가 가라앉으려 하는 부분은 황금빛, 황금빛에서 노란색으로, 부드러운 파란색으로, 그리고 남색으로 색을 바꿔 갔다. 그건 하늘도 마찬가지여서 새빨갛던 석양은 황혼으로 소맷자락을 펼치더니, 이윽고 밤의 시작을 알리는 진한 남빛을 띠었다.

시야를 가리는 것이 아무것도 없어서 그런지 바다와 하늘의 웅장함에 가슴이 먹먹해졌다.

생각해보니 헤이달은 사타르에 온 이후로 계속 사니야에게 많은 것을 주려고 애썼다. 호텔 객실에 장식된 장미, 형형색색의 과자, 기억을 지키기 위한 귀마개, 그리고 이 아름다운 석양.

파도치는 해변에 털썩 주저앉아 얼마나 오랫동안 석양을 넋 놓고 보고 있었을까. 사니야가 보고 있었던 건 바다이자 하늘, 그리고 헤이달의 마음이었을지도 모른다.

"나는 웃고 있는 네가 좋다."

헤이달이 다시 사니야의 얼굴을 물로 씻어주면서 말했다.

"너를 만나지 못했더라면 나는 내 마음이 얼마나 메말라 있는지 알 수 없었겠지. 너와 있으면 내가 외무장관이라는 것도, 시크라는 것도 다 잊게 된다. 다른 건 하나도 필요 없다고 느낄 정도로. 이렇게까지 나를 변하게 했으면서 나를 두고 떠날 셈인 건가? 네가 말하는 저 먼 곳이라는 데는 대체 어디지?"

사니야가 고개를 푹 숙이자, 헤이달은 천천히 자기 옷의 가슴께에 손을 대었다.

"……헤이달 님……?"

"진짜 나를 가르쳐주지. 대답은 그 후에 듣겠다. 너는 기억의 감각을 느낄 수 있다고 했지? 그럼 나에 대한 것도 기억하고 있을 거다."

헤이달이 칸두라의 단추를 하나, 둘, 풀어나갔다.

우선 쇄골이, 그리고 듬직한 가슴팍이 드러나면서——.

"앗……."

그것이 눈에 들어온 순간, 심장이 무겁게 뛰었다.

헤이달의 가슴에는 검은 문신이 새겨져 있었다. 이빨을 드러내며 포효하는 사자의 옆얼굴과 아라비아어로 적힌 긴 문자. 꿈속에서 사니야의 목덜미를 물어뜯던 남자가 새긴 것과 같은 문신이었다.

"역시 어렴풋이 기억이 나는 모양이군. 하긴 그렇게나 겁을 주었으니 당연하다면 당연한가."

눈을 크게 뜨며 굳어버린 사니야를 보고 헤이달이 우울한 듯 한숨을 내쉬었다.

"나는 다정한 남자가 아니다. 겨우 하룻밤 만에 네게 평생 지울 수 없는 상처를 주었지. 너는 계속 울었어. 그러나 지금의 나는……."

헤이달은 그렇게 말하다가 입을 다물어 버렸다.

다시 원래대로 단추를 채우려는 손을 사니야가 막았다.

"저어, 만져 봐도 될까요?"

"……이것을 말이야?"

헤이달은 사니야를 바라본 후, 자신의 가슴을 내려다보았다. 의아한 표정을 지으면서도 앞섶을 풀어헤치기에 사니야는 꿀꺽 침을 삼킨 다음 손바닥을 갖다 대어 보았다.

문신이라는 것을 만져본 적은 없다. 울룩불룩하지 않고 그저 탄력 있는 피부 그 자체였다. 용맹한 흑사자의 윤곽을 몇 번이나 매만진 후, 이번에는 가슴에 다가가 귀를 갖다 대어 보았다.

심장 소리가 들렸다.

귀를 때리는 규칙적인 리듬.

"어? 점점 빨라지네……."

혼잣말이었는데 머리 위에서 "당연하지." 하는 퉁명스러운 목소리가 내려왔다.

"처음으로 네가 먼저 다가와 내 몸을 만졌으니까."

그랬나. 얼굴을 드니 헤이달이 멋쩍은 듯 인상을 찡그리고 있었기에 사니야는 살짝 웃었다.

다시 가슴팍에 귀를 대어 보았다.

어젯밤에 헤이달이 옷을 벗지 않았던 건 이 문신을 보여주고 싶지 않아서였나보다. 하지만 이 가슴에는 몇 번이나 안겼다. 이제 여기만이 유일한 보금자리라는 생각이 들 정도로 편안하다. 사니야

는 눈을 감고 헤이달의 심장 소리를 들었다.

"이제 무섭지 않아요. 헤이달 님이니까요."

가슴에 뺨을 갖다 댄 채 시선만 헤이달에게 향했다.

"사니야……."

억누른 목소리로 이름이 불린 것과 동시에 품에 안겼다.

가둬서는 놔주지 않겠다는 듯한 강한 포옹에 헤이달이 무슨 말을 하려는 건지 알 수 있었다.

이 강한 힘이 좋다. 울면서 사막을 헤매던 게 거짓말이었던 것처럼 마음이 시원해졌다.

피부의 향기, 심장 고동, 포옹. 사니야는 헤이달의 모든 것에 푹 잠기면서 말했다.

"헤이달 님, 어제 했던 얘기는 없던 일로 해주세요."

"너, 아직도 그런 말을……."

자신을 품고 있던 팔이 굳어지는 것이 느껴져 사니야는 당황하며 말을 이었다.

"그게 아니라 저를 받아주신다는 얘기요. 형은 분명 혼자 살아갈 수 있을 거예요. 아니, 혼자서 살아갈 수 있으면 좋겠어요. 돈이 없어도 일할 수 없어도 이제 걱정하지 않을래요. 저는 제 의지로 헤이달 님의 곁으로 가고 싶어요."

저를 곁에 있게 해주시겠어요?── 그렇게 묻기도 전에 입술이 입술을 막아버렸다.

숨 쉬는 것조차 빼앗아 가는 듯한 격렬한 입맞춤이었다. 사니야를 갈구하는 헤이달의 마음을 그대로 드러내는 것 같은 키스.

"으음……."

입안 깊숙이 파고 들어온 혀를 사니야도 자신의 혀로 맞이했다. 하지만 너무나도 격렬해서 밀고 들어오는 헤이달의 가슴을 저지할 수가 없었다. "잠깐만……." 하고 외쳤지만 그것마저도 입맞춤에 빼앗겨버리고 말아 사니야는 해변 위로 쓰러지고 말았다.

찰박, 하는 소리와 함께 물이 튀었다. 물가라서 얼굴이 물에 잠기지는 않았지만 베일과 옷이 물에 흠뻑 젖고 말았다.

"아이참, 헤이달 님!"

"미안하다. 네가 너무나도 기쁜 말을 하기에 힘 조절을 못 했어."

그렇게 말하는 헤이달도 활짝 웃었다.

그대로 두 번째 입맞춤이 내려오더니, 다시 한 번 탐하듯 혀를 빨렸다.

"너의 첫 남자는 나다. 과거에도 앞으로도 나뿐이라고 생각하면 돼. 나는 무슨 일이 있어도 너를 놓지 않을 거다. 설령 네가 오늘 일을 모두 잊는다고 하더라도 나는 너를 쫓아갈 것이다. 사막의 흑사자를 진심으로 만들었다는 건 바로 그런 뜻이니까."

"헤이달 님……."

석양은 어느새 바다 속으로 가라앉아 주변은 황혼의 빛으로 물들어 있었다.

사랑은 달콤하고 간지럽기만 한 게 아니란 걸 처음으로 알게 되었다. 앞으로도 아마 눈물짓는 일이 있을지도 모른다. 그래도 분명 헤이달을 연모하며 헤이달에게만 답할 것이다. 시작은 정원에서 안긴 그날 밤이 아니라 오늘, 바로 지금이다.

절대로 잊지 않을 것이다. 사니야는 굳게 맹세하며 헤이달을 꼭 끌어안았다.

제5장

헤이달은 제법 여러모로 벅찬 휴일이었다고 생각하며 턱을 괴었다.

사니야에게 사타르에 대해 알려주고 싶은 마음에 너무 서두른 모양이다. 이런 것에까지 급한 성미가 드러날 줄은 생각도 못 했다. 사니야는 여러 일이 있었음에도 이제까지처럼 천진난만하게 행동했다.

문제는 자이드였다.

“정말 죄송합니다…….”

이무란에 돌아온 지 벌써 사흘이나 지났다. 그런데도 여전히 침통한 표정으로 사니야를 볼 때마다 헤이달에게 고개를 숙여 사과했다.

"자네는 나한테 대체 몇 번이나 같은 말을 하게 해야 속이 풀리는 거야. 이제 됐다고 했잖아."

"하지만……."

자이드는 우물거리며 창밖으로 시선을 던졌다.

이미 달이 뜬 시각인데도 사니야는 다른 사용인들과 함께 저택 정원에서 백일홍을 꺾는 중이었다. 사니야를 한밤중에 방에 오게 할 이유를 만들고 싶어서 헤이달이 꽃을 좀 꺾어다 달라고 '일거리'를 주었던 것이다. 그런데 설마 다른 사용인들과 같이 정원에 나갈 줄은 몰랐지만, 낮게 드리운 백일홍 가지에 가위를 뻗는 사니야는 매우 즐거워 보였다.

사막에서 있었던 일을 크게 마음에 두지 않는 듯한 행동——그래서 자이드는 자신의 경솔한 발언을 더욱 반성하고 있는 것이었다.

헤이달은 사니야가 울면서 사막을 걸었던 일을 안다. 어떻게든 데리고 올 수 있어서 다행이었다고 생각하고는 있지만, 사니야의 마음은 여전히 복잡할 터였다. 남의 눈이 있을 때는 일부러 평소처럼 태연하게 행동하는 건 괜한 걱정을 끼치지 않기 위해서일지도 모른다.

"자이드, 나는 이번 일로 자네를 탓하고 싶지 않아. 네가 실수로 말하지 않았어도 예전 손님이 사니야에게 진실을 알려줄 가능성도 충분했으니까. 다만 사니야는 네가 생각하는 것보다 훨씬 더 섬세하고 영리하다. 앞으로는 그 점을 염두에 두고 대하도록."

"네."

"두 번 다시 창부라는 말은 쓰지 마라. 사니야 앞에서도, 내 앞에서도. 나는 사니야를 평생 곁에 둘 생각이다. 그게 무슨 뜻인지 알지?"

아마도 자이드는 지금까지 헤이달이 반쯤 놀이 삼아 사니야를 곁에 두고 있다고 착각했는지도 모른다. 눈을 휘둥그렇게 뜨더니 웬일로 낯까지 붉혔다.

"면목 없습니다. 앞으로는 각별하게 조심하겠습니다."

"알면 됐다. 조만간 아버지께도 소개하려고 해. 나는 무슨 일이 있어도 사니야를 버리지 않을 거야. 이런 이야기를 하는 것도 자네를 친동생처럼 생각하고 있어서야. 그 애를 소중히 여겨줘. 이건 명령이 아니라 내가 하는 부탁이야."

"헤이달 님……."

바짝 엎드린 자세로 등을 굽히는 자이드를 시야 끝에 두면서 헤이달은 정원으로 나갔다.

사니야는 바로 알아차리고 꽃다발을 들고서 뛰어왔다.

"헤이달 님, 내일 축제가 있는데 저도 가도 돼요? 친한 사용인들이 같이 가자고 했거든요."

"축제?"

헤이달은 자이드 쪽을 돌아보았다.

"이무란의 독립기념제일 겁니다. 시내에서 퍼레이드가 열린다고 들었습니다. 헤이달 님은 식전과 연회석에 초대를 받으셨습니다."

그저 귀찮은 행사라고만 여겼지 사니야가 가고 싶어 하는 축제라고는 생각지도 못했다.

헤이달이 저택을 비운다는 것은 시중을 드는 사용인들에게는 할 일이 없다는 뜻이다. 곧바로 자이드가 "사용인들에게는 오후부터 휴가를 주었습니다."라고 덧붙였다. 사니야는 반짝거리는 눈동자로 대답을 기다렸지만, 헤이달은 그 허락은 나중으로 미루고 다른 사용인들에게까지 들리게 말했다.

"이제 그 정도면 됐다. 꺾은 꽃은 측근들의 방에 꽂아두어라."

"알겠습니다."

사니야 역시 사용인다운 얼굴로 발길을 돌리려고 하자, 헤이달은 얼른 그 목덜미를 잡았다.

"너는 가지 않아도 돼."

재빨리 속삭이자 사니야는 살짝 얼굴을 붉히고 다른 사용인들의 모습이 사라지고 나서야 헤이달의 방으로 들어갔다. 동시에 자이드가 "그럼 저는 이만." 하고 꾸벅 인사한 후 방을 나갔다.

문이 닫히자 사니야는 환하게 웃으며 손에 쥔 백일홍을 보여주었다.

"이것 보세요, 헤이달 님. 이렇게나 많아요."

"원하는 만큼 네 방에 꽂아둬. 다 가져가도 되고."

"그래도 돼요? 헤이달 님이 꺾어 오라고 분부하신 건데."

"바보같이. 그런 건 당연히 핑계지."

꽃다발을 테이블에 놓고 사니야를 소파 쪽으로 이끌었다. 몸과 몸을 포개면서 사니야의 관자놀이, 눈가, 뺨으로 입맞춤을 하고 있자니 옷의 천 너머로 단단한 것이 느껴졌다.

"음? 주머니에 뭔가가 있는 건가?"

"아, 네."

사니야는 장난스럽게 웃으며 칸두라의 허리 주머니에서 낯익은 작은 상자를 꺼냈다.

귀마개를 선물할 때 준비했던 액세서리 상자였다. 사니야는 일부러 상자를 열고서는 "이거요." 라고 말하며 안에 들어 있던 카드를 보여주었다.

"너도 참……. 내가 항상 가지고 있으라고는 했지만 그건 귀마개를 말 한 거다. 그런 종잇조각이 무슨 쓸모가 있다고. 버려라."

쑥스럽기도 해서 저절로 엄하게 말하고 말았다. 그러나 사니야는 전혀 겁을 먹지 않았다. 헤이달에게 살짝 눈을 흘기면서 "싫어요." 하고 입을 비죽였다.

"이 카드는 항상 소중히 갖고 있을 거예요. 왜냐면 헤이달 님이 저를 생각하고 써주신 거잖아요. 버리는 짓은 절대로 안 해요."

그렇게 말하면서 사니야는 헤이달의 몸 밑으로 쏙 빠져나가 백일홍 꽃다발 옆에 상자를 내려놓았다.

화가 난 줄 알았는데 당연하다는 듯 소파로 돌아오는 모습이 또 귀여웠다. 웃음을 꾹 눌러 참으며 바라보고 있자니, 바로 옆에 앉자마자 살짝 토라진 눈빛으로 헤이달을 올려다보았다.

"그것보다 헤이달 님, 축제 얘기는 어떻게 되는 거예요?"

“…………”

헤이달은 작게 신음을 흘리고는 무거운 한숨을 토했다. 나중으로 미룬 이유는 대답하고 싶지 않아서였다.

“너는 안 돼. 가면 안 된다.”

그렇게 똑바로 말하자, 사니야는 “네에?” 하고 실망의 목소리를 냈다.

“당연하지. 불꽃놀이나 폭죽 소리로 기억이 없어지면 어쩌려고.”

“축제 날 밤처럼 떠들썩한 건 괜찮아요. 불꽃놀이나 폭죽이 터지는 건 이미 알고 있으니까요. 그런 것 가지고는 기억을 잃지 않아요.”

그러고 보니 유안이 전조 없이 들리는 소리에 한해서, 라고 말했던가.

“아니, 그래도 안 된다. 사람은 얼마나 많겠어? 불꽃놀이나 폭죽이 아무 문제가 없다고 해도 무슨 일이 일어날지 알 수 없다.”

“귀마개를 하고 갈 거니까 괜찮을 거예요. 헤이달 님이 주신 그 귀마개요.”

그래도 헤이달이 영 내키지 않아하는 표정을 짓자, 사니야가 매달리기라도 하듯 한 번 더 밀어붙였다.

“저는 항상 춤을 추는 쪽이어서 축제에 간 적이 없어요. ……아, 아니, 기억이 안 나는 걸지도 모르겠네요. 하지만 역시 가본 적은 없었을 것 같아요. 신의 아이는 축제가 열리는 날 정말 바쁘거든요.”

독립기념제 말고도 이무란에는 많은 축제가 있는 듯했다. 사니야는 풍요의 신에게 기도를 드리는 축제, 비의 신을 부르는 기우제, 계절마다 이루어지는 제사 등 축제 이름을 손가락으로 꼽아가며 열거했다.

“알았다, 알았어. 그러면 자이드를 붙여 주마. 그러면 가도 괜찮다.”

“네에? 저는 친한 사용인들과 같이 가고 싶은 건데.”

“다 같이 가면 되지. 자이드는 너희 뒤에서 대기만 하고 있을 테니까. 단, 나도 다소 시간이 지난 후에 자이드에게 연락을 할 테니 그때는 다른 사용인들과 헤어지고 나한테 오도록 해라. 그 외의 제안은 모두 거절한다. 알았지?”

강한 어조로 신신당부를 하자 사니야는 마지못한 표정으로 “네에…….” 하고 고개를 끄덕였다. 그러나 금방 표정을 풀며 키득키득 웃음을 터뜨렸다.

“헤이달 님은 저를 걱정해주시는 거네요?”

“당연하지. 무슨 일이 있으면 어떡하라고. 기억을 잃은 네가 나한테 또 반한다는 보장이 어디 있겠어.”

“괜찮아요. 아마 저는 몇 번이라도 헤이달 님을 사랑하게 될 것 같아요.”

“두 번이나 나를 잊은 녀석이 무슨 말을.”

언짢은 척하며 사니야의 입술을 베어 물었다. 사니야가 “아얏.” 하고 소리를 냈지만 그래 봤자 살짝 깨문 정도다. 사니야도 웃으면서 헤이달의 입술을 콕 깨물었다.

입술과 입술이 부딪치면서 가끔은 혀도 맞닿더니, 점차 숨결이 뒤섞이는 입맞춤으로 변했다.

"있잖아요, 헤이달 님……."

"응?"

"자이드 씨는 저를 불편해하는 것 같은데 내일 괜찮을까요?"

"괜찮다. 자이드도 나름 그날 일을 신경 쓰고 있으니까. 평소처럼 대해주면 돼."

안도의 한숨을 내쉬는 사니야의 이마에 입을 맞추면서 부드럽게 소파 위로 쓰러뜨렸다.

좋은 향이 나는 머리칼에 코끝을 묻으며 칸두라의 앞섶을 풀어헤치니 사니야가 팔을 쭉 뻗으며 헤이달의 몸을 밀쳤다.

"안 돼요, 헤이달 님. 저 빨리 방으로 돌아가야 해요. 다른 사용인들이나 측근 분들이 이상하게 생각할지도 모른다고요."

"내 방에서 깜박 졸았다고 해. 그러면 아침까지 같이 있을 수 있으니까."

"그런 사용인이 세상에 어디 있어요?"

뚱한 표정을 짓는 사니야를 보고 헤이달은 끙 하고 앓는 소리를 냈다.

참으로 애가 탄다. 하루라도 빨리 사타르로 사니야를 데리고 돌아가고 싶다. 그렇게만 되면 변명 따위 만들어내지 않아도 침실을 같이 쓸 수 있다. 다른 남자한테 희롱당하는 꿈 따위는 두 번 다시 꾸게 하지 않을 것이다.

"그럼 오늘 밤은 밤새도록 이무란의 문화를 설명해주겠어? 우선 이 나라에서 제일 아름다운 신의 아이에 대해 알려줘."

"누구요? 락슈미? 시타?"

"아니, 너 말이야."

눈만 깜박이는 사니야가 환하게 웃은 순간, 헤이달은 다시금 칸두라를 벗기기 시작했다.

"앗, 잠깐……."

제지하는 소리를 냈지만 사니야는 이제 저항다운 저항은 하지 않았다. 그저 바지와 속옷을 벗길 때만은 부끄러운 듯 미간을 좁히면서 "윽……." 하고 작은 신음을 흘렸다.

"호오, 이무란에서 가장 아름다운 신의 아이는 털이 하나도 없군. 이거 놀라운데?"

"……다 아시면서."

자신을 째려보는 그 촉촉한 눈망울에 이번에는 헤이달이 웃음을 터뜨렸다.

새하얀 과실은 아직 약간 단단할 뿐이었다. 헤이달은 사니야의 몸을 소파 위에서 뒤집은 다음에 허벅지 사이에 손을 넣었다.

"아앙……."

달콤한 신음을 흘리며 사니야는 허벅지 사이에 헤이달의 손을 꼭 끼웠다. 아마 그 이상의 행위를 못하도록 막으려고 한 행동이었겠지만, 여린 살점과 살점 사이에 남자의 손을 끼운다는 것도 역시 부끄러웠던 모양이다. 다리를 벌리기에 헤이달은 얼른 팔을 쑥 집어넣었다.

"아앗."

또다시 여린 허벅지살이 헤이달의 손을 조였지만 이미 때는 늦었다. 헤이달은 회음부와 주머니를 손바닥으로 매만지면서 손가락 끝부분으로만 심지를 건드렸다.

"……으응, 하앗……."

사니야는 소파 팔걸이를 붙잡고 당황스러운 듯 허벅지를 열었다 닫았다 했다. 그럴 때마다 여린 살이 움찔움찔 떨리는 모습이 마냥 사랑스러웠다. 사니야가 신음하면서 등을 젖히자, 등에 난 상처가 잘 보였다.

너는 그대로도 충분히 아름답다. 그 뜻을 전하기 위해 울룩불룩한 피부 요철에 입술을 미끄러트렸다.

"후…… 으으, 응……."

너무나도 다정한 애무에 애가 탔는지, 아니면 무의식적인 행동인지 사니야는 점점 허리를 애달프게 흔들게 되었다. 머뭇거리면서도 재촉하는 듯한 움직임. 이윽고 자신의 심지 끝을 헤이달의 손바닥에 대고 비비기 시작했다.

발정을 알리는 단단함. 손을 적시는 이슬. 그 모두가 헤이달의 흥분을 돋우었다.

헤이달은 사니야의 한쪽 다리를 들어 발목을 소파 등받이에 걸었다.

"아, 안 돼요. 이런 자세…… 아아, 부끄러워요."

"우리 둘뿐인데 뭐가 부끄러워? 나한테 올 거라면 내 방식에도 익숙해지는 게 좋을 거야.”

이렇게 하면 손을 대지 않아도 엉덩이 사이가 벌어지게 할 수 있다. 헤이달은 아래에서 슬쩍 밀어 넣은 손으로 앳된 모양의 발기를 만지작거리며 사니야의 비부를 들여다보았다.

이곳은 항상 만지기 전부터 고운 색으로 물들어 있다. 옅은 장밋빛 사이에 묻혀 있는 새빨간 꽃봉오리. 숨을 불어넣으니 꽉 하고 오그라들었다.

빨리 맛보고 싶은 마음에 입안에 침이 고였다. 그걸 꿀꺽 삼키고 나서 사니야에게 물었다.

“언제 봐도 나를 흥분시키는 꽃봉오리군. 네 여기는 뭐라고 하고 있지?”

“……아, 아무 말도…….”

“그럴 리가 없잖아. 이렇게나 움찔거리고 있는데.”

대답을 재촉하며 하복부의 줄기를 매만지는 손의 속도를 높였다. 그러나 손바닥이 젖어도 사정을 하도록 이끌어주지는 않았다. 거의 한계까지 부풀어 오르게 한 후에는 팔을 빼고, 입술로 둥그런 엉덩이의 탄력을 맛보았다.

역시나 애가 타는가 보다. 사니야가 코를 훌쩍거리면서 엉덩이를 바짝 내밀었다.

주름이 벌어지면서 모습을 드러낸 꽃봉오리 내부의 붉은 색. 하얀 엉덩이와 대비되는 그 색조에 헤이달의 수컷도 묵직해졌다.

“여기가…… 사랑해달라고 말하고 있어요…….”

"응?"

"헤이달 님한테 사랑받고 싶다고, 많이요……. 그러니까 얼른."

"그렇군. 그렇겠지. 아까부터 열렸다 닫혔다 하는 게 애달파 보였거든. 잘 사랑해줄 테니까 다른 사람한테는 이 색을 보여주면 안 된다."

소파 등받이에 걸린 한쪽 발을 더 밀어 올리면서 아직 아무것도 하지 않았는데도 녹아내리려고 하는 뒷구멍에 입을 맞추었다.

"아앗…… 으응."

구멍을 살포시 감싸듯 혀로 쓸자 사니야는 경련하면서 투명한 꿀을 흘렸다. 잔뜩 욕정하고 있는 그 본체가 하복부에 바짝 붙어 있는 바람에 헤이달 쪽에서는 보이지 않았다. 그 대신 실을 늘어뜨리며 의자 면에 떨어지는 정액을 바라보면서 헤이달은 자신의 손가락에 타액을 묻혔다.

너무 적셨나 싶을 정도로 흠뻑 적신 후, 사니야에게 소파 등받이를 안게 하고 바로 뒤에서 들이닥쳤다.

"……아, 아……, 벌써, 그렇게…… 아아……."

대담한 자세를 취하게 할 때마다 사니야는 부끄러워했지만 몸은 점점 헤이달에게 익숙해져 갔다. 사납게 팽창한 귀두를 삼키는 것도 이제 제법 수월해졌다. 그래도 욕심은 채워지지 않았다. 더욱 깊은 쾌락의 맛을 가르쳐주고 싶어서 헤이달은 의자 면에 한쪽 다리를 세우고 아직 다 풀어지지 않은 가장 안쪽 벽을 찔렀다.

"아앗……, 안 돼, 아앗."

감도가 지나치게 좋은 것은 여전했다. 고개를 절레절레 젓기에 무슨 일인가 했더니 사정을 참을 수 없다고 호소하고 있었던 모양이다. 사니야는 "흐윽." 하고 울면서 몸을 활 모양으로 젖히더니 의자 등받이에 힘차게 백탁을 쏟아냈다. 그래도 헤이달이 허리를 계속해서 움직이자, 가늘게 두 번째 사정까지 했다.

헤이달은 연결을 풀지 않은 채 사니야의 몸을 앞으로 돌렸다.

잔뜩 상기된 피부나 촉촉이 젖은 눈동자가 낮 동안의 사니야에게선 볼 수 없었던 색기를 내뿜고 있었다. 입을 맞추려고 등을 굽히자 갑자기 주먹이 날아와 가슴팍을 때렸다. 한 번이 아니라 좌우 주먹이 교대로 네 번이나 날아왔다.

"……왜 그래?"

"헤이달 님은…… 심술쟁이예요."

아마도 몸을 열게 할 때까지의 행위에 대한 불만의 표시인 듯했다. 사니야는 당장이라도 울음을 터뜨릴 것 같이 잔뜩 찡그린 얼굴로 헤이달을 노려보았지만, 지금처럼 서로 몸을 섞는 도중에 맞은 건 처음이었다. 헤이달은 어느 틈에 이렇게 거리가 좁혀졌나 하는 생각에 가슴이 벅찼다.

넌 정말 사랑스럽구나. 평소처럼 나오려던 그런 말을 꾹 눌러 참았다.

"그래, 나처럼 심술만 부리는 남자는 싫은 거구나. 그럼 조심해야겠는걸."

"귀엽다, 예쁘다…… 하는 소리만 하면 제가 용서해줄 줄 아는 거죠?"

"용서를 안 해주겠다고? 그것 참 큰일이군."

그렇게 말하면서 율동을 재개하자 사니야는 목을 젖히며 "……아앙." 하고 신음을 흘렸다. 그래도 두세 번 찌를 때까지는 미간을 좁히고 있더니, 점차 황홀함에 젖어 든 표정으로 변하면서 헤이달의 목에 팔을 감았다.

"왜 그러지? 용서하지 않는 거 아니었어?"

"음……, 좋아요."

이제 대화가 들어맞지도 않았다.

사니야는 넋이 나간 눈을 반쯤 뜬 채로 율동에 맞추어 젖은 숨을 토했다.

쾌락의 파도에 쓸려가기 직전인 사랑하는 사람에게 헤이달은 다시 입술을 가져다 대었다. 사니야의 검은 눈망울이 데구루루 움직이더니 헤이달을 포착하고선 미소를 지었다.

"헤이달 님……, 정말 좋아해요."

"나도 그렇다. 나도 널 좋아해."

후후후, 하는 사니야의 웃음소리는 신음이 섞인 소리로 변했다.

'사랑스러운 사니야. 그 누구보다도 사랑한다.'

보름달이 뜬 밤에 꽃이 흐드러지게 핀 정원에서 마음을 고백하고, 사타르에 데리고 갔다가 사막 한복판에서 슬피 울게까지 했다. 사니야의 눈물도 웃음도 헤이달은 잊지 않을 것이다. 함께 고백한 사랑의 말도, 몇 번이고 나눈 입맞춤도, 자연스럽게 서로 장난치며 뒹군 일도.

그러나 헤이달과 똑같은 기억을 가진 사니야를 안는 것은 이날 밤이 마지막이었다.

*　　*　　*

외무장관이라는 일을 하고 있어도 이국의 독립기념제에 초대를 받는 일은 그리 없다.

식전 행사가 시작된 건 늦은 오후였다. 이무란에서 가장 큰 궁전 호텔의 정원에서였다. 헤이달은 사타르국의 외무장관으로서 번영을 기리는 덕담을 이무란국에 보냈다.

신의 아이들의 무대를 본 건 답답하기 짝이 없는 식전 행사도 종반에 이르렀을 때 즈음이었을까. 아마도 해외에서 온 손님들의 목소리인지 "참 아름답군.", "훌륭해." 하는 찬사가 곳곳에서 들려왔지만, 사니야를 아는 헤이달이 보기에는 별로 대단치도 않았다. 어느 신의 아이에게도 시선을 빼앗기는 일 없이 무대가 끝난 후 이무란의 정계 간부들의 안내를 받아 위층 테라스에서 퍼레이드를 구경했다. 멀리서 보아도 떠들썩하고 화사한 분위기가 전해져서 축제에 가고 싶다고 조르던 사니야의 마음도 이해가 갔다.

일련의 식전 행사가 끝나고 헤이달은 손목시계를 보았다. 아직 저녁 전, 연회까지는 시간이 있다. 헤이달은 측근들에게 자유 시간을 주고 곧바로 자이드에게 연락을 넣었다.

"어디에 있지? 난 지금 잠깐 시간이 생겼는데."

『아아, 헤이달 님. 슬슬 연락 주실 거라 생각했습니다. 저와 사니야는 호텔 바로 앞에서 기다리고 있습니다.』

로비로 향하려다가 자이드에게 또 잔소리를 들을까 봐 경호원 몇 명을 데리고 갔다.

자이드는 정말로 호텔 바로 앞, 근엄한 얼굴의 경호원들이 잔뜩 늘어서 있는 곳 너머에 있었다. 다른 사용인들과 헤어진 후인지 곁에는 사니야 밖에 없었다.

"앗, 헤이달 님."

사니야가 먼저 알아보고 쪼르르 달려왔다.

경호원들이 바로 앞을 막아서려는 것을 헤이달이 괜찮다며 제지했다.

"이것 보세요, 헤이달 님. 자이드 씨가 사주셨어요."

사니야는 손에 든 종이봉투를 헤이달 앞에서 열어 보여주었다. 안에 든 것은 작고 귀여운 별 모양의 설탕 과자였다. 딱 봐도 사니야가 좋아할 만한 것이었다.

"이게 어찌 된 일이지? 나를 제쳐 두고 사니야를 기쁘게 하다니."

반쯤 농담으로 인상을 찌푸리며 자이드를 쳐다보니, 자이드는 "하도 조르길래 사준 것뿐입니다." 하며 얼굴을 구겼다. 사니야는 그 모습을 보고 작게 웃으며 "제가 아니라 다른 사용인 아이가 자이드 씨한테 조른 거예요." 하고 설명을 덧붙였다.

분위기를 보아하니 사니야는 나름 즐거운 나들이를 한 것 같았다. 헤이달은 별 모양의 과자를 하나 집어 입안에 던져 넣었다.

"헤이달 님, 맛있어요?"

그렇게 물으며 사니야도 한 개를 꺼내 입에 쏙 넣었다. 서로 마주 보면서 환한 웃음을 짓고 있자니 자이드가 옆에서 헛기침을 했다.

"헤이달 님, 어떻게 할까요. 저는 이제 사니야를 데리고 저택으로 돌아갈까요?"

"그렇군. 밤이 되면 불꽃놀이도 할 거고 사람도 많아지겠지. 지금 이동하는 편이 좋겠어."

헤이달은 주변을 둘러본 후, 지붕을 맞대고 이리저리 자리한 바자르의 막다른 곳을 가리켰다.

"저기까지 사니야와 걸어갔다 오지. 자이드, 너는 이 주변에 차를 준비해두도록 해라."

"알겠습니다."

고작 수백 미터 정도의 거리였다. 그래도 사니야한테는 마냥 신기한 듯했다. 까치발로 서서 헤이달의 귓가에 대고 "꼭 데이트하는 것 같아요." 하고 속삭였다. 웃음 섞인 숨결이 간지러워서 헤이달의 뺨에도 흐뭇한 미소가 번졌다.

해질 무렵까지는 아직 시간이 남아서 그런지 바자르를 오가는 사람들은 어린아이를 데리고 나온 가족들이 대부분이었다. 스쳐 지나가는 이들의 시선이 모두 경호원들에게 쏠리는 걸 알아차린 헤이달은 "너무 눈에 띄니 조금 뒤로 떨어져서 눈길을 분산시키도록." 하고 지시를 내렸다.

사니야는 헤이달의 약간 앞에서 가게를 들여다보며 걷고 있었다. 잔뜩 들떴는지 앞서 가지 말라고 타일러도 들은 척도 하지 않았다. 잠깐 서보라고 부르려다가 사니야가 귀마개를 하고 있다는 걸 깨달았다. 이번에는 어깨에 손을 얹어 “내 곁에 있어라.” 하고 큰 소리로 말했다. 역시 아까는 들리지 않았던가 보다. 사니야는 몸을 빙글 돌리고 송곳니를 드러내며 “네.” 하고 웃었다.

시내의 바자르에 진열된 물건들이 아름다운 것들뿐임은 알고 있었지만, 오늘 밤은 축제 때문인지 평소보다 더 화려했다. 꽃이나 과자 말고도 제법 훌륭한 보석 장식이나 들고 가기 힘들어 보이는 융단까지 팔고 있었다.

헤이달은 사리를 팔고 있는 가게 앞에서 발을 멈췄다.

“한 벌 어때? 예쁜군. 너한테 잘 어울릴 것 같다.”

“헤이달 님, 저건 힌두교 여자들이 입는 거예요.”

“그건 나도 안다. 꼭 몸에 두르지 않아도 그냥 담요로 쓰면 되잖아.”

대충 아무 말이나 주워섬기며 근처에 있는 사리 한 벌을 펼쳐 보았다. 진홍빛 천에 연꽃무늬가 들어가 있다. “화려하군.” 하고 다른 한 벌을 집어 드니 사니야도 고를 마음이 들었는지 “헤이달 님, 이건 어때요?” 하고 녹색 사리를 펼쳐 보였다.

“그건 너무 수수하잖아. 좀 더 귀여운 색으로 해라.”

“그래요? 전 이런 게 더 마음에 드는데.”

거울 앞에서 사리를 자기 몸에 대어 보는 사니야를 곁눈질하면서 새로운 다른 한 벌을 손에 집어 든 순간이었다. 갑자기 나무 열매가 팍 하고 터지는 소리가 났다.

주변의 수런거림이 순간적으로 멈췄다.

총성인가? 설마. 헤이달은 반사적으로 주변을 둘러보았다.

그러나 길을 오가는 사람들은 무슨 소리지? 하고 궁금해 하기만 하고 끝난 모양이다. 또다시 떠들썩한 분위기에 휩싸이는 중에 다시 한 번, 이번에는 뭔가가 헤이달의 관자놀이를 스치며 바로 앞에 있는 기둥에 박혔다.

"사니야, 몸을 숙여라."

"……네?"

귀마개를 한 사니야는 첫 번째, 두 번째 소리 모두 안 들렸는지 여전히 녹색 사리를 들고 거울 앞에 서 있기만 했다. 거리로 봐서는 두 걸음 반. 그래도 헤이달에게는 멀게만 느껴졌다.

"사니야!"

헤이달은 소리치면서 달려들듯이 가녀린 몸을 가슴께로 끌어당겼다.

그 순간, 세 번째 총성과 함께 날카로운 고통이 헤이달의 오른쪽 어깨를 관통했다. 얼굴을 찌푸리면서도 사니야의 팔을 잡아끌고 내달렸다.

"저기, 헤이달 님?"

"어서 자세를 낮추고 뛰어."

멀리 보냈던 경호원이 어디서 무엇을 하고 있는지 신경 쓸 여유는 없었다.

하지만 사태 파악을 못 한 사니야의 발은 느리기만 했다. "어, 어어?" 하고 주변을 둘러보며 누군가와 부딪칠 때마다 발을 멈추려고 했다. 다른 사람과 부딪칠 때마다 "앞 좀 똑바로 보고 다녀!" 하는 호통만 날아올 뿐, 다들 총성은 듣지 못했다는 것을 알 수 있었다.

이 혼잡이 좋은 건지 나쁜 건지. 네 발 째가 발사된 것은 바로 그때였다. 명백하게 헤이달을 노린 것이었다. 누군가 "꺄아악." 하고 비명을 질렀다. 길가에 진열된 붉고 노란 과일들이 공중에 흩어졌다.

대체 얼마나 오래 달렸을까.

사니야가 날아오는 유탄에 맞지 않게 해야 하는데. 그 절실한 마음으로 정신없이 달린 것 같다. 정신을 차려보니 어느새 궁전 호텔 앞 바자르에서 멀리 떨어진 차이나타운에 다다른 후였다.

사니야는 손으로 무릎을 짚으며 거친 숨을 헉헉 내뱉었다. 무의식중이었는지 녹색 사리를 손에 쥔 채였다. 머리와 목, 어깨를 차례로 손으로 짚어 무사하다는 것을 확인한 헤이달은 비로소 안도의 한숨을 내쉬었다.

"나 참, 저런 인파 속에서 총을 쏘다니 미친놈이 다 있군. 나 말고 다른 사람이 맞았더라면……."

어쩌려고 그러지, 라고 말을 이으려 했는데 목이 쉬어서 목소리가 나오지 않았다.

응? 하고 의문을 품으며 극채색으로 치장된 벽에 몸을 기대었다. 어찌 된 일인지 제대로 몸을 가누지 못하고 벽에 기댄 등이 주르륵 미끄러지면서 결국 바닥에 털썩 주저앉았다.

"이상하군."

내가 그렇게나 나이를 먹었나?―― 이것도 말이 되어 나오지 않았다.

문득 보니 사니야가 새파랗게 질린 얼굴로 눈앞에 서 있었다.

"헤이달 님, 피가……. 다, 다치셨잖아요."

그 말을 듣고 세 번 째 총탄에 맞았다는 사실을 기억해냈다.

오른쪽 어깨에서 피가 줄줄 흘러내리고 있었다. 총에 맞았는데도 정신없이 달린 탓인지 손으로 상처를 눌러도 손가락 사이에서 피가 울컥울컥 넘칠 뿐 멈출 기미는 보이지 않았다. 헤이달과 눈이 마주친 중국식 복장의 여자가 흠칫 놀라며 빠른 걸음으로 지나가 버렸다.

"괜찮아. 걱정하지 마라."

"하, 하지만……."

그때 눈앞의 골목길을 서둘러 지나가는 무리가 보였다. 모두 아랍식 칸두라 차림이었다.

"앗, 분명 측근 분들이……."

뛰어나가려던 사니야를 얼른 붙들었다.

사니야가 보기에는 다 똑같아 보일지도 모르지만 아랍의 민족의상은 지역에 따라 미세한 차이를 보인다. 베일을 묶는 머리끈에 장식을 다는 것은 사타르 남부 사람들의 특징이다. "이쪽 아니야?", "아니, 저쪽이 분명해." 하고 얼핏 들리는 아라비아어도 남부 억양이 강했다.

"가지 마라. 저건 사타르 남부 쪽 놈들이야. 내 측근 중에 남부 사람은 없어."

그 말만으로 무슨 뜻인지 알아차렸는지 사니야는 짧게 숨을 삼키며 헤이달을 숨기려는 것처럼 몸을 덮었다.

"괜찮다, 사니야. 발소리가 멀어졌으니까 일단 다른 곳으로 가자. 여기 있으면 금방 들킬 거다."

"네……."

헤이달은 품속에 호신용 권총이 있음을 확인한 후, 이를 악물며 몸을 일으켰다.

사니야가 헤이달의 어깨에 사리를 걸쳐주었다. 여자 옷이라는 게 마음에 걸렸지만, 차이나타운에서 새하얀 칸두라를 입고 다니는 것보다 화사한 사리가 몸을 숨기기에 적합하다. 출혈을 감추려면 더더욱 말이다.

"헤이달 님, 정신 차리세요."

간신히 골목길을 두 개 정도 빠져나오자 허름한 길이 나왔다. 차이나타운 변두리일까. 통행인도 없고 늘어선 중국식 건물도 색채를 잃은 지 오래였다.

"여기라면 괜찮을 것 같아요."

사니야의 부축을 받아 헤이달은 안쪽 깊은 곳에 있는 민가의 처마 밑에 앉았다.

완전히 해가 진 지금, 반짝이는 가로등 빛이 촉강금(蜀江錦) 문양이 새겨진 흙벽을 비추고 있었다.

헤이달은 숨을 헐떡이면서 핸드폰을 꺼내 들었다.

아무래도 사니야를 데리고 도망치는 동안에 소동이 드러난 모양이다. 자이드에게서 빼곡하게 부재중 전화가 들어와 있었다. 전화를 거니 『무사하셨군요. 지금 어디 계십니까? 바자르 안에 계엄 태세가 깔렸습니다.』라는 자이드의 다급한 고함이 들렸다.

“바자르로는 갈 수 없다. 궁전 호텔에서 제일 가까운 차이나타운에 있어. 한 발 맞았다. 아직 쫓기는 중이야.”

그 말만을 전한 후, 헤이달은 핸드폰을 내려놓았다. 아니, 손에서 미끄러져 떨어졌다고 할 수 있다. 사니야는 그걸 집어 들어 “도와주세요, 빨리요.” 하고 울먹이는 목소리로 호소했다.

헤이달은 호신용 총을 꺼냈다.

한심하게도 손가락의 떨림이 멈추지 않았다. 출혈 때문인가 보다. 남국 밤에는 절대로 느낄 수 없는 오한. 체온이 급격히 떨어지고 있다는 뜻이다. 그러나 총만큼은 떨어뜨릴 수 없다. 권총을 꽉 쥐며 어둠 속을 주시했다.

“사니야, 너는 도망쳐라. 내 곁에 있으면 위험해.”

“그, 그럴 수가…….”

당연한 말을 한 건데도 사니야는 비통한 표정을 지으며 헤이달에게 매달렸다.

“저는 헤이달 님 곁을 떠나지 않을 거예요. 자이드 씨가 올 때까지 지켜드릴게요.”

“그런 가녀린 팔로 뭘 할 수 있겠어. 유안이 있는 곳으로 돌아가라. 반드시 데리러 간다고 약속할게.”

그러나 사니야는 “싫어요.” 하고 고개를 저으며 더욱 바짝 매달렸다.

“무슨 일이 있어도 저를 놓지 않겠다고 하셨잖아요. 그런데 왜 이럴 때 저 혼자 가라고 그러시는 건데요. 저는 여기 있을 거예요. 이렇게 피가 많이 나는데…….”

마지막 말은 거의 오열에 가까웠다. 사니야는 딸꾹질까지 하면서도 헤이달의 상처를 눌러 지혈을 하려고 애를 썼다. 하얀 두 손이 점점 피로 벌겋게 물들어갔다.

“제가…… 제가 축제에 가겠다고 하는 바람에…….”

“아니, 내가 원래 기념제에 초대를 받아서 그런 거다.”

“하지만 헤이달 님은 저 때문에 바자르를 돌아다니신 거잖아요.”

“어딜 다니든 그건 내 마음이지. 너와는 아무 상관도 없다.”

이런 대화를 하는 와중에도 추격자가 점점 거리를 좁히고 있다는 생각을 하니 마음이 급했다.

헤이달의 어깨를 관통시켰는데도 집요하게 쫓아오는 자들이었다. 헤이달이 사니야에게 마음을 두고 있다는 것도 이미 다 조사한 후일지도 모른다. 이국의 무희를 사용인으로 곁에 두는 외무장관은 세상 어디에도 없을 텐데, 하물며 그 무희를 외무장관 전용 비행기에 태워 사타르에 데리고 가기도 했다. 이 사실을 알면 누구라도 사니야를 평범한 무희로는 생각하지 않을 것이다.

협박의 수단으로 사니야가 붙잡히는 것만큼은 무슨 일이 있어도 피하고 싶었다.

만약 붙잡혀서 유린이라도 당한다면…….

"사니야, 내 말을 들어. 너는 신의 아이이다. 운동신경은 뛰어나지. 반드시 유안이 있는 곳으로 갈 수 있으니까 어서 도망쳐."

"싫어요. 저는 여기를 떠나지 않을 거예요. 헤이달 님 곁에 있을래요."

"고집 그만 피워. 너까지 죽을지도 모른다고."

이렇게까지 말을 해야 알아듣는 것인가. 반쯤 초조함과 짜증 섞인 목소리로 고함을 쳤다.

갑자기 두려움에 휩싸였는지 사니야의 눈에서 눈물이 왈칵 쏟아졌다. 하다못해 안전한 장소로 데리고 가고 싶지만, 이 몸으로는 이제 무리다. "내가 잘 보고 있을 테니까 빨리." 하고 턱짓을 하며 추격자가 들이닥칠 것으로 추정되는 골목길을 향해 총구를 겨눴다.

"……어요."

"뭐라고?"

울음 섞인 목소리여서 잘 알아듣지 못했다.

사니야는 자신의 팔로 눈물을 쓱 훔친 후, 턱을 들어 올렸다.

"죽어도 상관없어요. 제가 헤이달 님의 방패가 될게요."

눈을 크게 떴다. 얼굴은 마저 닦지 못한 눈물로 젖어 있으면서도 눈동자만큼은 강한 의지로 흔들림이 없었다.

사니야는 그런 얼굴로 꿋꿋하게 미소를 지은 다음, 떨리는 입술을 헤이달의 입술에 갖다 대었다.

"저는 헤이달 님을 만나서 행복했어요. 평생 얻을 행복을 다 받았다고 생각해요. 왜냐면 헤이달 님은 제가 창부라는 걸 알고도 사랑해주셨잖아요……. 이제 충분해요."

"넌 아직도 그런 생각을 했던 거냐. 너는 창부가 아니라 신의 아이다. 사타르에서 나와 살겠다고 약속했잖아. 반드시 데리러 가겠다. 지금만은 내 곁을 떠나 있도록 해."

"아니요. 저는 헤이달 님 곁에 있을 거예요. 이건 제가 마지막으로 부리는 고집이기도 하니까."

"그러지 마라. 뭐가 마지막이라는 거야? 넌 이렇게 고집을 부린 적이 한 번도 없잖아."

이대로라면 정말로 추격자에게 붙들리고 말 것이다.

"됐으니까 얼른 가!"

호통을 쳐도 사니야는 완고하게 고개만 가로저을 뿐이었다. 결국 또다시 눈물을 펑펑 흘리면서 헤이달의 가슴팍에 이마를 문대기까지 했다.

"부탁이에요, 헤이달 님. 곁에 있게 해주세요. 지금처럼 행복하게 죽을 수 있다면 전 조금도 무섭지 않아요. 하지만 지금이라면 헤이달 님이 주신 말도, 저를 안아주셨던 일도 전부 기억하고 있어요……. 저는 잊고 싶지 않아요. 죽는 것보다 그게 더 싫어요…….”

“사니야, 너…….”

헤이달은 잘게 떠는 그 어깨를 차마 더는 못 보고 꼭 끌어안았다.

훌쩍거리는 오열은 점점 커졌고, 사니야는 “헤이달 님, 헤이달 님…….” 하고 몇 번이나 그의 이름을 불렀다. 이름을 부른다기보다는 기억에 새기는 것만 같았다. 공포와 긴장의 연속으로 안 그래도 가느다란 기억의 실이 지금 막 끊기려 하고 있는 걸지도 모른다.

진정해, 괜찮다. 그렇게 달래려고 할 때, 한 무리가 다가오는 발소리가 들렸다.

순간적으로 사니야가 숨을 죽였다. 희미한 소리도 놓치지 않으려는 듯 검은 눈동자가 좌우로 바삐 움직이면서 발소리가 향할 곳이 어딘지 읽어내려고 애를 썼다.

아무래도 도망치는 사이에 귀마개를 어딘가에 떨어뜨린 모양이다. 공포심을 그러모으게 되는 귀를 막아주고 싶었지만, 피투성이가 된 손으로는 사니야를 더럽히게 될 뿐이다. 대신 칸두라를 입은 자신의 팔을 교차하여 사니야를 품어주었다.

“걱정하지 마라. 저쪽 길로 갔으니까.”

“아, 네에…….”

사니야는 고개를 끄덕인 후, 귀마개가 없다는 것을 이제야 알아차렸는지 “아, 귀마개…….” 하고 나직이 중얼거렸다. 그걸로 끝인가 싶었더니 갑자기 헤이달에게 붙어 있던 몸을 떼어내고 허둥거리면서 자신의 옷을 이리저리 뒤지기 시작했다.

"헤이달 님, 상자도…… 상자도 없어요."

"상자?"

"헤이달 님이 귀마개와 같이 주신 그 상자요. 자개 세공이 된 예쁜 그 상자……. 항상 주머니에 넣고 다녔는데……. 어쩌지, 헤이달 님께 받은 카드도 있는데……."

피투성이가 된 손으로 몸을 뒤적이면서 어둠 속에서도 확연히 알 수 있을 정도로 사니야의 칸두라가 거뭇거뭇하게 더러워져 갔다. "그런 게 뭐가 중요하다고." 하고 말해도 사니야는 찾는 걸 그만두지 않고 이제는 아예 땅바닥을 기다시피 하면서 주변을 더듬거리기 시작했다.

혼란까지 더해져 자신이 지금 무엇을 하고 있는지 모르고 있는 걸지도 모른다. 도저히 보고만 있을 수 없어서 헤이달은 고통을 눌러 참고 사니야를 끌어당겼다.

"그만해라. 카드 정도는 언제든 써줄 테니까."

"하지만 그건 헤이달 님이 처음으로 써준 건데……. 전 그걸 아주 소중하게 고이 보관할 셈이었는데……."

"됐다, 사니야. 나도 아니까. 앞으로도 나는 몇 번이고 네게 카드를 써주겠다. 약속하마. 그 한 장이 마지막이 아니야."

참을성 있게 등을 쓰다듬어주자 마침내 사니야의 쿵쾅거리는 가슴이 진정되기 시작했다.

사니야는 "죄송해요……." 하고 울음이 묻어나는 목소리로 답하며, 헤이달의 목덜미에 기댔다.

"저, 머리가 너무 혼란스러워서……. 어떻게 하면 좋을지 하나도 모르겠어요."

"괜찮다, 사니야. 천천히 숨을 쉬어 보거라."

그렇게 말하며 헤이달은 자신에게 한계가 가까이 왔음을 느꼈다. 심각한 부상을 입었는데도 말을 너무 많이 했나 보다. 계속 앉아만 있었는데도 숨이 차오르면서 눈 안쪽에서 정체 모를 빛이 보이기 시작했다. "아아……." 하는 사니야의 희미한 비명을 듣고 또다시 상처에서 피가 흥건히 쏟아지고 있다는 걸 알았다.

추격자에게 발각되는 것이 먼저일지, 사니야 앞에서 의식을 잃는 게 먼저일지.

헤이달은 깜깜한 밤을 노려보며 권총을 쥔 손에 힘을 주었다.

"사니야, 너는 내 방패가 되겠다고 했지? 그것은 진심이냐?"

사니야는 얼굴을 번쩍 쳐들더니 고개를 끄덕였다.

"보기와는 다르게 믿음직한 녀석이군. 흑사자의 반려로 아주 잘 어울려. 그 마음, 확실히 받았다."

"헤이달 님……."

이제야 자신의 마음이 전해졌다고 생각했는지도 모르겠다. 사니야는 몇 줄기나 되는 눈물 자국이 남은 뺨을 실룩이며 헤이달에게 매달렸다.

헤이달은 그 뺨에, 그리고 입술에 입을 맞췄다. 이런 상황 속에서도 최선을 다해 응하려 하는 사니야의 얇은 입술이 마냥 사랑스러웠다. 간지럽다는 듯 후후후, 하고 웃는 소리도.

"기뻐요. 헤이달 님, 좋아해요……. 저는 절대로 떨어지지 않을 거예요."

"그래. 어디에도 가지 마라. 나도 널 놓치지 않을 테니까."

헤이달은 어깨 쪽으로 사니야의 머리를 끌어당겨 안았다.

"사랑한다, 사니야. 너뿐이다."

입맞춤으로 젖은 눈꼬리를 닦아준 후, 헤이달은 망설이지 않았다.

이런 곳에서 권총을 사용하면 자신이 있는 장소를 알리는 짓이 되지만, 더는 기다릴 수가 없었다. 헤이달은 권총을 쥔 손을 칠흑 같은 밤하늘로 향하고는 방아쇠를 당겼다.

정적을 찢는 한 발의 총성.

그 순간, 사니야는 크게 어깨를 움찔하더니 돌처럼 굳어져 버렸다. "아……." , "우……." 하고 짐승처럼 들리는 신음을 흘리더니 점차 심한 경련을 일으키고는 헤이달의 몸에서 후다닥 떨어져 새된 비명을 질렀다.

사니야이지만 사니야가 아닌, 혼란으로 흔들리는 눈동자.

단단히 각오하고 방아쇠를 당긴 것이었지만 막상 눈앞에 벌어진 상황을 보니 충격이 컸다.

"……다, 당신은…… 누구세요? ……피가…… 나잖아, 요……?"

눈앞의 사니야는 이제 방금까지 알고 있던 사니야가 아니다. 헤이달은 미간을 좁히며 가슴에 퍼지는 고통을 꾹 참으며 일부러 물었다.

"신의 가호를 받는 무희, 신의 아이 사니야. 내가 누구인지 아는가?"

"네……?"

사니야는 고개를 한 번 젓더니, 연이어 도리질을 쳤다. 나는 전혀 모른다는 식의 뜻을 온몸으로 호소하는 듯했다.

"그럼 됐다."

헤이달은 고개를 끄덕였다. 자기 자신에게 들려주기 위해 "이제 됐어." 하고 낮은 목소리로 다시 한 번 말했다.

반면에 사니야는 의아한 표정으로 헤이달을 살피다가 슬금슬금 다가왔다.

"저어……, 당신은 누구세요? 어떻게 제 이름을 아세요? 그 상처는 대체."

그렇게 물으면서 자신까지 더러워진 것을 알아차렸나 보다. 헤이달의 피가 잔뜩 묻은 가슴과 두 손을 보고 "으악." 하는 외마디 소리를 지르며 엉덩방아를 찧더니, "왜, 왜 이렇게…… 어째서……." 하고 헛소리라도 하듯 연신 중얼거렸다.

그러나 헤이달에게는 설명할 마음도 없었고, 시간도 없었다.

"사니야, 이걸 받아라."

헤이달은 자신의 손가락에서 반지를 뺐다.

항상 왼손 두 번째 손가락에 끼고 있던 '사막의 흑사자'의 시크임을 증명하는 반지였다.

"그, 그런 거 필요 없어요……."

당연한 반응이었다. 그래도 헤이달은 주저앉은 사니야에게 힘들게 다가가 억지로 반지를 쥐어주었다. 손등에 묻은 피를 보고 사니야가 "헉!" 하고 떨리는 소리를 내질렀다.

"알겠나? 꼭 몸에 지니고 있어라. 이 반지는 널 지킬 물건이다. 알겠지?"

사니야는 망설이면서도 고개를 끄덕였다. 아니, 고개를 끄덕인 것처럼 보인 걸지도 모른다. 몇 번이나 다짐을 받을 시간은 이제 남아 있지 않았다. 아마 추격자는 바로 코앞까지 와 있을 터이다.

"가라. 너까지 끌어들이고 싶지 않다."

"다, 당신은요……?"

"신경 쓰지 마라. 빨리 도망쳐. 네가 죽을지도 몰라."

"주, 죽는다고요……? 제가요?"

아까 전의 사니야에게는 통하지 않았지만 기억을 잃은 사니야는 쉽게 받아들일 수 있는 말인 모양이다.

사니야는 깜짝 놀란 듯 눈을 크게 뜨더니 침을 꿀꺽 삼켰다.

"당신을 두고 정말 저만 가도 되나요?"

"그래, 가라. 내가 바라는 일이야."

사니야는 한 번 고개를 끄덕인 뒤에 주의 깊게 주변을 살폈다. 그리고 마지막으로 헤이달을 향해 머리를 꾸벅 숙이더니 꺼져가는 가로등이 비치는 골목길로 뛰어가 버렸다.

음습하고 외진 곳이다. 사니야의 뒷모습은 금방 보이지 않게 되었다.

함께 보냈던 나날의 기억이 헤이달의 눈시울을 뜨겁게 했다. 설령 앞으로 다시 재회한다고 해도 "좋아해요." 하고 품속으로 뛰어들 사니야는 이제 존재하지 않는다.

그래도 이 가슴 속에는 여전히 사라지지 않는 감정이 서려 있다.

헤이달은 추격자의 주의를 작은 발소리로부터 돌리기 위해 밤하늘을 향해 두 번째 총탄을 발사했다.

제6장

그 남자는 대체 누구일까. 왜 그렇게 심하게 다친 걸까.

사니야는 답을 알 수 없는 의문을 품은 채 밤거리를 내달렸다. 도중에 민가 처마 밑에 걸린 빨래를 훔쳐 피투성이 옷을 갈아입었다. 마찬가지로 피로 젖은 손은 공원 분수대에서 깨끗이 씻어냈다. 그보다 자신은 왜 차이나타운에 있었던 걸까. 이런 식으로 정신없이 뛰어 도망치기 전에도 역시나 뛰어서 도망쳤던 것 같은 기분이 드는 건 어째서일까.

'빨리 돌아가자……. 어쩐지 무서워…….'

무작정 뛰다가 가끔은 나무 그늘 밑에서 쉬기도 하면서 사니야는 날이 밝을 즈음, 마침내 이주민들이 사는 익숙한 판자촌에 도착했다. 끊어지기 일보 직전인 샌들 끈으로 인해 발등에는 피가 배어 있었다. 붉은 피를 보니 그 남자가 떠올라 잔상을 떨치기 위해 머리를 휙휙 내저었다.

"형, 나 왔어."

그렇게 말하면서 집에 들어갔지만 유안이 일어나기에는 아직 이른 시각이었다. 사니야는 부엌으로 가서 우선 물부터 마셨다. 입가에서 물이 줄줄 흐르는 것도 닦지 않고 이번에는 얼굴을 씻었다.

물소리가 들렸나 보다. 안쪽 방에서 유안의 것으로 들리는 발소리가 들렸다.

"아, 형……."

수건으로 얼굴을 닦으면서 사니야가 뒤를 돌아보는 것과 "끄아아악." 하는 유안의 비명이 들린 건 거의 동시의 일이었다.

"미안해, 형. 아까 돌아왔어. 왜 그렇게 소리를 질러? 나까지 놀라잖아."

"노, 놀란 건 나야. 너…… 대체 왜 여기에……."

"뭐?"

여전히 아무렇게나 돋아난 턱수염, 그리고 잠옷과 외출복까지 겸하는 색 바랜 셔츠. 유안이 분명했지만, 그래도 유안은 사니야를 보고 화들짝 놀란 것 같았다.

"호, 혹시 사니야, 너 해고당한 거야? 외무장관님의 시중을 드는 일에서 말이야."

"시중을 들어? 내가? 누구의?"

사니야가 그대로 되묻자 부엌 안의 공기가 싸늘하게 얼어붙었다.

유안은 모르는 사람이라도 보는 눈빛으로 사니야를 바라보았다.

"사니야, 너, 혹시 또…… 또 잊어버린 거야?"

"아……."

숨을 삼킨 순간, 손에서 수건이 스르륵 미끄러져 떨어졌다.

아마 모든 걸 잊은 것 같다.

이전부터 이런 증상을 자주 겪은 모양이다. 커다란 소리에 너무 심하게 놀라면 안 된다. 머리를 아무리 굴려도 차이나타운에서 피투성이가 된 남자 앞에 있기 전의 기억이 되살아나지 않았다.

"저기, 형. 시중을 들다니 그게 무슨 소리야? 내가 그런 일을 하고 있었어?"

사니야가 바짝 다가와 따지자 유안은 무슨 영문에서인지 시선을 피했다. "아니, 뭐." 하고 말을 우물거리더니 다시 사니야를 쳐다보았다.

"아무튼 너는 일단 쉬어. 대체 그 허름한 옷은 뭐야? 얼굴도 옷도 엉망이잖아."

"응……."

사니야는 유안의 재촉을 받아 샤워를 한 후, 새 옷으로 갈아입은 다음에 침대로 들어갔다. 몇 번이나 말하려고 하다가도 차이나타운에 있었던 일이나 피투성이가 된 남자와 대화한 일에 대해서는 도저히 말할 수가 없었다.

악몽. 그렇게 믿고 싶었던 탓도 있다. 실제로도 비현실적인 일이기도 했다. 그렇게 피를 줄줄 흘리는 사람과 만나다니. 무희로 살아가는 사니야에게는 연이 없는 일이다. 그러나 침대 속에서 남자에게서 건네받은 반지를 꺼냈을 때, 그게 꿈이 아님을 깨달았다.

굵직하고 두꺼운 반지에는 검게 색이 변한 피가 잔뜩 묻어 있었다.

"으아아……."

반지 받침대 중앙에 박혀 있는 돌이 새카매서 피가 묻은 줄도 몰랐다. 잘 보니 도금 부분도 피로 얼룩덜룩했다. 그 남자의 피일 것이다. 사니야는 아무도 없는 침대 위에서 얼굴을 찌푸렸다.

이런 걸 내가 왜 갖고 있어야 하는 걸까.

바로 쓰레기통에 버리려고 했지만, 그 행동을 망설이게 한 건 뇌리에 되살아난 남자의 목소리였다.

── 알겠나? 꼭 몸에 지니고 있어라. 이 반지는 널 지킬 물건이다.

'지키다니 대체 그게 무슨 뜻일까. 나한테는 형이 있는데…….'

아무리 머리를 쥐어짜도 답은 나오지 않았다. 물론 답을 알아내기에는 너무 지쳐서 그렇기도 했다. 사니야는 일단 반지를 베개 아래에 놓고 눈을 감자마자 바로 잠에 빠져들었다.

그리고 얼마나 지났을까.

사니야는 유안이 흔드는 바람에 눈을 떴다.

"일어나, 사니야. 큰일 났어. 지금 여기를 떠나야 해. 어서 짐부터 싸."

"어……, 왜……?"

"아무튼 빨리 하기나 해!"

유안이 드물게 언성을 높였다. 사니야는 영문도 모른 채 시키는 대로 가방에 옷가지를 챙겨 넣었다. 시계를 보니 침대에 누운 지 시간이 얼마 흐르지 않았다. 몸은 여전히 무거워서 정신은 멍하기만 했다. 그렇지만 유안이 가방에 돈다발을 쑤셔 넣는 걸 보고, 순식간에 눈이 번쩍 뜨였다.

얼핏 봐도 한 번에 셀 수 없을 정도로 많은 돈다발이었다.

"형, 그 돈은 어디서 났어?"

"이, 이건 외무장관…… 아아, 아니, 네가 벌어다 준 돈이야. 전부 아껴서 모아둔 거지."

집에 그런 큰돈이 있을 줄은 상상도 못 했다. 필요한 소지품보다 돈다발로 빵빵하게 부푼 가방을 멘 유안이 주변을 살살 살피며 집을 나섰다. 사니야는 어쩐지 불안함을 느끼며 그 뒤를 따랐다.

"어디 가는 건데? 큰일이라니 대체 뭐가?"

서둘러 길을 걸어가면서 몇 번이나 물어도 유안은 나중에 얘기하겠다며 말을 해주지 않았다. 햇살이 강해지기 시작한 길을 유안은 지팡이를 짚으면서도 빠른 걸음으로 나아갔다. 오늘은 다리 상태가 좋은 걸까. 재빠르게 움직이는 유안이 마치 낯선 남자처럼 보여서 또 불안감이 엄습했다.

도착한 곳은 바로 옆 이주민 구역에 있는 주점이었다.

가게 주인인 남자와 유안은 친구인 듯했다. 둘은 뭐라고 소곤소

곤 대화를 나누더니 가게 주인은 2층으로 이어지는 계단을 턱짓으로 가리켰다. 사니야는 유안에게 이끌려 어둑한 계단을 올라갔다.

2층은 주거 공간이었다. 유안이 쭉 늘어서 있는 몇 개의 문 중 하나를 열었다.

낡아빠진 침대와 오래된 가구들. 발을 들이기만 해도 먼지가 풀풀 날리는 바람에 사니야는 기침을 해댔다.

"한동안 이 방을 빌리기로 했어. 넌 여기서 살아."

"방을 빌리다니, 나만? 형은?"

"나는 다른 곳을 알아볼게. 나와 너는 같이 안 있는 게 좋아."

"대체 왜? 왜 숨어 지내야 하는 건데?"

유안은 사니야를 가만히 쳐다보더니 방 한구석에 있는 텔레비전을 켰다. 모래폭풍이 일어난 것처럼 지직거리던 화면을 흔들어서 선명도를 조정했다.

지직거림이 지나간 후에 나온 영상. 그것이 유안이 말하고자 하는 답임을 사니야는 바로 깨달았다.

"이, 이 사람은……."

화면에는 어젯밤 차이나타운에서 크게 다쳤던 남자의 얼굴이 나오고 있었다.

사타르 수장국 외무장관 헤이달. 사진 아래에 적혀 있는 글자를 읽다가 깜짝 놀랐다.

"사니야, 너 정말 잊어버린 거야? 넌 이 사람의 시중을 들었잖아."

“내가 이 사람의…… 시중을……?”

사니야는 텔레비전을 향해 달려갔다.

“헤이달은 일 때문에 이무란에 잠시 체류하고 있어. 그런데 어젯밤 독립기념제에서 누군가의 총격을 받았대. 오른쪽 어깨를 맞아 쓰러져 있는 그를 차이나타운 외곽에서 발견했다더라. 아침부터 텔레비전도 라디오도 이 뉴스로 얼마나 떠들썩한지 보통 난리도 아니야.”

화면에는 헤이달의 얼굴만이 아니라 비행기에서 내리는 모습, 검은 차에 올라타는 모습, 단상에서 연설하는 모습 등이 차례로 나왔다. 듬직한 체구에 새하얀 아랍식 칸두라가 잘 어울렸다. 베일 아래로 보이는 날카로운 눈빛. 어쩐지 가슴 한편이 먹먹해짐을 느낀 사니야는 눈물을 글썽거렸다.

“형, 이 사람, 죽은 거야?”

“아니, 살아 있어. 근데 의식 불명의 중태에 빠졌대.”

아아, 다행이다. 진심으로 안도의 한숨을 내쉬었을 때, 옆에서 “차라리 죽어버리면 좋았을걸.” 하는 유안의 중얼거림이 들렸다.

“혀, 형, 왜 그런 말을…….”

“이 자식이 얼마나 미친놈인 줄 알아? 나는 이 자식한테 죽을 뻔했다고.”

지팡이를 이렇게 쥐고 내 목을 노렸다느니, 목을 이런 식으로 졸랐다느니, 유안은 손짓 발짓을 섞어가며 사니야에게 설명했다. 그러나 그 이야기는 영 마음에 와 닿지 않았다.

"왜 이 사람이 형을 죽이려고 그랬는데? 무슨 잘못이라도 했어?"

당연한 질문을 던지자 유안의 안색이 확 달라졌다. 유안은 "아아, 아니, 그게." 하고 머뭇거리면서 눈만 연신 껌벅거렸다. 그래도 사니야가 화면에서 시선을 떼지 못하고 있자 유안은 무슨 결심이라도 한 것처럼 얼굴을 들더니 믿기 힘든 말을 했다.

"이 남자는 너를 돈으로 샀어."

"뭐……?"

샀다는 의미가 무슨 뜻인지 사니야는 곧바로 이해했다. 신의 아이는 남자이면서 동시에 여자를 대신할 목적으로 원하는 자들이 있다.

"세…… 세상에. 하지만 이 사람은 외무장관님이잖아. 저런 지위에 있는 사람이 왜."

"거짓말이 아니야. 이 자식은 갑자기 우리 집에 와서…… 그래, 나한테 돈다발을 내던지면서 너를 강제로 끌고 갔어. 시중을 들게 하겠다느니 뭐니 했지만 분명 노리개로 쓸 셈이었던 거지. 왜냐면 널……."

유안은 말을 하다 갑자기 침을 꿀꺽 삼킨 후, 사니야를 바라보았다.

서로가 서로를 탐색하는 침묵이 이어진 후, 유안은 '샀다'라는 단어보다 더 믿을 수 없는 말을 내뱉었다.

"사니야, 네가 헤이달을 총으로 쐈지?"

"……내, 내가?"

그럴 리가 없다. 머릿속에서 부정의 단어가 선회했지만 뒷받침이 될 만한 기억이 없다.

당혹스러워하는 사니야를 내버려 둔 채 유안은 절박한 표정으로 말을 이었다.

"새벽에 네가 갑자기 집에 돌아왔을 때, 네 머리에서 화약 냄새가 났어. 바로 곁에서 총을 쏜 게 아니면 절대로 이런 냄새는 날 수 없다고. 네가 헤이달을 쏘고 집으로 도망쳐 온 거 아니야?"

"그럴 수가……."

가슴을 꿰뚫는 경악과 충격에 조심조심 자신의 손을 펴보았다.

정신이 들었을 때, 사니야는 그 남자의 품속에 있었다. 휘감기는 피 냄새와 누군가의 가슴팍이 뺨에 닿는 감각에 화들짝 놀라서 얼른 몸을 떼었다. 혹시 자신은 헤이달을 총으로 쏜 후, 그 총성에 놀라 기억을 잃고 헤이달의 품에 쓰러진 것일지도 모른다.

"그, 근데 나는 총도 없고, 만져본 적도 없는데……."

"측근이 가진 걸 몰래 훔쳤겠지. 죽이고 싶을 정도로 누군가를 미워하면 그 정도는 얼마든지 할 수 있어. 너는 분명 강제로 끌려갔을 때부터 매일 헤이달에게 희롱을 당해서 원한이 깊어졌던 게 분명해."

사니야는 무너지듯 바닥에 털썩 주저앉았다.

외무장관인 헤이달에게 몸을 농락당한 일. 헤이달을 미워하며 죽이려고 총을 겨눈 일. 그 어느 것도 도저히 믿을 수가 없었다.

"괜찮아, 사니야. 내가 지켜줄게. 잠시 여기에 숨어 있으면 돼. 경찰에 검거되면 너는 사타르로 연행되어 처형당할 거야. 넌 무려 수장의 아들을 총으로 쐈으니까."

등을 쓸어주는 유안의 곁에서 사니야는 멍하게 텔레비전만 바라보았다.

다시 지직거리며 귀에 거슬리는 소리를 내기 시작한 화면 속에는 모래폭풍과 같은 노이즈와 함께 바람에 흩날리는 흰 베일이 비쳤다. 비행기 트랩 위에 선 헤이달은 베일이 휘날리는 것에도 개의치 않으며 화면 너머에 있는 사니야에게 미소 짓고 있었다.

* * *

그 후로 사니야는 주점 2층의 어둑한 방에서 숨죽이며 생활하게 되었다.

가끔 유안이 남의 눈을 피해 몰래 찾아와 음식과 갈아입을 옷, 약간의 돈을 놔두고 갔다. 텔레비전은 그 이후부터 켜지지 않아서 정보를 얻기 위해서는 주점 손님들이 버리고 간 신문을 주워 읽을 수밖에 없었다.

한때는 대대적으로 보도되었던 사타르국 외무장관 암살미수 사건이었지만 1주, 2주 정도가 지나자 나중에는 신문 구석에 조차도 기사가 실리지 않게 되었다.

헤이달은 의식을 되찾은 건지 아직도 사경을 헤매는 건지. 이무란에 있는 것인지 아니면 사타르로 돌아간 건지. 은신 생활을 하는 사니야는 도저히 알 길이 없었다. 형에게 몇 번이나 물어보았지만 마찬가지로 판자촌을 나와 생활하고 있는 유안도 상황이 어떻게 돌아가고 있는지는 잘 모르는 듯했다.

사니야는 창가 바로 아래에 있는 바닥에 앉아서 헤이달에게서 받은 반지를 손에 쥐어보았다.

꼭 몸에 지니고 있으라고 해서 가죽 끈으로 연결해 목걸이로 걸고 있다. 깨끗이 씻어서 이제 피는 묻어 있지 않다. 아주 묵직한 반지로, 고개를 옆으로 돌린 사자가 검은 돌을 입에 물고 있는 디자인이었다. 뒤에는 아라비아어 같은 문자로 뭐라고 쓰여 있지만 사니야는 읽을 수가 없었다.

독립기념제 밤, 대체 무슨 일이 있었던 걸까. 정말로 사니야가 헤이달을 총으로 쐈다면 대체 왜 헤이달은 사니야를 도망치게 한 걸까.

쏟아지는 햇살 속에서 아무리 반지를 바라봐도 대답은 알아낼 수 없었다.

사니야가 잊어버린 사니야라면 그 답을 알고 있을까.

'좋아…….'

사니야는 잃어버린 기억의 단편을 다시 모으기 위해 처음으로 은신처를 나왔다.

쓰레기통을 뒤지는 들짐승이나 대낮부터 한가하게 몰려 있는 사람들. 가끔 쉰내 섞인 바람까지 불었다. 도시는 사건이 일어나기 전에서 아무것도 변하지 않은 것처럼 보였다. 얼굴을 감추기 위해 숄을 둘둘 감고서 시내로 가는 합승 버스에 탔다.

시내에는 호텔이나 관광 시설로 바뀐 궁전이 많이 있어서, 이민자 구역과는 달리 아름답다. 사니야는 퍼레이드가 열렸던 큰길에서 하차해 거기서부터 걸어서 차이나타운으로 향하기로 했다.

사건이 일어난 지 벌써 몇 주나 지나서 그런지 경찰 통제선은 없었고, 경찰이나 정부 차량도 보이지 않았다. 안도의 한숨을 내쉰 것도 잠시, 아랍식 칸두라를 입은 남자들 무리가 곁을 스치고 지나가자 사니야는 놀라서 심장이 펄쩍 뛰었다.

이무란은 이민자가 많은 나라여서 중동 출신 사람들이 살고 있어도 이상할 게 없다. 하지만 사건은 바로 여기서 일어났다. 혹시 그들이 헤이달의 측근이라면 헤이달을 암살하려고 했던 사람을 찾고 있을지도 모른다.

'그냥 되돌아갈까……. 아아, 하지만…….'

진실을 알고 싶다는 그 욕구에는 이길 수가 없었다. 얼굴을 들키지 않게 코 밑까지 숄로 감싼 다음, 빠른 걸음으로 골목길을 나아갔다.

점차 도시의 분위기가 바뀌면서 차이나타운다운 극채색이 서서히 보이기 시작했다.

그날 밤 이전의 기억은 없지만 그날 밤의 기억만큼은 아직 선명하다. 도망친 길을 거꾸로 따라가니 차이나타운 변두리가 나왔다. 도시의 재개발 구역인지 빈집이 제법 많았다. 사니야는 조심스럽게 주변을 살피면서 헤이달과 대화를 나누었던 민가 처마 밑을 찾아다녔다.

가슴이 술렁이기 시작한 것은 바로 이때였다.

분명 이 골목길을 걸은 적이 있다. 도망쳤을 때가 아니라 바로 그 전, 그러니까 잃어버린 기억 속에서 말이다. 허름한 골목길을 둘러볼 때마다 가슴은 점점 더 쿵쾅거렸고, 때때로 아플 정도로 오그라들기도 했다.

혹시 헤이달은 사니야를 데리고 도망쳤던 게 아닐까. 그때 이미 다친 상태였고.

어깨에 실리는 무게나 헤이달을 격려하면서 빨리 누가 좀 도와달라고 마음속에서 울부짖는 자신의 목소리. 떠올랐다가 사라지고, 또 다시 떠올랐다가 사라지는 기억의 잔상이 사니야의 눈동자에 눈물을 고이게 했다.

"여기야……."

마침내 이리저리 구부러진 골목길 끝에 빈집이 된 민가를 발견한 사니야는 침을 꿀꺽 삼켰다.

낮과 밤. 시간대는 달랐지만 틀림없다. 인기척이 없다는 걸 알고 사니야는 바로 처마 밑으로 다가갔다.

처마 지붕을 받치는 기둥 바로 아래에 갈색으로 변색한 피 웅덩이 흔적이 보였다.

"아아, 헤이달 님……."

사니야는 그 자리에 무너지듯 무릎을 꿇더니 혈흔 위에 엎드렸다.

더럽다거나 역겹다는 생각은 조금도 들지 않았다. 여기에 더는 없는 온기, 그 조각을 찾으려는 것처럼 손바닥으로 이곳저곳을 더듬었다.

"헤이달 님……, 헤이달 님……."

애타게 부르며 입술이 기억해냈다. 사니야는 헤이달을 '헤이달 님'이라고 불렀다. 어떤 때는 긴장을 느끼면서도, 또 어떤 때는 친근함을 담아서.

몇 번인지 알 수 없을 정도로 헤이달의 이름을 불렀을 때, 불빛이 있을 리가 없는 민가의 흙벽이 순간 번쩍였다.

깜짝 놀라 숨을 삼켰다.

뭐지? 주변을 둘러봤지만 아무도 없었다. 그렇지만 빛은 끊어지지 않고 계속 흘러나왔다. 사니야는 조심스럽게 흙벽으로 다가갔다. 다 무너져가는 벽에 살짝 손을 대었을 때, 벽이 빛나는 게 아니라 뭔가가 반사한 빛이 비친 것임을 알아차렸다.

이번에는 가느다란 빛의 꼬리를 따라 골목길을 천천히 따라갔다.

그 정체는 도랑 근처에 풀이 무성히 돋아난 구석에 있었다.

액세서리 상자일까. 둔탁한 빛을 뿜어내는 상자가 활짝 열린 채로 수풀 속에 엎어져 있었다. 집어 들어 안쪽과 바깥쪽에 있는 흙을 털어내니, 표면에 새겨진 자개 세공이 한층 빛을 발했다.

"앗……."

갑자기 심장이 빠르게 두근거리며 작은 상자를 쥔 손이 부르르 떨렸다.

이렇게 비싼 것을 살 수 있는 돈도 없는데 이건 자신의 것임이 확실히 느껴졌다. 아주 소중하게 아끼던 것이 안에 들어 있었다.

사니야는 무엇을 찾아야 하는지 기억하지 못하면서도 수풀을 이리저리 뒤졌다.

손톱 사이에 흙이 끼는 것도 개의치 않고 뿌리까지 파헤치며 풀이 돋아난 땅바닥을 거의 기어다니다시피 하여 찾아다녔다. 빨리 찾아내어야 한다는 초조함에 눈을 깜박거리는 시간마저 아까울 지경이었다. 관자놀이에서 배어 나오는 땀을 더러워진 손으로 훔쳐내면서 어느새 입술은 헤이달의 이름을 부르고 있었다.

대체 무엇을 찾고 있는 걸까. 문득 냉정해지는 순간이 있었지만, 바로 헤이달의 이름으로 머릿속이 꽉 찼다. 헤이달 님, 헤이달 님. 부르면 부를수록 형언할 수 없는 감정이 솟구치며 마치 이끌리듯 피 웅덩이 흔적 쪽으로 천천히 다가갔다.

혹시 이 가슴을 점령하고 있는 것은 사랑과 같은 뜨거운 감정이 아닐까. 되찾고 싶어도 되찾을 수 없는, 마음속에 구멍이 뻥 뚫린 것처럼 허전한 상실감. 자개 상자에 들어 있었던 건 분명 헤이달의 조각이다. 그 사람을 느낄 수 있는 무언가가 틀림없다.

그 사람 —— 헤이달이 보고 싶다.

말로 토해내자 몸 깊은 곳에서 그리움과 애정이 소용돌이 쳤다.

사니야는 이렇게 미칠 것만 같은 감정은 모른다. 당황스러워하면서도 오열을 참지 못하고는 사니야가 잊어버린 사니야가 헤이달을 찾아 울고 있다는 것을 깨달았다.

*　　*　　*

다음 날도, 또 그다음 날도 사니야는 그 차이나타운 외곽으로 나갔다.

혹시 사타르에서 온 사람한테 붙들리는 게 아닐까 걱정했지만, 그것은 충동을 억누를 이유는 되지 못했다.

헤이달이 보고 싶다. 그 사람이 마지막으로 있었던 장소로 가고 싶다.

숄을 두르고 자개 상자를 쥔 채 마치 몽유병이라도 앓는 것처럼 비틀거리며 은신처를 나왔다.

작은 상자에 들어 있던 것은 결국 찾을 수 없었다. 그냥 텅 빈 상자로 놔두고 싶지 않아서 사탕을 채워 넣었다. 그걸 입안에서 핥아 굴리면서 혈흔 곁에 앉아 하늘을 올려다보았다. 그게 사니야의 일과가 되었다.

구름이 흘러가는 것을 멍하게 바라보며 가끔 바로 옆에 있는 빈 자리에 대고 "있잖아요, 헤이달 님." 하며 소리 내어 불러보기도 했다. 설마 '있잖아요' 같은 말을 쓸 정도로 친하지도 않았을 텐데 자꾸만 입 밖으로 툭툭 튀어나오는 게 참 신기했다.

이상하다. 쿡쿡 웃고 나니 눈물이 찡하게 배어 나왔다.

사니야는 헤이달을 사랑하고 있었던 게 분명하다.

그러나 어디까지가 기억의 조각이고 어디까지가 남몰래 품은 소망인지 알 수 없었다. 이런 식으로 울고 있으면 그 사람은 꼭 사니야를 안아 입맞춤을 해주었던 것 같은 기분이 든다. 몇 번이나 몇 번이나 그 사람의 강한 힘에 마음을 빼앗겼다. 그런 식으로 느끼는 것도 뒤틀린 짝사랑이 보여주는 환상인 걸까.

"……헤이달 님……."

피의 색마저 옅어진 모래를 쓰다듬으며 이름을 불렀을 때, 문득 땅을 밟는 발걸음 소리가 들렸다.

깜짝 놀라 일어나서 주변을 살폈다. 골목길 저편에 검은색 옷차림의 사람이 쓱 지나갔다. 안도하면서 자개 상자를 다시 주머니에 넣고 있는데 그 검은 옷이 다시 되돌아왔다.

등을 돌려 모른 척 반대 방향으로 가려고 했을 때였다.

"사니야, 너냐……?"

갑자기 그 사람이 이름을 불렀다.

반사적으로 뒤를 돌아봤다가 그 검은 옷과 눈이 마주쳤다. 콧수염이 난 젊은 남자였다. 그가 두르고 있는 옷은 흔히 볼 수 없는 검은색 아랍식 칸두라였다.

'헤이달의 측근들이 암살을 시도했던 범인을 찾고 있어.'

처음으로 시내에 왔을 때 든 예감이 되살아나 사니야는 얼른 도망쳤다.

나는 헤이달을 총으로 쏘지 않았다. 그렇게 주장할 정도의 기억은 없다. 무엇보다 검은색 칸두라라는 게 무서웠다. 텔레비전에 나온 헤이달이 입고 있던 칸두라는 흰색이었다.

"이봐, 기다려. 사니야! 나야, 자이드!"

남자가 외치면서 쫓아왔다. 그 뒤편에는 마찬가지로 검은 칸두라를 입은 남자들이 있었다.

복수의 존재에게 쫓기는 상황에 사니야는 당황했다. 그러나 발은 여전히 빨랐다. 가벼운 몸놀림도 남에게 뒤지지 않았다. 사니야는 담을 타고 올라가 그 위를 내달렸다. 몇 번이나 담을 이리저리 뛰어 옮겨 다니면서 길을 빠져나와 우연히 지나가던 아무 버스에 서둘러 올라탔다.

남자들이 쫓아오지 않는다는 걸 확인하고 나서 사니야는 그제야 가슴을 쓸어내렸다.

주머니에는 자개 상자, 가슴에는 헤이달의 반지를 걸어둔 목걸이. 양쪽 모두 제대로 있다는 걸 손가락으로 확인한 후, 다시 한 번 크게 숨을 내쉬었다.

그 콧수염이 난 남자는 분명 헤이달의 시중을 들던 사니야를 알고 있는 것 같다. 하지만 헤이달에 대한 것은 어렴풋이 기억해도, 그 남자에 대한 기억은 조금도 남아 있지 않았다. 그렇게 집요하게 쫓아오는 걸 보니 역시 사니야는 무슨 중죄를 저질러 그들에게 쫓기고 있는 걸지도 모른다. 처형이라는 단어가 머릿속을 스치면서 식은땀이 온몸에서 뿜어져 나왔다. 견디지 못하고 목걸이를 끌어당겨 헤이달에게 받은 반지를 손으로 꼭 쥐었다.

반대 방향의 교외로 가는 버스를 탄 바람에 은신처로 다시 돌아갔을 때는 이미 완전히 해가 진 후였다.

무사히 돌아왔다는 사실에 안도하며 문을 여니, 그곳에는 유안이 있었다.

"사니야, 대체 어딜 다녀오는 거야? 얼마나 걱정했는지 알아?"

"미안해. 차이나타운에 다녀오느라."

"차이나타운? 거기에는 대체 왜……."

꾸지람을 들을 줄은 알고 있었지만 오늘 일을 홀로 가슴에 품고 있는 것도 두려웠다.

차이나타운 외곽에 있던 검은 옷차림의 아랍 남자들에게 발각되어 간신히 도망쳤다는 이야기를 하자, 유안의 낯빛이 점점 창백해졌다.

"내 이름을 불렀던 사람이 자기가 자이드라고 했던 것 같은데……."

"자이드라고?! 야, 그 사람은 헤이달의 측근이야. 콧수염이 난 형씨 맞지?"

사니야가 고개를 끄덕이자 유안은 "큰일 났다." 하고 중얼거리며 이를 딱딱 맞부딪쳤다.

"너 그 사람들이 검은 옷을 입었다고 했지? 헤이달은 '사막의 흑사자'라는 부족 출신이야. '사막의 흑사자'는 예전부터 전투에 임할 때 검은색 칸두라를 입는다더라. 헤이달을 쐈다고 놈들이 화가 잔뜩 났다는 뜻이야."

사니야의 얼굴이 새파랗게 질렸다. 그러고 보니 그 기다란 칸두라는 흰색이 아닌 검은색의 불길한 기운을 풍기고 있었다.

"어, 어쩌지, 형? 나 이제 잡혀가는 걸까? 내가 무슨 짓을 한 것도 아닌데……."

하지만 유안은 사니야의 불안한 마음에 귀를 기울여주지 않았다. 뭐라고 입으로 중얼거리면서 머리를 쥐어뜯더니 생각을 정리하기라도 하는 것처럼 가끔 공중을 올려다보곤 했다.

"형……?"

그러고 보니 유안은 헤이달이 자신을 죽이려고 했다고 말했다.

대체 유안은 헤이달에게 무슨 짓을 한 걸까. 사니야는 누군가한테 죽임을 당할 정도의 이유가 무엇인지 좀처럼 알 수 없었다. 아니면 형은 이제부터 무슨 일을 벌이려는 걸까?

"형, 나한테 뭐 숨기는 거 있어? 언제 헤이달 님을 화나게 한 거야? 그 자이드라는 사람하고 만난 적도 있어?"

살며시 어깨에 손을 얹으며 묻자, 유안은 뒤를 홱 돌아보며 잔뜩 충혈된 눈을 부릅 떴다.

"사니야, 널 낙적(落籍)해서 받아줄 사람을 찾아야겠다. 마음의 준비를 하고 있어."

자신을 받아줄 사람. 이런 타이밍에 들을 줄 몰랐던 그 말에 눈을 살짝 휘둥그렇게 떴다.

"하지만 형, 나는 숨어 있어야만 하는데 어째서 날 받아줄 사람을 찾는다는 거야……?"

"그래서 더 그런 거야. 네가 사타르 놈들한테 붙잡히면 다 끝장이라고. 여기까지 와서 한 푼도 못 건지다니 말도 안 돼!"

마치 사니야를 돈 버는 도구로밖에 여기지 않는 말투였다.

오히려 그 말에도 별로 놀라지 않는 자신이 더 신기했다. 그 대신에, 아아, 역시나…… 하고 마음속으로 중얼거렸다.

아주 예전에 누군가가 형의 속셈에 대해 가르쳐준 것 같다. 그때 분명 눈물이 마를 때까지 울었다. 이무란에는 없는 바다. 그건 대체 어디였을까?

기억의 조각을 이리저리 그러모았지만 유안에게는 사니야가 충격으로 멍하게 넋을 놓은 것처럼 보인 듯했다. 유안은 "아아, 아니, 그게." 하고 얼버무리려는 것처럼 보이는 웃음을 짓더니 자신의 오른쪽 다리를 문지르기 시작했다.

"그게 아니야, 사니야. 요즘 통 다리 상태가 안 좋아서. 이대로 계속 일도 못 하면 너한테 계속 폐가 되니까. 한 번 커다란 병원에 가서 진찰을 받아볼 생각이야. 그런데 돈이 좀 부족해서……."

평소의 사니야 같았으면 바로 쪼그려 앉아 "괜찮아?" 하고 유안의 다리를 보듬어줬을 것이다. 그러나 오늘은 돈이라는 단어에 산더미 같은 돈다발을 머릿속으로 떠올리며 "아, 그래." 하고 짧게 대답만 했다.

"마침 정부의 높으신 분이 너를 받아주신다고 하지 뭐냐. 높으신 분이니까 네 신변도 지켜주실 거야. 그 사람한테 가면 이런 은신처에서 떨지 않고 지낼 수 있잖아. 제법 괜찮은 얘기지?"

언제까지고 신의 아이로 살 수 없다는 건 잘 안다. 무희로서 낙적하여 받아주겠다는 제안이 들어오면 자신은 유안을 위해서 웃으며 그걸 수락할 생각이었다.

그러나 지금은 달랐다.

"난 그렇게 팔려가고 싶지 않아. 좋아하는 사람이 있단 말이야."

"뭐? 좋아하는 사람? 그게 누군데."

설마 그런 상대가 있을 줄은 몰랐나 보다. 유안은 미간을 찡그리며 사니야를 응시했다. 사니야는 망설이다가 넘치는 감정을 억누르지 못하고 "헤이달 님이야." 하고 대답했다. 그러자 유안은 눈을 휘둥그렇게 뜨더니 핫, 하고 웃음을 터뜨렸다.

"사니야, 그건 말도 안 돼. 아무리 네가 여자들보다 예쁘장한 신의 아이라고 해도 상대는 한 나라의 외무장관님이야. 좋아한다고 해도 그게 이루어질 수 있을 것 같냐? 포기해."

"하, 하지만…… 하다못해 한 번이라도 좋으니까 헤이달 님을 뵙고 싶어."

멀리서 바라만 봐도 괜찮다. 헤이달이 사니야를 봐주지 않아도 좋다. 외무장관과 무희라는 신분 차이가 있다는 건 잘 안다. 그러나 헤이달의 모습을 이 눈으로 보지 않는 이상, 다른 누군가의 것이 되고 싶지는 않았다.

"부탁이야, 형. 낙적 얘기는 좀 미뤄줘. 한 번이라도 좋으니까 헤이달 님을 만나 뵙고 싶다고."

텔레비전 속 영상이 아니라 진짜로 살아 있는 헤이달을 만날 수만 있다면 분명 지금보다도 더 많은 것을 기억해낼 수 있을 터.

그러나 유안이 뺨을 때리는 바람에 사니야의 소박한 소망은 산산이 부서지고 말았다.

"작작 좀 해. 너 알긴 아냐? 네가 헤이달을 총으로 쐈다고."

"그, 그럴 수가……. 나는 아무것도……."

"그래. 너는 아무것도 기억하지 못해. 그래서 그렇게 태평한 소리만 지껄일 수 있는 거야. 누굴 위해서 이 은신처를 준비한 줄 알아? 오늘도 헤이달의 측근한테서 도망쳤다면서? 저쪽은 혈안이 돼서 너를 찾고 있다고. 네가 아무 짓도 안 했는데 왜 그렇게 쫓아오겠냐? 네가 헤이달을 쐈잖아. 안 그래? 다음에 널 보면 아마 처형이 아니라 그 자리에서 사살할걸."

책망이라도 하는 것처럼 따지는 유안의 말에 사니야는 입술을 파르르 떨며 고개를 푹 숙였다.

"……하지만 나는…… 헤이달 님을 쏘지 않았어……."

헤이달은 다른 누군가의 총에 맞아 사니야와 함께 도망쳤다.

아무리 머리를 굴려도 다른 기억의 조각은 찾을 수가 없었다. 그러나 차이나타운에 갈 때마다 가슴을 옥죄는 감정의 정체는 헤이달을 총으로 쐈다는 후회가 아니라 헤이달과 헤어지게 된 것에 슬퍼하며 그리워하는 마음이 분명했다.

희미하게 남아 있는 기억을 전하려고 얼굴을 들었을 때, 유안이 싸늘한 눈빛으로 말했다.

"너한테는 숨기고 있었는데, 헤이달은 이미 이 세상에 없어. 죽었다고."

죽었다고?

가슴 속에서 유안이 한 말을 그대로 되짚어보다가 소리 내어 물었다.

"……죽었다고? ……그 사람이……?"

"그래, 죽었어. 지금쯤 사타르에서는 대대적으로 성대한 장례라도 치르고 있겠지."

아무래도 좋다는 식으로 코웃음을 치는 유안의 곁에서 사니야는 멍하게 서 있기만 했다.

뇌리에 스치는 것은 헤이달이 환하게 미소를 짓는 모습이었다. 언젠가 텔레비전에서 본, 비행기 트랩 위에 선 헤이달. 사니야를 향해 미소를 짓던 얼굴이 모래폭풍에 휩싸여 뿔뿔이 흩어져 갔다.

"사니야, 그딴 놈은 잊어버려. 헤이달은 죽어도 싸. 낙적하고 널 받아준다는 얘기가 마무리될 때까지 절대로 여기서 나가지 마. 사타르 놈들한테 잡히면 넌 끝이야. 내가 그랬지? 나는 너를 지키겠다고. 새로운 인생을 시작할 수 있는 건 지금밖에 없단 말이야."

흔들리던 눈동자는 유안을 비추다가 걷잡을 수 없이 눈물이 차올라 마구 일렁거렸다.

그 사람이 없다. 이제 이 세상 어디에도 없다.

"아……, 아……, 헤이달 님……."

사니야는 바닥에 엎드려 통곡했다.

* * *

그 이후로 얼마나 울었는지 기억나지 않는다.

마음은 조개처럼 닫히고 말아 파란 하늘을 보아도, 꽃을 보아도 아무 감정도 들지 않았다. 더운지 추운지도 느껴지지 않았다.

“아아, 정말. 뭘 그렇게 궁상맞은 얼굴을 하는 거야. 모처럼 곱게 차려입은 의상이 엉망이잖아. 대신 어른께서 너를 위해 특별히 골라주신 옷이라고.”

유안은 묘하게 밝은 톤으로 말하며 사니야의 옷깃을 똑바로 고쳐주었다.

커다란 거울 앞에 선 사니야는 오랜만에 무희용 의상을 입고 있었다. 진홍빛의 얇은 비단으로 된 옷으로, 호사스러운 자수 장식까지 되어 있었다. 진짜 보석이 박힌 수많은 장식품도 모두 사니야를 낙적시켜 받아들이기로 한 사제 대신이 보낸 선물들이다.

오늘 밤, 사니야는 사제 대신의 것이 된다. 은신처에는 거울도 없어서 유안과 함께 호텔 객실 한 곳에서 몸단장을 하던 참이었다.

지기 시작한 해가 테라스 난간을 주황빛으로 물들이고 있었다. 이제 슬슬 이곳에서 출발해 사제 대신의 별택으로 가야만 한다. 대신 앞에서 맹세의 춤을 추는 것이 신의 아이로써 추는 마지막 춤이 될 것이다. 그 후로는 신의 아이가 아니라 대신의 애첩으로 살아가야 한다.

헤이달이 없다면 다른 누가 자신을 받아가도 다 똑같다. 유안에게서 벗어나 홀로 살아가겠다는 기력도 생기지 않았다. 사니야는 대신의 이름도 나이도 묻지 않고 그 제안을 승낙했다.

“아, 이걸 잊었네.”

사니야가 가운을 걸쳤을 때, 유안이 화장도구를 꺼냈다.

"오늘 의상은 등이 많이 드러나니까 제대로 숨겨야지."

유안은 그렇게 말하며 사니야의 등에 분을 촉촉이 발라주었다.

무수하게 난 작은 상처. 이걸 꽃잎 같다고 말해준 사람은 대체 누구였을까. 아마 헤이달인 것 같은데 이것도 마음속으로 그린 꿈에 불과할지도 모른다. 사니야는 무표정으로 거울 속에 비치는 치장한 자신을 바라보았다.

"사니야, 너는 사타르 놈들한테 쫓기고 있으니까 본명을 그대로 쓸 수는 없어. 오늘부터 넌 크리슈나야. 대신 어른께도 그렇게 전해두었어. 알겠지?"

크리슈나. 사니야는 속으로만 그렇게 중얼거리며 대충 고개를 끄덕였다.

호텔 앞에는 사제 대신이 보낸 차가 대기 중이었다. 유안과 함께 올라타서 차창 밖을 내다보았다. 말을 걸어도 맞장구조차 치고 싶지 않아서 그저 헤이달 생각만 했다.

그날 밤, 사니야가 헤이달 곁을 떠나지 않았더라면 어떻게 됐을까.

누구인지는 모르지만 헤이달을 쏜 자가 사니야까지 총으로 쐈을까. 기억을 잃기 전의 사니야는 그래도 괜찮다고 죽음을 각오하지는 않았을까. 그래서 매달리다시피 헤이달의 품 안에 안겨 있었던 건 아니었을까.

사니야를 배신한 건 사니야다. 다친 헤이달을 두고 도망쳤다.

회한이 회오리바람을 불러일으켜 가슴을 뒤흔들었다. 무슨 일이 있어도 그 사람 곁에 있고 싶었다. 지금은 절대로 이룰 수 없는 마음을 억누르며 사니야는 턱을 들었다.

사제 대신의 별택은 이무란 교외의 언덕 위에 있었다. 유안은 사니야에게 있어 부모와도 같아서 맹세의 춤이 끝날 때까지 곁에 있어야 했다.

"오오, 조용하고 꽤 좋은 곳이구나."

주변을 두리번거리며 둘러본 유안이 먼저 차에서 내리고, 사니야도 그 뒤를 따랐다.

손을 이리 달라는 뜻인가 보다. 대기하고 있던 사용인이 사니야에게 손을 내밀었지만, 그냥 무시하고 앞만 보았다. 다른 사용인이 문을 열며 "크리슈나 님이 오셨습니다." 하고 사니야의 도착을 알렸다.

안내된 곳은 별택답게 그리 넓지 않은 홀이었다. 무대 앞에는 궁전 호텔처럼 로코코 양식의 소파 세트가 놓여 있었고, 그곳에서는 정장이나 민족의상을 입은 남자들이 담소를 나누는 중이었다. 그 중 한 명이 소파에서 일어나 사니야 앞으로 다가왔다.

이 사람이 사제 대신인 모양이다. 초로의 배불뚝이 남자였다.

"날 기억하나? 사타르국의 외무장관을 초대한 만찬 연회 때 나도 있었다만."

"죄송합니다. 저는 기억을 못 할 때가 많아서요."

구면인 듯한 사람을 만났을 때는 꼭 이런 식으로 말을 한다.

대신은 분명 유안한테서 자세한 내막을 들었을 것이다. 놀라지도 않고 오히려 만족스러운 표정으로 고개를 끄덕였다. 무슨 이유에서인지 가끔 기억을 못 하는 편이 자신한테 편리한 듯했다.

"신의 아이, 크리슈나입니다. 오늘 밤부터 잘 부탁드리겠습니다."

사니야는 무릎을 꿇고 대신의 손등에 입을 맞추었다.

털이 무성하게 자라난 손이었다. 얼굴이 찡그려지는 걸 애써 참고 있는데 대신이 "호오, 참으로 예쁘구나." 하면서 얼굴을 쓰다듬는 바람에 도저히 참지 못하고 미간을 좁히고 말았다.

"헤이달 님이 이 아이를 사셨다고 들었을 때는 놀랐지만, 그 이후로 신경이 쓰였단 말이지. 참으로 아름답구나. 가까이에서 보니 더더욱. 설마 이렇게 내가 가질 수 있게 될 줄은 몰랐어. 아주 기대되는구나."

"크리슈나도 대신 어른의 간택을 받아 행복하다 합니다. 오늘 밤, 마음껏 귀여워해 주십시오."

그런 대화를 나누면서 유안은 대신과 나란히 소파로 갔다.

사니야는 유안이 이쪽을 보지 않는 걸 확인한 다음, 가운 주머니에서 자개 상자를 꺼냈다.

오늘은 사탕이 아니라 헤이달의 반지를 매단 목걸이를 넣어두었다. 유안한테 빼앗길까 봐 미리 빼두었지만 춤이 시작되면 아마 모를 것이다. 사니야는 목에 두른 번쩍이는 장신구 사이에 숨기듯이 반지를 매단 가죽 끈을 목에 걸었다.

그 모습을 보고 곁에 대기하고 있던 사용인이 숨을 꿀꺽 삼켰다.

"왜 그러세요?"

짐짓 태연하게 굴고 있는데 벌써 악단의 선율이 시작되고 있었다. 사용인은 의상에 어울리지 않은 목걸이에 놀랐나 보다. 사니야는 벗은 가운을 사용인한테 맡기고 그의 대답을 기다리지 않은 채 무대 중앙으로 나아갔다.

맹세의 춤이란 풍요의 여신이 젊은 영주를 사랑하게 되는 서정시다. 영주도 여신을 사랑하고 있어서 선율은 매우 화려하고 밝았다. 흐트러지는 꽃들이나 영주에 대한 사랑으로 불타는 여신의 마음. 사니야는 신의 아이로서 발끝까지 마음을 담아 춤을 추었다.

그러나 사니야의 마음과는 달리 남자들은 흑심을 감추려고 하지 않았다. 의상이 뒤집힐 때마다 "오오." 하는 웃음소리가 선율에 섞여들었다. 자신을 받아갈 이는 사제 대신인데도 왜 남자 여럿이 이곳에 있는지 알 수가 없었다. 혹시 대신만이 아니라 대신의 집안 남자들까지 모두 사니야를 소유하려는 걸까.

'그런 건…… 싫어.'

사니야는 가급적 남자들 쪽은 보지 않으면서 춤을 추었다. 아무리 원치 않은 무대라도 사니야는 신의 아이이다. 그래도 엉겨 붙는 시선을 좀처럼 떼어내지 못하고 수치심을 느낄 때마다 한 박자씩 동작이 늦어졌다.

묘한 수런거림이 퍼진 것은 바로 그때였다. 사용인이 대신에게 뭐라고 귀띔을 한 게 시작이었던 것 같다. 춤을 추는 사니야한테도 반지가 어쩌니 하는 대화가 간간이 들려왔다.

‘왜 그러지……. 내가 가지고 있는 반지 얘기라도 하는 건가.’

춤을 추며 슬쩍 목에 손을 대었을 때, 바깥문이 난폭하게 열렸다.

“잠깐만 기다리십시오.”

필사적으로 막으려는 사용인들을 내쫓으며 검은 옷을 입은 남자들이 홀 안으로 우르르 들어왔다. 검은색 옷이 바로 아랍 민족의 상이라는 걸 안 사니야는 눈을 휘둥그렇게 떴다. 심상치 않은 분위기를 느낀 악단 멤버들도 연주를 멈추고 악기를 내던지며 도망쳤다.

사타르 사람들이 사니야를 잡으러 온 게 분명하다. 그걸 알아차린 순간, 무릎이 덜덜 떨려서 무대 위에 주저앉고 말았다. 도망치고 싶었지만 너무 겁을 먹어 도저히 움직일 수가 없었다.

“너희는 누구냐. 어떻게 여기에 들어왔지?”

“이봐, 이곳이 어딘 줄 알고.”

그런 고함이 오가는 중, 가장 체격이 좋은 남자가 유안 앞에 섰다.

그 순간, 유안이 몸을 날리며 삼십육계 줄행랑을 놓았다. 도저히 다리가 아프다고는 볼 수 없을 정도로 민첩하게 도망치는 모습을 보고 사니야가 놀라는 것도 잠시, 바짝 따라붙은 남자가 유안의 멱살을 잡아 올렸다.

“유안, 너는 대체 몇 번이나 사니야를 팔아치워야 속이 풀리는 거냐. 소인배 주제에 끝끝내 내 속을 긁을 줄이야.”

위협적이고 낮은 목소리. 어디서 들은 적이 있다. 그렇지만 새파랗게 질려 턱을 덜덜 떠는 유안은 보여도 남자의 얼굴은 보이지 않았다.

"사니야와 사는 집을 떠난 것도 보나 마나 네 몸을 지키기 위해서였겠지. 단단히 벌을 주어라. 이 썩어빠진 근성은 조금 겁을 준 것 가지고는 고쳐지지 않을 테니까."

남자는 곁에 있는 검은 옷의 다른 이들에게 유안을 넘긴 후, 마침내 사니야 쪽으로 몸을 돌렸다.

홀에 울리는 망설임 없는 발소리. 다가오는 남자를 보고 사니야는 숨을 삼켰다.

세상에, 어떻게 이럴 수가…….

혼란이 멈추지 않는 눈물이 되어 흘러넘쳤다. 남자의 모습을 두 눈에 똑똑히 새기고 싶은데도 시야가 일렁거려서 잘 보이지 않았다.

하지만 알 수 있다.

"헤이달 님……."

떨리는 목소리로 이름을 부른 것과 헤이달이 사니야 앞에 도달한 것은 거의 동시의 일이었다.

눈물을 닦고 싶어도 몸에서 힘이 쭉 빠진 바람에 얼굴을 드는 것도 힘겨웠다. 그 대신 헤이달이 사니야 앞에 무릎을 꿇고 커다란 손바닥으로 젖은 뺨을 닦아주었다.

"헤이달 님…… 살아…… 계셨군요……."

"재미있는 말을 하는군. 너는 겨우 총알 한 발에 내가 죽을 줄 알았나 보지?"

이 목소리, 이 어조. 기억을 되짚는 것보다도 먼저 헤이달을 느끼며 또다시 눈물이 흘러내렸다.

"아니요. 형이 저한테 그렇게 말해서……."

"또 유안인가. 저 녀석은 이제 답이 없군. 잘도 그런 임시방편의 거짓말을."

한숨을 푹 내쉰 헤이달이 날카로운 눈으로 뒤편을 돌아보았다.

"나, 나는 사니야를 위해서……."

두 팔이 구속된 유안이 떨면서 외쳤지만, 헤이달은 들은 척도 하지 않았다.

"자이드, 저자는 봐줄 필요 없다."

그 명령에 콧수염이 난 남자가 잘 알았다는 듯 고개를 숙여 답했다. 유안은 그대로 몇 명의 남자들의 손에 붙잡혀 홀 바깥으로 질질 끌려 나갔다.

"저어, 우리 형은 이제 죽는 거예요?"

"설마. 설교를 좀 하는 것뿐이다. 내일은 집으로 돌려보내 주마. 너도 봤지? 저 녀석의 발은 벌써 다 나았어. 성실하게 일하는 법을 가르쳐야지."

저런 몹쓸 형이어도 사니야에게 있어서는 유일한 가족이다. 안심한 표정을 지었지만, 이번에는 자신의 안위가 걱정되었다.

"저, 저는 어떻게 되나요? 처형되나요?"

"처형? 무슨 말도 안 되는."

헤이달은 살짝 눈을 크게 뜨더니 주저앉은 사니야를 품 안으로 이끌었다.

"누가 너를 그렇게 만들겠어? 나를 쏜 건 네가 아니라 사타르 남부 부족 놈들인데. 오늘 밤 이무란에 은신해 있던 마지막 범인까지 잡을 수 있었다. 이제 너만 되찾으면 이 문제는 끝이야."

"……되찾는다고요? 저를요……?"

헤이달은 올려다보는 사니야의 머리칼을 한 번 쓰다듬은 후, 목에 흔들리는 반지를 건드렸다.

"내 말을 끝까지 잘 듣다니 착하구나. 조금은 나를 기억하고 있었나 보군."

"네……."

울먹이며 고개를 끄덕이다가 기억하고 있는 것과는 조금 다르다는 걸 알고 고개를 저었다. 하지만 역시 기억하고 있는 걸지도 모른다. 고개를 갸웃거리다가 또 고개를 끄덕이는 모습을 보고 헤이달이 웃었다.

"내 앞에서 나를 무서워하지 않는 것만으로도 충분하다. 이제 천천히 기억나게 해줄 테니까."

그 의미심장한 말에 뺨을 붉혔을 때, 사제 대신이 입술을 파들파들 떨면서 무대로 쫓아왔다.

"헤이달 님, 이건 대체 무슨 소동입니까. 여기는 제 별택입니다. 설마 한 나라의 외무장관까지 되시는 분이 이렇게나 많은 부하를 이끌고 초대받지 않은 자리에 막무가내로 들어오시다니…….”

“착각하지 마라. 나는 사타르의 외무장관으로 여기에 온 게 아니니. 오늘 밤 나는 ‘사막의 흑사자’의 시크, 여기에 있는 자는 모두 같은 부족 사람들이다.”

헤이달은 강한 어조로 대꾸하며 사니야의 어깨를 안아 일어서게 했다.

“사제 대신, 이게 무엇인지 알고 있나?”

헤이달은 그렇게 물으며 사니야의 목에서 가죽 끈을 풀었다. 그리고 가운데에서 흔들리는 반지를 손으로 쥐고 대신 앞에 불쑥 내밀었다.

“포효하는 사자의 옆얼굴은 ‘사막의 흑사자’ 부족의 상징. 어둠에 가까운 오닉스는 부족의 수호석이다. 이 반지는 대대로 ‘사막의 흑사자’ 시크가 물려받는 것. 이 신의 아이가 내 반지를 지니고 있다는 건 바로 내 소유라는 뜻이다. ‘사막의 흑사자’의 시크가 보호하는 자를 빼앗아 유린하려고 음모를 꾸미다니, 도저히 용서할 수가 없단 말이지.”

시크만이 가질 수 있는 반지에, 시크가 보호하는 자. 헤이달의 입에서 나온 말에 사니야는 놀랄 수밖에 없었다. 그건 대신도 마찬가지였는지 한눈에 봐도 알 수 있을 정도로 표정이 점점 얼어붙어 갔다.

“저, 저는 결코 그런 짓을 하려던 게 아니라……. 유, 유안한테서 이 신의 아이를 산 것입니다. 이무란에서는 지위 있는 자가 신의 아이를 애첩으로 삼는 문화가 있으니까요."

"호오, 문화라 이거군."

헤이달이 고개를 끄덕이기에 무슨 납득이라도 한 줄 알았지만, 그렇지 않았다.

헤이달은 뭔가 재미있다는 듯 웃으며 아래쪽 —— 사니야에게 눈길을 주었다.

"이 신의 아이는 내 것이다. 아무에게도 넘기지 않아."

사니야가 깜짝 놀라 몸을 굳히고 있자니 정수리 위에 뭔가 부드러운 것이 살짝 내려앉는 감촉이 들었다. 혹시 헤이달이 머리칼에 입맞춤이라도 한 걸까. 시선 위로는 아직도 웃음을 짓고 있는 헤이달의 입술이 보였다.

"사제 대신, 이 아름다운 신의 아이를 두고 나와 싸울 텐가?"

"……네……?"

"내 별명은 사막의 흑사자, 부족의 이름 그대로다. 비정하면서도 호전적이고 결코 패배한 적이 없지. 지구 끝까지 그대를 쫓아갈 것이다."

"마…… 말도 안 됩니다. 겨우 일개 무희를 가지고 누가 그런……."

어느새 홀에는 검은 옷의 남자들과 대신 밖에 없었다. 대신은 "이, 이봐." 하고 누군가를 부르면서 자신의 별택이면서도 허겁지겁 도망치듯 사라졌다. 멍해진 사니야 옆에서 헤이달이 소리 내어 웃음을 터뜨렸다.

*　　　*　　　*

어디까지가 진실이고, 어디까지가 꿈인지 알 수가 없다. 분명 모든 것이 현실일 텐데도 여전히 믿을 수가 없었다.

헤이달은 이무란국에 있는 모든 신의 아이들의 소재를 파악하여 사제 대신이 사들이려는 신의 아이, 크리슈나가 있는 곳까지 도달한 모양이다. 사니야는 마치 구름 위를 둥실둥실 떠다니는 기분으로 그 설명을 듣고 비틀거리는 발걸음으로 헤이달의 뒤를 따라갔다.

"엄청나게 아름다운 신의 아이이고, 부모 없이 다리를 다친 형만 있다면 그건 너밖에 없지. 늦지 않아서 다행이다. 하룻밤만 늦었어도 넌 그 뚱뚱한 대신한테 안겼을지도 모르니까."

헤이달은 사니야 쪽을 돌아보며 만족스럽게 미소를 지었다. 눈이 마주치기만 했는데도 심장이 쿵쾅거려서 "감사합니다……." 하는 대답이 절로 높다랗게 떨렸다.

눈앞에는 낯선 복도가 뻗어 있었다. 대신의 별택을 나와 정부가 소유한 저택으로 오게 된 것이다. 오늘 밤은 특별히 이곳을 빌렸다고 한다. 사니야는 헤이달의 시중을 드는 사용인으로 여기에서 살았다고 한다. 지금은 헤이달이 사니야의 잃어버린 기억을 되찾기 위해 직접 저택 안을 안내해주는 중이다.

그러나 무엇을 봐도 눈동자에는 헤이달만 들어왔고, 기억을 되짚는 일에 도저히 집중할 수가 없었다.

의상 위에 가운만 걸치고 있는 것도 부끄러웠다. 사니야는 피부가 훤히 들여다보이는 얇은 비단 천이 보이지 않도록 가운의 앞섶을 단단히 그러모으며 헤이달에게 물었다.

"이제 몸은 괜찮으세요? 어깨에 총을 맞아 크게 다치셨다고 들었어요."

헤이달은 "아아." 하고 웃더니 검은 칸두라 위에 손을 대고 오른쪽 어깨를 문질렀다.

"한동안 병원 침대에서 일어날 수 없었지만 이제 일상생활을 보내는 데는 큰 문제가 없을 정도까지 나았다. 걱정할 것 없다."

사니야가 가슴을 쓸어내린 것도 잠시, 갑자기 확 안겨 올라가는 바람에 "으앗." 하는 소리를 지르고 말았다.

"그리고 왼쪽 어깨와 왼쪽 팔은 무사하지. 너는 가벼워서 꼭 오른팔이 아니더라도 이렇게 안아 올릴 수 있다."

웃음을 머금은 헤이달의 눈동자를 보니 대신 앞에서 했던 그의 말이 생생히 떠올랐다.

기억을 잃기 전에는 이렇게나 헤이달과 가까운 사이였다. 그러나 몸과 마음은 그 사실을 받아들이지 못 하고 있다. 기억해내고 싶은데도 기억이 나지 않아서 슬펐다.

"죄송해요. 전 거의 기억하지 못하고 있어요……."

문득문득 감각 정도만 되살아난다는 설명을 하려 했을 때, 가운 주머니에 자개 상자를 넣어 둔 일을 떠올렸다.

"헤이달 님, 이걸 아세요?"

조심스럽게 상자를 꺼내니, 헤이달이 “아!” 하고 외치며 흐뭇하게 웃었다.

“어디서 찾았지? 이건 내가 너에게 선물한 거다. 네가 아주 소중하게 여겨서 선물한 나조차도 어이가 없을 정도로 항상 들고 다녔지. 그런데 독립기념제 밤에 나와 도망치는 사이에 잃어버렸어.”

“아아, 그랬군요.”

역시 사니야의 것이었다. 찾아서 다행이다 싶긴 했지만 영 마음이 개운치 않았다. 정작 중요한 내용물을 찾아내지 못했기 때문일지도 모른다.

“저어, 헤이달 님은 제가 이 안에 뭘 넣었는지 아세요? 아주 소중한 걸 이 상자 안에 넣은 것 같은데, 내용물은 결국 못 찾았거든요.”

헤이달의 표정이 살짝 흐려졌다.

왜 그런 얼굴을 하는 걸까. 의아해하다가 상자만이 아니라 내용물까지 헤이달이 선물해준 것이었다는 걸 깨달은 사니야의 안색이 창백해졌다.

“죄, 죄송합니다. 그렇게 챙겨주셨는데 아무것도 기억을 못 하다니…….”

품 안에서 몸을 움츠리고 있자니 갑자기 뻗어온 손이 사니야의 목덜미를 잡아 끌어당겼다.

헤이달은 사니야의 얼굴을 자신의 목덜미에 갖다 대고 나서 몇 번이나 그 뒷머리를 다정히 쓰다듬어주었다.

"네가 사과할 필요는 없어. 내가 네 기억을 없앴던 거니까."

"헤이달 님이요……?"

"그날 밤 나는 널 지키기 위해 그 방법밖에 쓸 수가 없었다. 용서해라, 사니야. 추격자한테 네가 붙잡히는 것만큼은 무슨 일이 있어도 피하고 싶었거든."

관자놀이에 닿는 건 어쩐지 비통한 빛을 띤 음색이었다. 아무것도 기억하지 못하는 사니야도 괴롭지만, 모든 걸 다 알고 있는 헤이달도 마찬가지로 괴로울지도 모른다. 천천히 몸을 맡기자 이에 답하는 것처럼 헤이달이 사니야를 안는 손에 힘을 주었다.

어느새 복도를 빠져나와 정원으로 나왔다. 헤이달은 사니야를 안아 올린 채로 정원 조명이 비추는 산책로의 징검돌 위를 걷기 시작했다.

"움직일 수 없는 나를 대신하여 자이드와 그의 가족이 계속 너를 찾아다녔다. 차이나타운에 있었다면서? 모래 위는 제대로 걷지도 못하면서 담장에 올라가 뛰는 건 빨랐다면서 자이드가 분통을 터뜨리더군."

"죄송해요. 전 붙잡히면 죽는 줄 알았어요."

"나한테서 도망친 것이라 심경은 복잡하지만, 도망가는 발이 빠르다는 점은 든든하네. 역시 넌 범상치 않은 운동신경을 갖고 있어. 그렇게나 아름답게 춤을 출 수 있으니 당연한 일이지만."

칭찬을 받은 것 같아 매우 기뻤다. 기쁨으로 입가를 누그러뜨렸을 때, 흐드러지게 핀 백일홍 꽃이 눈에 들어왔다.

"와아……."

달빛을 받은 수많은 붉은 꽃이 밤바람에 이리저리 흔들리고 있었다. 헤이달에게 안겨 있는 덕분에 높은 곳에 핀 꽃까지 잘 보였다. 저도 모르게 손을 뻗어 꽃송이를 만졌다.

"백일홍을 좋아해?"

"네."

"그렇군. 기억을 잃기 전의 너도 이 꽃을 좋아했지."

헤이달은 사니야를 내려놓고 바로 근처에 핀 꽃 한 송이를 꺾었다. 그걸 바로 내밀지 않고 사니야의 귓가에 꽂아주었다.

"역시 너한테는 활짝 핀 꽃이 잘 어울리는구나."

"헤이달 님……."

언제였을까. 오늘 밤과 같은 일이 과거에도 있었던 것 같다.

한쪽 귓가에 걸린 가벼운 무게. 이렇게 받은 꽃을 떨어뜨리지 않으려고 살며시 꽃송이를 만지는 자신의 손. 너무 기뻐서 견딜 수 없었지만, 그보다 좀 더 두근거리는 일이 이다음에 일어나서…….

"그래, 바로 이 부근이었지."

헤이달이 곁에 있는 벤치를 흘끗 보며 말했다.

"나는 이런 식으로 네 머리칼에 백일홍을 꽂아준 적이 있다. 지금도 잊을 수 없는, 보름달이 뜬 밤이었지. 그때 처음으로 내 마음을 고백했다. 줄곧 너를 사랑스럽다고 생각했다고 말이야."

헤이달은 열정이 가득 담긴 눈빛으로 사니야를 바라보았다.

분명 사니야가 잊어버린 사니야도 같은 순간을 맛보았을 것이다. 현기증이 날 정도로 심장이 세차게 뛰면서 달콤하고도 애달픈 감각이 온몸을 채워갔다.

“네가 잊었다면 내가 몇 번이나 말해주지. 사니야, 너를 얼마나 사랑하는지 모른다. 떨어져 있는 동안 내가 얼마나 미칠 것 같은 심정이었는지 이 속을 열어서 보여주고 싶을 정도야. 지금 당장이라고는 하지 않겠지만, 네 곁에 있어야 할 사람은 나다. 그것만큼은 마음에 새겨둬.”

헤이달은 과거의 사니야가 아니라 지금 바로 눈앞에 있는 사니야에게 고백하고 있었다. 새로운 말로, 유일한 마음을.

그래서 사니야도 말했다. “싫어요…….” 하고 고개를 저은 후 헤이달의 가슴에 머리를 내맡겼다.

“기다리지 않으셔도 돼요. 지금 바로가 좋아요. 저는 이미 헤이달 님을…….”

사랑하고 있어요. ── 라고 말하려 했지만 말을 이을 수가 없었다.

사니야의 말이 끝나기도 전에 헤이달이 숨을 삼키며 꼭 끌어안았기 때문이다. 그대로 사니야의 턱을 들어 올려 입을 맞추었다. “정말인가?” 하고 물으면서도 사니야에게 대답할 틈도 주지 않는, 숨도 쉬기 힘들 정도로 강렬한 입맞춤을 했다. 맞닿은 각도를 바꿔가면서 몇 번이나 깊게.

“……으음……, 헤이달 님……. 저, 마지막까지 다 말 못 했어요…….”

"사니야, 난 성미가 급하다. 네가 기다리지 않아도 된다고 하면 난 조금도 기다리지 않을 거야. 내 마음은 이미 충분할 정도로 가득 차 있으니까."

아아, 그러고 보니 이런 사람이었다. 또 한 가지를 기억해 낸 게 기뻐서 몇 번째인지도 모를 입맞춤을 활짝 웃으며 받아들였다.

* * *

침대로 가는 사이에도, 가운을 벗는 사이에도, 떨어져 있던 거리와 시간을 되찾으려는 것처럼 입술을 포갰다. 캐노피에서 흘러내린 얇은 천마저도 백일홍과 같은 붉은 색으로 물들어 있는 듯이 보였다. 헤이달은 사니야의 머리에서 백일홍 꽃을 빼고선 그를 천천히 침대 위로 쓰러뜨리면서 다시 한 번 입을 맞췄다.

"너에게 진홍빛은 지나치게 화려하다고만 생각했는데 잘 어울리는군. 오늘 밤 입은 건 지금까지 봤던 그 어떤 의상보다도 아름다워."

헤이달은 열기가 감도는 뜨거운 눈빛으로 사니야를 바라보면서 의상의 가슴께를 더듬었다.

"아……, 사실 이 옷은 대신 어른께 받은 거예요."

"뭐라고?"

헤이달은 손을 멈추며 갑자기 험악한 표정을 지었다. "낙적할 때는 저를 받아주는 사람한테서 의상이나 장식품을 선물로 받는 풍습이 있거든요." 하고 설명하자 헤이달은 더욱 미간을 좁혔다.

"왜 그걸 더 빨리 말하지 않았지? 설마 지금 이 순간까지 나 말고 다른 남자한테서 받은 것을 몸에 지니고 있었을 줄이야."

"그런 게 아니라……. 잠깐만요. 벗을게요."

이제야 헤이달과 마음을 나눌 수 있게 되었는데 이런 일로 심기를 불편하게 하고 싶지 않았다.

사니야는 벌떡 일어나서 의상에 달린 고리에 손을 대었다. 헤이달은 언짢은 얼굴을 하고 책상다리로 앉아 있었다. 사실 바로 눈앞에서 옷을 벗는 게 제일이겠지만, 아무리 그래도 그건 좀 부끄러웠다. "뒤로 돌아서 있어 주세요."라고 부탁하자 헤이달은 마지못해 몸을 돌렸다.

눈앞에 있는 등이 움직이지 않는 것을 확인한 후, 사니야는 먼저 머리 장식부터 풀었다.

필요 없다는 뜻으로 침대 가장자리에서 바닥으로 떨어뜨렸다. 그다음에는 목걸이, 그리고 반지. 마지막으로는 얇은 비단 의상까지 벗어 던지고 속옷 차림이 되었다.

벗은 만큼 시원해져야 하는 게 당연한데도 어째서인지 자꾸만 몸이 뜨거워졌다.

사니야는 꿀꺽 침을 삼킨 후, 뒤에서 팔로 헤이달의 몸을 감았다.

"오래 기다리셨죠? 이제 됐어요."

헤이달은 성미가 급하다고 자부했을 정도로 이 짧은 시간 사이에도 초조했던 모양이다. 거칠게 토해내는 콧김에 순간 긴장했지만, 막상 뒤를 돈 헤이달은 딱 봐도 알 수 있을 정도로 입가를 흐뭇하게 누그러뜨린 얼굴이었다.

사니야의 얼굴에서 시트 위에 꿇은 무릎까지, 헤이달의 시선이 두 번 왕복했다.

자신의 몸을 빤히 쳐다본다고 생각하니 몸이 더욱 달아오르고 입안에는 침이 고였다.

"여전히 새하얀 피부구나. 하지만 속옷을 벗지 않은 이유는 뭐지?"

"그건…… 제가 산 거니까요."

"그렇군. 그건 넘어가도록 하지."

만족스럽게 고개를 끄덕이던 헤이달이 허리를 끌어당기는 바람에 사니야는 그의 책상다리를 한 허벅지 위에 걸터앉게 되었다.

"오늘 밤도 제법 대담한 속옷이군. 춤을 출 때는 이게 아니면 안 된다니 참 놀라울 따름이야."

"알고 계셨어요?"

"네가 그렇게 가르쳐주었으니까."

대체 어떤 분위기로 인해 자신은 그런 것까지 헤이달에게 알려주었던 걸까. 의상 옷자락이 드러나는 것을 전제로 한 속옷이어서 생김새도 아름답다. 하지만 앞을 덮는 천은 너무 작고, 뒤로는 끈만 달려 있다. 오늘 속옷의 끈 부분은 화려하게 장식된 쇠사슬 모양이었다.

빤히 바라보는 시선이 부끄러워 고개를 푹 숙이고 있으려니 헤이달이 아래턱에 입맞춤을 했다. 헤이달은 그대로 사니야의 목덜미로 입술을 미끄러뜨리면서 자연스럽게 속옷으로 손을 뻗었다. 허벅지의 연결 부분을 매만진 다음, 손을 뒤로 돌려 쇠사슬을 따라 가볍게 쓸어내리니 "……음." 하는 사니야의 나직한 신음이 흘러나왔다.

"너는 잊었나 보지? 나와 마음을 통하고 나서 너는 매일 밤 이런 속옷으로 나를 유혹했다고."

"저, 정말요?"

"그럼, 정말이지. 이런 속옷을 입고 내 위에 올라앉아서 엉덩이를 흔들었단 말이다."

지금의 사니야로서는 도저히 생각할 수도 없는, 지나치게 대담한 과거의 자신을 상상하며 귓불까지 새빨갛게 붉혔다.

"그렇게나 경박스러웠다니…… 죄송해요."

"무슨 소리를. 나는 네 유혹을 받는 게 항상 즐겁고 기대됐는걸. 한 번 해봐. 조금은 기억이 날지도 모르니."

"네……?"

헤이달이 도저히 믿을 수 없는 말을 태연하게 하는 바람에 저도 모르게 그를 다시 쳐다보고 말았다.

싱글거리며 웃는 낯이 영 석연치 않았지만, 기억을 잃기 전의 자신을 되찾을 수 있다면 꼭 되찾고 싶다. 즐겁고 기대됐다는 헤이달의 말에 살짝 의욕도 생겼다. 침을 꿀꺽 삼킨 후, 다시금 헤이달을 바라보았다.

"저어, 제가 어떤 식으로 행동했는데요?"

“음, 어디 보자. 대충 이런 식이었나.”

큼직한 손이 사니야의 허리를 붙잡더니 책상다리 위에서 원이라도 그리는 것처럼 움직이게 하였다.

“잠깐…….”

회음부에 전해지는 감각에 사니야는 놀라 펄쩍 뛰었다.

착각은 아닌 것 같다. 바지 안쪽에서 헤이달의 남근이 단단해져 있다.

“내가 의상을 벗은 너에게 흥분하는 게 그렇게 이상해?”

“아, 아니요…….”

자신에게 흥분하는 것이야 기쁘지만, 그곳에 엉덩이를 문지르는 건 부끄러웠다. 정말로 기억을 잃기 전 자신은 그런 행위를 한 걸까. 얼굴을 새빨갛게 붉히면서 팔로 헤이달의 목을 감고 조심스럽게 허리를 내렸다.

“……아…….”

천 너머로도 알 수 있을 정도로 확연히 전해지는 흥분된 열기. 역시 헤이달의 수컷은 단단해진 상태였다.

허리를 안겨 있는 탓에 두 번이나 흠칫 뛰어오를 수는 없었다. 살짝 흐트러지는 숨결을 느끼며 몸을 움찔거리고 있자니 “싫어?” 하고 물으며 헤이달이 눈동자를 들여다보는 바람에 얼른 아니라고 고개를 내저었다.

헤이달의 애정을 이 몸에 오롯이 받아들였던 시절의 자신으로 돌아가고 싶다. 마음은 그랬지만 지금의 사니야에게 이 행위가 익숙하지 않다는 사실은 변함이 없었다. 조심스럽게 허리를 움직이기 만 해도 뜨겁고 단단한 쐐기가 느껴져서 소름이 돋았다. 그렇지만 억지로 한다고 오해를 받고 싶지는 않아서 수치심을 무릅쓰고 천 너머에 있는 흥분된 그것에 엉덩이를 문질러댔다.

"……응…… 후우."

어설프게나마 허리를 비틀고 있자니 어째서인지 몸의 심지가 저릿해지기 시작했다.

서서히 달아오르는 열기에 잠식당하면서 속옷 앞이 점점 팽팽해졌다. 그걸 숨길 셈으로 바로 앞에 있는 가슴에 매달린 순간, 하필이면 헤이달의 하복부에 조짐이 보이는 자신의 것이 문질러지는 바람에 놀라서 다급히 허리를 뒤쪽으로 뺐다. 그 때문에 속옷에 달린 쇠사슬이 엉덩이 사이를 파고들어 아직 애무도 받지 않았는데 달달한 콧김이 새어 나오고 말았다.

"어떻게 된 거지? 네가 더 즐기고 있는 건가?"

속옷이 도톰하게 솟은 걸 헤이달에게 들키자 사니야는 얼른 두 손으로 앞을 가렸다.

헤이달은 헛웃음을 흘리더니 사니야의 허리를 안은 손에 힘을 주어 리듬을 가르쳐주는 것처럼 흔들었다. 앞과 뒤로, 가끔은 깊게 문지르기도 하면서. 그리고 달래는 것처럼 눈꼬리에 몇 번이나 반복되는 헤이달의 입맞춤에도 내몰려서 몸은 곧바로 음란한 강약을 기억하고 말았다.

"아……, 아앙……."

마치 혼자 노는 것에 푹 빠진 것 같았다.

헤이달이 손을 떼어도 머뭇거리며 흔들리는 자신의 허리는 멈추지 않았다.

입술은 몇 번이나 꼭 다물어도 자꾸 벌어지고, 그럴 때마다 비음 섞인 신음이 흘러나왔다. 소리를 지를 때 혀가 내비친 순간, 헤이달은 그때를 놓치지 않고 그 혀에 자신의 혀를 얽었다. 입술을 맞대지 않은 채 혀와 혀가 뒤엉키자 입맞춤 때와는 또 다른 황홀함이 사니야의 눈앞을 욕정의 색으로 물들였다.

"사니야, 예쁘구나."

헤이달이 황홀경에 빠진 듯 속삭이더니, 마침내 들어 올린 손으로 사니야의 왼쪽 유륜을 짓이겼다.

"……아앗."

저항하는 식의 소리를 내질러도 등골을 훑고 지나가는 강한 자극을 이겨내지 못했다. 다른 한쪽의 꽃눈도 만져주길 바라는 마음이었지만, 차마 그런 말은 할 수 없어서 잔뜩 달아오른 회음부를 경박스럽게 문지르면서 살짝 상반신을 비틀었다.

헤이달은 바로 무슨 뜻인지 알아차리고 웃으면서 오른쪽 유두에 입술을 갖다 대었다.

"그래. 이쪽도 귀여워해주지 않으면 불쌍하지."

"하…… 아아……."

소리를 내며 빨아들이고 핥아 올렸다. 제 뜻을 알아주어서 기쁜 듯도, 부끄러운 듯도 했다. 서로 뒤엉키며 하나가 된 감미로움과 수치심이 사니야의 숨을 더욱 뜨겁게 적셨다.

“왜 그러지? 나를 좀 더 부추겨봐. 허리가 멈췄잖아.”

엉덩이를 가볍게 꼬집히자 사니야는 화들짝 놀란 것처럼 다시 허리를 위아래로 흔들었다.

“……아아, 헤이달 님……. 제, 제가 정말 이런 걸……?”

이성만 산산이 흩어질 뿐이지 기억이 되살아날 조짐은 전혀 보이지 않았다. 사니야가 헐떡이며 그렇게 물으니 헤이달은 갑자기 웃으며 입술로 귓불을 빨아들였다.

“아니, 안 했다.”

“앗…….”

“너는 알몸이 되는 것조차 부끄럽다며 눈물부터 보이던 녀석이었는걸. 반나체로 나를 유혹하는 일은 실수로 미약을 먹고 취해도 아마 무리일 거다.”

“저, 저를 놀리신 거예요?”

얼굴이 화르륵 뜨거워진 사니야는 헤이달의 허벅지 위에서 내려왔다.

지금까지 완전히 휩쓸려 있던 자신의 경박스러움을 견디지 못하고 도망치듯 침대 한구석을 향해 기어갔다. 하지만 조금도 못가서 발목이 잡혀 다시 헤이달이 있는 곳으로 끌려가고 말았다.

그대로 커다란 몸이 엎드려 있는 사니야를 덮치듯 눌렀다.

“이런 건 놀렸다고 하는 게 아니지. 전희라고 하는 거다.”

“저, 전희라니…….”

"너와 맞닿을 때마다 네가 참 사랑스러웠는데, 오늘 밤의 너는 특히나 더 예쁘고 사랑스럽구나. 약간의 거짓말은 용서해줘라. 내가 얼마나 너를 애타게 갈구했는지……. 아마 당분간은 꿈에서까지 나오겠지. 나의 기대에 부응하기 위해 네가 애를 썼다는 거 안다. 이 다음은 내가 너에게 답할 차례야."

그렇게 말하는 헤이달의 뜨거운 입술이 사니야의 등을 따라 훑으며 내려갔다.

"흐앗, 아앗."

어깨뼈의 움푹 들어간 부분도, 옆구리의 부드러운 피부도 남김없이 핥아대어서 사니야는 몸을 움찔움찔 떨었다. 곡선을 그리는 입술에 농락당하자 또 속옷 안쪽이 묵직해졌다. 분명 완전하게 수컷의 형태로 모습을 바꾸었을 것이다. 과실의 심지가 침대 시트에 쓸리는 게 너무 괴로워서 무릎을 세우자, 헤이달이 이때를 노렸다는 듯 허벅지를 끌어당겼다.

헤이달을 향해 엉덩이를 내미는 듯한 자세였다. 이런 자세를 하면 틈새 사이에 숨어 있는 은밀한 부위가 다 드러나게 된다. 앞을 가리는 천은 있어도 뒤에는 없다. 금색의 장식용 쇠사슬만 있을 뿐이다.

"아아, 보지 마세요……, 헤이달 님……."

눈물 어린 목소리로 애원해도 헤이달은 들어주지 않았다. 헤이달은 쇠사슬을 잡아당겨 우선 손바닥을 그 사이로 집어넣고서는 사니야의 엉덩이 사이에 얼굴을 묻었다.

"무슨 그런 서운한 소리를. 나는 네 여기에 몇 번이나 입맞춤했다. 그건 사실이야."

"아앗, 아……."

불쑥 내밀어진 혀가 뒤편의 주름을 훑자 그것만으로도 수치심에 눈물이 나올 지경인데 물고 빠는 것처럼 입술로 그곳을 뒤덮었을 때는 눈앞의 모든 것이 부옇게 흐려졌다. 적시면서 맛을 보기라도 하는 듯한 혀 놀림에 내몰리는 통에 사니야의 목에서 갈라진 비명이 터져 나왔다.

"아앗, 이…… 이제, 힘들어요. 이런……."

"뭐가 힘들다는 거야. 이렇게나 나를 유혹하는 색을 보여주면서."

헤이달이 엉덩이를 열어젖히며 뾰족한 혀를 비집어 넣었다.

피부가 파르르 떨리며 땀방울이 송골송골 맺히기 시작했다. 뜨겁고 부드러운 것이 집요하게 뒷구멍의 가장자리를 핥아 녹이고 있었다. 이 자극에서 어떻게 벗어나면 좋을지. 세운 무릎이 부들부들 떨리면서 침대 시트에 이마를 대고 문지르고 있자니, 이번에는 젖은 손가락이 안으로 파고들었다.

"하아아, 아…… 으응."

혀와는 달리 굵직하고 거친 질감이었다. 눈 안쪽에서 빛이 번쩍하고 비치더니, 잔뜩 팽창해 있던 심지가 속옷 안에서 폭발했다. 작은 천 조각만으로는 욕망의 액체를 막을 수가 없어서 스며들지 못한 것은 다리 사이로 흘러넘치고 말았다.

그런데도 두 번째 손가락이 들어왔다.

"……아아……, 이제……."

다시 조짐을 보이기 시작한 자신의 심지 때문에 속옷이 답답하기만 했다.

사니야가 침대 시트에 뺨을 대고 거의 울다시피 하면서 허리에 걸린 쇠사슬을 잡아당기고 있자, 헤이달이 사정을 알아차린 듯했다. 마침내 푹 젖은 속옷이 벗겨지면서 하아아, 하고 숨을 토해낸 것도 잠시, 다시 세 번째 손가락이 뒤로 깊이 들어왔다.

"흐앗, 아아아……."

사니야는 필사적으로 시트를 꽉 쥐며 매달렸다. 손가락 세 개에 희롱당하는 자신의 여린 주름이 헤이달의 것을 빨아들이듯 휘감고 있음을 알 수 있었다. 머릿속까지 새하얗게 물들이는 관능의 흰 파도. 거의 끝까지 빠져나갔다 싶더니 다시 푹 찌르고 들어오는 그 자극을 도저히 참지 못해 마구 교성을 내질렀다. 안쪽을 튕기듯 손가락을 움직이자, 두 번째 빛이 눈 안쪽에서 반짝였다.

"……아아……, 후으…… 응."

또 절정에 이른 모양이다. 이성은 이미 한참 전에 사라진 지 오래여서 앞으로 몸을 뒤집혀도 다리를 오므릴 생각이 들지 않았다. 가라앉을 기미를 보이지 않는 열기가 몸 안쪽을 달궈 놓아서 애무의 손길이 멀어져도 응석을 부리는 듯한 숨결이 자꾸만 새어나왔다.

"설마 재회한 날 밤에 너를 안게 될 줄은 몰랐어. 각오해. 오늘 밤은 절대로 놔주지 않을 테니까."

그렇게 말하며 헤이달이 칸두라를 벗었다.

초점이 맞지 않는 눈동자로 그 모습을 멍하게 바라보고 있자니, 곧 오른쪽 어깨를 감싼 붕대가 눈에 들어왔다. 이제 피가 배어 나온 흔적은 없었지만 여전히 아파 보였다.

힘이 들어가지 않는 몸을 일으켜 헤이달에게 매달렸다.

"왜 그래? 이제 걱정할 것 없다고 했잖아."

사니야는 고개를 끄덕이면서도 이번에는 왼쪽 가슴에 있는 문신에 시선을 보냈다. 반지의 디자인과 마찬가지로 사자의 옆얼굴이었다. 갑자기 해변 풍경이 되살아나면서 "……아." 하는 소리가 나왔다.

헤이달은 자신의 가슴을 한 번 쓰다듬은 후, 사니야를 뒤로 넘어뜨렸다.

"무서워하지 마라. 이건 너를 아끼고 사랑하는 흑사자야. 너를 해하려는 자에게 이빨을 드러내는 일은 있어도, 너를 다치게 하는 일은 절대로 없어."

"무서워하다니요, 그럴 리는……."

그저 뭔가가 떠올라서 외마디 소리를 낸 것뿐이다. 낯선 남자의 문신이라면 무섭기도 하겠지만, 흑사자의 정열이라면 오늘 하룻밤에 충분할 정도로 잘 알게 되었다.

사니야는 문신 속 사자를 쓰다듬은 후, 사자의 이마를 콕 찔렀다. 문신이 아니라 헤이달이 웃으면서 사니야의 목덜미에 달콤하게 이를 세었다. 간지러워서 몸을 비튼 순간, 헤이달의 욕망에 찬 그것이 하반신을 스치는 바람에 그것이 심하게 흥분된 상태라는 것을 알게 되었다.

"이쪽도 무서워하지 마라."

농담인지 진담인지. 그렇게 말하면서 헤이달은 욕망의 뿌리를 사니야의 다리 사이에 갖다 대었다.

헤이달은 맞닿은 두 개의 성기를 한꺼번에 쥐고 사니야가 휘감고 있던 꿀을 단단한 자신의 것에 묻혔다. 단단한 발기와 손바닥의 감촉 모두의 애무를 받아 두 번이나 쏟아냈던 심지가 또다시 몸을 세웠다.

몇 번이나 원하는 것 같아서 부끄러워진 사니야는 입술을 꼭 깨물었다. 그때 무릎이 들려 올라가더니 헤이달의 허리가 바짝 다가와 붙었다.

"힘을 빼고 있어."

"아, 잠깐……."

뒷구멍에 닿은 흥분된 그것의 열기와 굵기에 사니야는 절로 숨을 삼켰다.

무섭다――는 걸 들키지 않으려고 열심히 숨을 가다듬으려고 했지만, 자꾸만 떨리는 소리만 나와서 호흡 조절이 잘 되지 않았다. 그럴 때마다 헤이달이 괜찮다며 사니야의 눈가에 입맞춤을 내려주면서 우선은 입구의 주름부터 적응할 수 있도록 허리를 움직였다.

사니야가 잊어버린 사니야는 좀 더 능숙하게 헤이달에게 안겼을까. 저도 모르게 그런 생각에 이르자 시야가 눈물로 일렁거렸다.

"아파?"

"아, 아니요……."

무슨 일이 있어도 잊고 싶지 않았다. 연인이라면 연인인 채로 몸도 마음도 끊어지는 일이 없이.

하지만 그 말을 하게 되면 헤이달에게 상처를 주게 된다. 헤이달은 사니야를 지키려고 일부러 기억을 없앤 거라고 말했었다.

"죄송해요……."

눈을 비집고 새어 나오는 눈물의 이유를 말하지 못하고 그저 헤이달에게 매달리기만 했다.

"헤이달 님이 하고 싶은 대로 하세요. 전 괜찮으니까요."

"무슨 소리를 하는 거지? 나는 난폭한 짓은 하지 않겠다고 네가 잊은 너에게 맹세했다. 얼마나 오래 떨어져 있었는지 알아? 네 여기가 단단히 닫힌 것도 당연한 일이야. 아니면 겨우 손가락 세 개를 삼킨 것 가지고 내 물건까지 쉽게 받아들일 수 있을 줄 안 건가?"

"그, 그런 게 아니라 저는……."

"그럼 눈을 감고 힘부터 빼라. 쓸데없는 생각은 하지 말고."

따끔한 꾸중을 받은 바람에 눈물이 쏙 들어갔다. 사니야는 "네……." 하고 순순히 고개를 끄덕이며 시키는 대로 눈을 감았다. "나 참." 하고 어이없어하는 탄식이 들렸지만, 헤이달의 신중한 허리 움직임은 여전했다.

강제적인 것 같으면서도 사실 사니야를 아주 소중히 대하고 있다. 아까 사니야가 잊어버린 사니야도 그런 헤이달을 좋아했을 것이다. 지금의 사니야도 마찬가지다. 붉게 물든 뺨을 부드러이 누그러뜨리면서 얌전하게 헤이달의 침입을 기다렸다.

"봐, 힘을 빼면 들어가잖아. 느껴져?"

"……으응."

반복하여 문지른 덕분에 닫혀 있었던 주름이 촉촉이 젖어 헤이달을 절반 정도 삼켰다.

정말로 손가락 세 개와는 비교가 되지 않았다. 잔뜩 흥분한 수컷을 생생히 느꼈는지 자신의 심지 끝도 서서히 젖어 들었다. "그럴 마음이 드는 게 참 빠른데?" 하고 헤이달이 한 번 쓰다듬어주자 사니야는 "……흣." 하고 몸을 뒤로 젖혔다. 그 틈을 이용하여 헤이달이 허리를 전진시키자 아주 깊은 곳까지 이르는 길목 전체가 단단한 물건으로 가득 채워졌다.

"하…… 아, 아……."

"너는 아무것도 변하지 않았어. 오랜만에 하는 것치고는 내 것을 잘 삼켰구나."

만족스럽다는 듯이 눈을 가늘게 뜬 헤이달이 손가락으로 이어진 부분을 더듬었다. 그것만으로도 은밀한 부위가 헐떡이며 쐐기를 단단히 조였다. 헤이달이 "그럼 움직인다." 하며 율동을 재개했을 때는 빛이 폭발하는 것처럼 눈앞이 번쩍거렸다.

"아아…… 읏……."

굼실거리는 여린 주름을 달래는 것처럼 찔러 올리는 듬직한 흥분 덩어리. 농후한 쾌락과는 달리 애달픈 감정이 가슴에 퍼져서 사니야는 견디지 못하고 헤이달을 와락 끌어안았다.

사니야는 빈틈없이 가슴과 가슴이 맞닿아도 부족한지 혀를 내밀어 입맞춤을 졸랐다.

"이렇게 나오는 건 처음이군. 왜 그러지?"

"저…… 저도…… 계속 헤이달 님 생각만 했어요……. 모두 다 잊고 아무렇지도 않게 지냈던 것이 아니라……."

피부와 피부를 포개고 몸 안쪽까지 헤이달을 느껴서 그런 걸지도 모른다. 대화만 나누었을 때보다도 더욱 깊이 헤이달을 가슴속에 채워갔다.

차이나타운에서 무릎을 끌어안고 올려다본 하늘. 헤이달의 온기를 찾아 몇 번이나 땅바닥을 향해 애타게 그를 불렀는지 모른다. 죽었다는 말을 들었을 때는 얼마나 충격이 컸던지.

그러나 지금은 그 헤이달의 품에 안겨 있다.

실감하면 할수록 눈이 젖어 들었지만, 그래도 두 번 다시 헤어지고 싶지 않아서 끌어안은 팔에 잔뜩 힘을 주었다.

"이제 절대로…… 저를 놓으시면 안 돼요."

그 말을 한 순간, 순식간에 수많은 영상이 뇌리를 스치고 지나갔다.

손바닥 안에서 짓이겨진 백일홍 꽃잎이나, 밤에 피는 하얀 꽃. 다리에 휘감기는 사막의 모래. 해질녘의 바다.

사니야가 잊어버린 사니야의 기억의 단편들이 회오리를 만들면서 헤이달에게 안겨 있는 사니야 안으로 녹아 들어갔다.

울면 안 된다고 생각은 했지만 눈물이 멈추지 않았다.

이제야 여기에, 헤이달의 품 안으로 돌아왔다고 사니야가 잊은 사니야도 마찬가지로 울고 있기 때문일 것이다.

한결같은 열정을 갖고 있던 건 헤이달 만이 아니었다.

마치 한 쌍이 된 날개처럼 사니야도 똑같은 마음을 갖고 있었다. 자랑스러워할 정도로 강하고 온 힘을 다해, 그저 온 힘을 다해 헤이달만을 사랑하고 있었다.

"울지 마라, 사니야. 나는 이제 두 번 다시 너를 놓치지 않을 거다."

"……정말요……?"

"이제야 되찾았는데 누가 놔줄까 보냐."

말보다 강한 포옹으로 헤이달의 마음을 느끼며, 마침내 숨을 쉴 수 있게 된 것 같은 기분이 들었다.

훌쩍이는 걸 그만두고 눈앞에 있는 두 눈동자를 바라보았다. 자신의 얼굴은 눈물로 젖어 엉망진창일 텐데도 헤이달은 사랑스럽다는 듯 사니야의 뺨을 쓰다듬었다.

"나는 너를 사타르로 데리고 갈 거야. 너와 그렇게 약속했으니 말이다."

"헤이달 님……."

기억하고 있지는 않지만, 아마 그랬을 것 같다. 마음의 빈틈에 기억의 조각이 딱 맞아 들어가는 느낌이었다. 놀라기는커녕 오히려 안도하여 눈물로 젖은 뺨이 자연스레 누그러졌다.

"그럼 저와 헤이달 님은 계속 같이 있을 수 있나요?"

"그래. 아마 너보다 내가 그걸 더 강하게 바라고 있을걸."

기쁘다.

웃으며 헤이달의 뺨에 얼굴을 비빈 후, 사니야는 든든한 몸에 모든 것을 내맡겼다.

가장 안쪽까지 난 길을 몇 번이나 왕복하는 쐐기의 열기. 부드러운 주름을 긁어내는 것처럼 드나들 때마다 흘러나오는 상기된 신음. 땀에 젖은 서로의 매끄러운 가슴이나 촉촉하게 휘감기는 숨결조차 기분이 좋았다.

"아아, 헤이달…… 님……."

몸을 젖히며 먼저 절정에 오른 이는 사니야였다. 너무나도 농후한 여운에 경련하는 몸을 헤이달은 몇 번이나 찔러 올리면서 그대로 백탁을 쏟아 부었다. 겹쳐진 체온은 정확히 일치해서 누가 더 뜨겁고, 누가 더 차가운 일은 없었다.

흐트러진 숨결 그대로 몇 번이나 입을 맞추고 있자니, 헤이달이 총에 맞은 그 날 밤으로 돌아간 것 같았다. 멀어진 것은 몸뿐이지, 마음만큼은 계속 이어져 있는 듯한…….

서로 이어져 있어서 서로의 품 안으로 되돌아올 수 있었던 것일지도 모른다.

이런 것이 바로 참을 수 없는 행복이라고 느꼈다.

제7장

사타르의 수도, 디아르.

헤이달은 외무장관으로서 집무를 마치고 집으로 돌아가는 차 안에서 문득 말했다.

"음? 혹시 오늘 기념일이 아닌가?"

혼잣말인지 아닌지 제대로 못 알아들은 자이드가 백미러 너머로 뒷좌석의 헤이달에게 시선을 던졌다.

"네? 오늘이 무슨 기념일이었습니까?"

"사니야를 사타르에 데리고 온 기념일이지. 아마 53일 전의 오늘이었던 것 같군. 자네는 기억이 안 나나 보지?"

자이드는 매우 성실해서 농담이 통하지 않는다. "저어, 53일째인

걸 축하해야 하는 겁니까?" 하고 살피듯 묻기에 헤이달은 저도 모르게 웃음을 터뜨리고 말았다.

"헤이달 님?"

"아니, 아무것도 아니다."

53일째를 기념하는 풍습은 사타르에도 이무란에도 없다.

"꽃다발을 사야겠어. 시티 센터에 들르지."

다만 그 말을 하고 싶었을 뿐이었다.

53일 전의 오늘, 헤이달은 사니야를 사타르에 데리고 왔다.

우선 사니야의 기억 문제를 의사의 진찰부터 받게 할 생각이었기 때문에 한동안 바쁜 나날을 보냈던 게 그리울 정도였다.

놀랍게도 사니야의 두뇌 기능은 정상이었다. 사니야를 진찰한 의사는 가끔 기억을 덧씌우는 게 어려울 뿐이고, 심적 부담이 더 큰 것이 원인인 것 같다는 소견을 보였다.

사니야는 '커다란 소리'와 함께 부모님을 잃었다. 그 충격이 사고를 방불케 하는 소리에 과민하게 반응하여 기억을 혼란스럽게 만드는 것인데, 바로 그 점을 알아챈 유안이 소리를 이용하는 것으로 사니야의 마음에 더더욱 큰 부담을 지우게 만들었다.

형을 위해서라고 아무리 자신을 다독여도 마음을 허락하지 않은 상대에게 안기는 것은 마음에 큰 상처를 남겼다. 사니야가 창부 같은 짓을 하게 된 것도 분명 한두 번이 아닐 터이다. 어느새 '소리'는 사니야의 기억을 닫아버리는 판막 같은 존재가 된 걸지도 모른다. 무거운 부담을 떨쳐버리고 마음을 지키기 위한 막으로서 말이다.

언제나 웃고 지낼 수 있도록.

그 억측이 사실이었다는 걸 보여주기라도 하듯이 사타르에서 살게 된 후부터 사니야의 기억은 진정세를 보였다. 오늘 아침, 사니야가 실수로 식기를 깨뜨렸을 때도 헤이달이 더 놀라 새파랗게 질렸지만.

“으앗, 죄송해요, 헤이달 님.”

허둥거리며 깨진 파편을 정리하는 사니야를 봤을 때는 그 광경이 도무지 믿기지 않았다.

“너…… 잊지 않았지?”

조심스럽게 물으니 사니야는 “뭐가요?” 하고 이상하다는 듯 고개만 갸웃거렸다.

“……아앗! 저, 기억이 멀쩡해요!”

곧 사니야는 환하게 얼굴을 빛내며 헤이달의 목에 와락 달려들어 매달렸다.

그 순간 맛본 안도와 기쁨은 아마 평생 잊지 못할 것이다.

평온한 나날을 보내면 분명 사니야의 기억은 이제 끊기는 일은 더는 없을 것이다. 그런 확신에 가까운 마음을 품게 된 것이 바로 오늘. 53일째 되는 날. 그래서 ‘기념일’이라고 핑계를 갖다 붙였다.

자이드를 차에서 기다리게 한 후, 시티 센터에 있는 꽃집에 있는 붉은 장미를 모두 사들였다. 뒷좌석 절반이 묻혀버릴 정도로 큰 꽃다발이었다. 꽃을 묶은 리본마저도 매우 컸다. 그걸 보고 자이드가 눈을 휘둥그렇게 떴다가 헤이달을 빤히 쳐다본 후, 씨익 웃었다.

"엄청난 꽃다발이군요. 헤이달 님은 여전히 사니야에게 푹 빠져 계시네요."

"당연하지."

헤이달은 코웃음을 치며 입매를 끌어올렸다. 자이드는 측근이 아닌 사촌 동생의 얼굴로 웃음을 지었다.

시티 센터에서 집까지는 그리 오래 걸리지 않는다. 꽃다발을 어깨에 지고 집에 들어서니, 사니야가 커다란 눈동자를 동그랗게 뜨며 헤이달을 맞이해주었다.

"아니, 그 꽃은 뭐예요?"

"글쎄, 뭘까."

저택 1층에는 주방이나 응접실이 있어서 사용인들이 드나든다. 다만 2층은 완전히 헤이달과 사니야의 사적 공간이어서 그 누구도 접근할 수 없다. 헤이달은 사니야를 데리고 융단이 깔린 계단을 올라가 2층 거실에 도착하고 나서야 꽃다발을 내밀었다.

"오늘은 네가 사타르에 온 지 53일째 되는 날이야. 그걸 축하하는 거지."

"어……, 사타르에서는 53이라는 숫자에 무슨 특별한 의미가 있나요?"

자이드도 성실했지만, 사니야도 너무 성실했다. 입술이 절로 실룩이는 걸 느끼며 사니야의 팔에 꽃다발을 턱 안겨주었다.

"아니, 아무 의미도 없어. 너한테 어울릴 것 같아 산 건 사실이니까. 예쁘지?"

"뭐야, 깜짝 놀랐잖아요. 그래도 기뻐요. 감사합니다."

사니야는 안도한 듯 미소를 지으며 장미꽃에 코를 묻었다.

향기를 맡다가 꽃다발 사이에 끼워둔 메시지 카드를 발견한 모양이다. "앗." 하고 외치더니 바로 꽃다발을 테이블 위에 내려놓고 진지한 표정으로 카드를 펼쳤다.

사니야에게 꽃이나 과자를 선물할 때는 꼭 카드를 빼놓지 않고 함께 주고 있다.

약속은 깨고 싶지도 않고, 깰 마음도 없다. 오른쪽 어깨에 총을 맞은 그 날, 혼란스러워하면서도 자개 상자를 찾으려고 했던 사니야에게 헤이달은 카드 정도는 언제든 써주겠다고 약속했다.

게다가 괜히 부끄러워서 문구도 항상 똑같다. '사니야에게, 사랑을 담아서' .

이제 슬슬 질릴 만도 한데 사니야는 가만히 카드를 바라본 후, 장밋빛으로 물든 뺨에 미소를 가득 담아 헤이달에게 와락 안겼다.

"기뻐요, 헤이달 님. 정말 좋아해요."

이 웃는 얼굴이 참 좋다. 그리고 몸의 심지가 녹아내리는 것 같은 달콤한 말도.

사랑스럽다. 사니야만 보면 항상 느끼는 감정을 오늘 밤도 역시 느끼면서 가녀린 몸을 번쩍 안아 올렸다.

"나도 좋아한다, 사니야. 언제까지고 내 것으로 있어라."

"네."

오늘 밤의 첫 입맞춤은 사니야부터 시작했다. 두 손으로 헤이달의 뺨을 꼭 감싸며 미소가 새겨진 그 입술을 살짝 갖다 대었다. 스치는 듯한 입맞춤이었지만 맹세의 증거인 것 같아서 그리 나쁘지 않았다. 곧이어 이번에는 헤이달이 사니야의 목덜미를 끌어당겨 입을 맞추었다.

요즘 측근들 사이에서는 헤이달의 인상이 변했다는 소문이 돌고 있는 모양이다.

그도 그럴 것이다. 자택에서 사랑하는 연인과 함께 살고 있으니 말이다. 사니야는 매일 밤 헤이달의 품속에서 곤히 잠든다. 은근 잠버릇이 고약하다는 것도 함께 살면서 처음으로 알게 되었다. 그것마저도 하나의 행복으로 꼽고 있다.

언젠가 '사막의 흑사자'라는 별명이 어울리지 않는 날이 오게 될지도 모른다.

'아니, 그래서는 곤란하지.'

그런 생각을 하며 헤이달은 오늘밤도 사니야가 기다리고 있는 집으로 돌아온 것에 흐뭇해하며 부드러운 미소를 지었다.

후기

안녕하세요. 처음 뵙겠습니다. 츠바키 미레이입니다. '흑사자의 총애'를 읽어주셔서 감사합니다.

이 작품은 기억에 어려움을 겪는 청년의 필사적인 사랑 이야기이며, 기억을 잃는 그를 정열적으로 (동시에 거만하게) 사랑하는 이야기이기도 합니다.

전부 잊는 것이 과연 행복인지, 불행인지.

자꾸 새로운 기억을 차곡차곡 쌓을 수 있는 저로서는 대답하기 어렵지만, 글의 구성 단계에서 어렴풋이 가지고 있었던 답이라고 해야 할지 기억에 대한 이미지가 사니야를 묘사하면서 서서히 바뀌었습니다. 자꾸만 잊어버리기에 사니야는 한 가지를 통해서 많은 것을 보고, 느끼고, 마음에 새겨 넣을 수 있는 게 아닐까 싶습니다.

그런 첫 구상 계획보다도 사니야에 대한 내용을 더 할애하는 바람에 정해둔 매수 안에 다 쓸 수 있을지 초고 중에 계속 걱정을 했습니다. 하도 불안으로 가슴을 떠는 바람에 항상 구내염을 앓을 정도였습니다. 그 결과, 멋지게 분량이 넘어가 버렸습니다만, 다행히도 담당 편집자님께서 페이지 수를 늘려주셨습니다. 편집자님, 정말 감사합니다. 쓰고 싶은 이야기를 잔뜩 쓸 수 있어서 참으로 기뻤습니다.

원고 매수에 대한 불안은 그렇다 치고, 제가 매우 좋아하는 소재인 나이 차, 체격 차 커플 이야기를 쓸 수 있어서 그건 그것대로 즐거웠습니다.

참고로 저는 진심으로 털 없는 시대가 오면 좋겠다는 생각을 하곤 합니다. 물론 수(受)만 해당하죠. 공(攻)은 털이 북슬북슬해도 괜찮습니다. 아, 머리카락 얘기가 아닙니다. 게다가 무희라는 설정 덕분에 T백 속옷까지 쓸 수 있어서 개인적으로는 매우 만족스럽습니다. 이 작품은 사니야 밖에 등장하지 않았지만 신의 아이들은 모두 미인입니다. 신의 아이 이야기를 기쁘게 읽어주신 분이 한 분이라도 더 있기를 바랍니다!

그렇게 제가 좋아하는 요소만을 집어넣은 이야기를 한층 더 화려하게 만들어주신 분이 바로 Ciel 선생님입니다.

Ciel 선생님, 바쁘신 중에 정말 감사합니다. 선생님이 일러스트를 맡아주신 것이 제 집필에 얼마나 큰 힘이 되었는지 모릅니다. 팬의 한 사람으로서 선생님이 그려주실 헤이달과 사니야를 굉장히 고대하고 있었답니다.

마지막으로, 여기까지 읽어주신 독자 여러분, 정말로 감사드립니다.

어떠셨나요? 조금이라도 헤이달과 사니야의 사랑 이야기를 즐기셨다면 기쁘겠습니다.

또한 이 책의 출간에 관여하신 분들께 진심으로 감사의 말씀을 올립니다.

2014년 12월

츠바키 미레이

흑사자의 총애

초판 1쇄 인쇄 / 2020년 2월 11일
초판 1쇄 발행 / 2020년 2월 21일

지은이 / Mirei Tsubaki
일러스트 / Ciel
옮긴이 / 김진아
펴낸이 / 오영배
편집진행 / 조혜영, 김은경, 오정인
책임편집 / 삼양코믹스 일본만화 편집부
디자인 / 전미선
펴낸 곳 / (주)삼양출판사

주소 / 서울 강북구 도봉로 173 캠프 6층
편집부 전화 / (02) 980-2140
영업부 전화 / (02) 980-2112
FAX / (02) 983-0660
등록번호 / 제 9-46호
등록일자 / 1999년 3월 11일

ISBN 979-11-283-9796-7 03830